Alice Vaara

Schokoküsse zum Dessert

Genehmigte Sonderausgabe für Barton Verlag,
ein Imprint der Velbrück GmbH Bücher & Medien
Meckenheimer Straße 47, 53919 Weilerswist-Metternich

PROLOG

Am dreißigsten August des Jahres neunzehnhundertneunundsiebzig flirrt die Nordseeluft in der Mittagssonne, und nur die leichte, vom Meer her über den Strand von St. Peter-Ording streichende Brise lässt die Hitze einigermaßen erträglich erscheinen. Lisa und Marthe sitzen auf einer bunt gemusterten Decke unter einem Sonnenschirm, wühlen mit ihren Zehen im Sand und knabbern abwechselnd an einem weichen Sandwich mit Schinken und Käse. Während Marthe, neben der ein aufgeschlagenes Buch liegt, reichlich träge und gelangweilt kaut, um dann die Zwischenmahlzeit wieder an Lisa weiterzureichen, suchen Lisas Augen konzentriert die Umgebung ab. Schließlich zeigt sie aufgeregt, aber diskret mit einer Sandwich-Ecke auf einen weizenblonden Typen, der mit seinen Freunden Volleyball spielt.

»Marthe, dort! Schau mal, da ist er. Ich habe doch gewusst, dass er kommt. Sieht er nicht total süß aus? Der ist bestimmt Schwede. Oder Däne. Außerdem hat er ganz tolle Wimpern. Die sind total dunkel, trotz der hellen Haare.«

Marthe hält sich die Hand schützend über die Augen und blinzelt ins Gegenlicht.

»Kann ich von hier aus nicht sehen. Aber der ist ganz schön klein, oder?«

Lisa schüttelt ganz energisch den Kopf. »Quatsch. Das kommt dir auf die Entfernung nur so vor. Los, wir gehen hin und fragen, ob wir mitspielen können.«

Lisa erhebt sich und rückt mit der linken Hand unbewusst ihr Bikinihöschen zurecht. Marthe nimmt ihr das Sandwich ab und beißt hinein, macht ansonsten jedoch keinerlei Anstalten, sich zu bewegen. Lisa verleiht ihrer Aufforderung Nachdruck: »Jetzt komm schon!« Dann fügt sie etwas sanfter, fast bittend hinzu: »Allein trau ich mich nicht.«

Marthe steht mit mürrischem Gesicht auf und meckert: »Wieso kann ich eigentlich nie in Ruhe essen? Oder lesen.«

Lisa lächelt ihre Freundin gewinnend an, zupft kontrollierend an ihrem Pferdeschwanz und stapft dann in Richtung Volleyballfeld durch den Sand, Marthe im Schlepptau, die noch am letzten Sandwich-Bissen kaut. Mit jedem Meter, den sich Lisa und Marthe den Spielenden nähern, wird Lisas Schritt ein wenig unsicherer. Der vermeintliche Skandinavier, den sie im Visier hat, blickt zu ihr herüber und raunt seinen Freunden etwas zu. In diesem Moment kommt hinter Lisas Rücken ein kleiner, dunkelblonder Junge mit einer Tüte Eis herangeflitzt. Blitzschnell zupft er von hinten an der oberen Schlaufe von Lisas Bikinioberteil, das sich sofort löst, und drückt ihr gleichzeitig das Eis in den Rücken, sodass sie vor Schreck laut aufquiekt. In der gleichen Sekunde realisiert Lisa, dass ihr Bikinioberteil runtergerutscht ist und das ganze, vorwiegend halbstark-männlich besetzte Volleyballfeld sich über ihren nun freiliegenden Busen amüsiert. Sie dreht sich entsetzt um, bindet schnell das Oberteil wieder zu, wirft dem auf der Flucht befindlichen kleinen Jungen einen funkelnden Blick hinterher und zischt Marthe zwischen schmal zusammengepressten Lippen zu: »Wie peinlich! Das wird Peter mir büßen!«

Während Marthe noch damit beschäftigt ist, ihr Grinsen zu unterdrücken, hat Lisa ihr Oberteil wieder in die ordnungsgemäße Position gerückt und sprintet mit großen Sätzen hinter Peter her. Es dauert keine zehn Sekunden, da hat sie ihn eingeholt, springt ihn an und balgt sich mit ihm fluchend im Sand. Marthe rennt hinterher, und während Peter um Hilfe schreit, erreicht sie die Kampfhähne, stürzt sich nun ihrerseits auf Lisa und trommelt mit den Fäusten auf sie ein.

»Lass meinen kleinen Bruder los, Lisa! Lass ihn los, das war doch nur Spaß!«, ruft sie und versucht, die aufgebrachte Lisa von Peter wegzuziehen.

Etwa eine weitere knappe Minute später – es ist ein rechter Stresstag für Marthe – rennt sie aufgelöst auf zwei Frauen zu, die im Hintergrund des weitläufigen

Strandes entspannt in einem Strandkorb sitzen und rauchen.

»Mama, Mama, komm schnell, Peter blutet ganz schlimm, weil die Lisa hat ihm in den Arsch gebissen!«

Atemlos steht sie vor den zwei Frauen und blickt die Ältere von beiden, eine braun gebrannte, fröhlich aussehende Mittvierzigerin, hilfesuchend an. Die Frau heißt Marlene und schaut Marthe tadelnd ins glühende Gesicht.

»Man sagt nicht ›Arsch‹, man sagt ›Hintern‹. Oder ›Po‹.«

Marthe nickt beiläufig und zerrt an ihrer Mutter, die sich erhebt und beruhigend versichert, sofort rettend an den Ort des blutigen Dramas zu kommen. Marthe rennt ungeduldig wieder zurück zu Peter, der jammernd auf dem Bauch liegt, sich den Hintern hält und Lisa beschimpft, die triumphierend neben ihm sitzt. Das Eis liegt neben Peter im Sand, ganz paniert und halb geschmolzen.

Am Strandkorb wendet sich Marlene ihrer um einiges jüngeren Freundin Heike zu, die nun ebenfalls aufgestanden ist. »Da reiße ich mir seit zehn Jahren den Arsch als Deutschlehrerin auf, und meine eigene Tochter kann nicht mal einen einfachen Kausalsatz in die syntaktisch korrekte Reihenfolge bringen.«

Heike drückt grinsend den Joint in einem in den Strandkorb integrierten Aschenbecher aus: »Du hast Probleme! Meine Lisa ist gerade dreizehn geworden, aber schon so gewalttätig wie die RAF und die GSG neun zusammen.«

Lächelnd schlendern die Mütter über den Strand, um ihre Kinder in jeder Hinsicht zu verarzten.

1. TEIL

Der vierundzwanzigste August des Jahres zweitausendundzwei war ein sehr heißer Tag in Hamburg, obwohl sich schon der ganze Monat durch ungewöhnlich hohe Temperaturen ausgezeichnet hatte. Während die Osthälfte Deutschlands unter dem schlagzeilenträchtigen Jahrhundert-Hochwasser litt und den Bewohnern der südlicher gelegenen Gefilde von Bayern über Hessen bis ins Saarland tennisballgroße Hagelkörner auf den Kopf knallten, erfreuten sich die Nordlichter der meteorologischen Umkehrung der üblichen Verhältnisse: Die meisten Deutschen mussten Brackwasser pumpen und Dreck schaufeln, während in Hamburg die Elbe brav in ihrem Bett blieb und zum Sonnen, Flanieren und Biertrinken am Strand einlud.

Lisa drehte das Wasser auf »kalt« und hielt die Luft an. Sie ergriff entschlossen den Duschkopf, lenkte den Strahl hektisch von unten nach oben und zurück über ihren Körper und drehte dann langsam ausatmend das Wasser ab. Nachdem sie sich trockengerubbelt hatte, trat sie nackt vor den großen Spiegel im

Schlafzimmer und betrachtete sich eingehend: Wo nagte der Zahn der Zeit? Überschritt man mit dem sechsunddreißigsten Geburtstag einen Rubikon, der die Jugend auf Nimmerwiedersehen ins Reich der Nostalgie verbannte? Sie beugte sich vor, ganz nah an den Spiegel heran: Gab es neue körperliche Katastrophen, die gestern noch nicht sichtbar gewesen waren? Krähenfüße, Hühneraugen, Krampfadern? Lisa konnte zu ihrer Beruhigung nichts Außergewöhnliches erkennen. Lach- und Denkfalten musste man als selbstbewusste Frau ohne Panik akzeptieren. An der Körpergröße von einsfünfundachtzig war nichts zu ändern – zumindest bis sie in etwa drei Dekaden als alte Frau zu schrumpfen beginnen würde. Und die vor einigen Jahren ins Auge gefasste Brustverkleinerung hatte sie aus Angst vor der Operation und vor Schmerzen längst verworfen. Okay, der Busen neigte sich leicht in Richtung Erdmittelpunkt, aber das war wohl eher das schon seit langem sichtbare Ergebnis der Schwerkraft als das des fortschreitenden Alters – wahrlich kein Wunder bei Körbchengröße Doppel-D. Mit der rechten Hand griff Lisa sich in den Bauchspeck und wurde fündig. Ja, gestand sie sich ehrlich ein, daran könnte man was tun. Sollte man wohl auch. Sie ließ sofort wieder los, zu schrecklich war der Gedanke an schweißtreibenden Sport und eine dauerhafte Diät, und wandte sich erfreulicheren Betrachtungen zu. Die Beine, fand sie, nachdem sie sie von rechts nach links und zurück gedreht hatte, die Beine sind immer noch unschlagbar. Am besten würde sie heute den kurzen Rock aus schwarzem Batist anziehen, darunter die Pumps des spanischen Designers und darüber das Shirt mit dem tiefen Ausschnitt. Und darüber wiederum den sündhaft teuren Häkelschal, der mit rubinroten Perlen und Pailletten besetzt war – ein aufregendes Outfit zu ihren blonden Haaren und den blauen Augen.

Lisa war zufrieden mit ihren Entscheidungen und legte sich die ausgewählten Klamotten fein säuberlich auf dem Bett zurecht. Vorher musste der Alabasterleib jedoch noch mit duftenden Substanzen eingecremt werden.

Eine gepflegte halbe Stunde später warf Lisa mit Zornestränen in den Augen den Batistrock in die Ecke, das Shirt flog hinterher. Zu kurz, zu eng, zu peinlich. Offensichtlich hatte sie wieder unbemerkt ein paar Kilo zugelegt. Trotzig griff sie nach ihren Jeans. »Egal«, schnauzte sie wütend ihr Spiegelbild an, »egal, egal! Ich habe heute Geburtstag! Ich werde Geschenke bekommen und im Mittelpunkt stehen! Und ich werde mich mit jedem einzelnen Kilo Körpergewicht feiern lassen!«

Zur gleichen Zeit saß Marthe einige Kilometer weiter in ihrem Schlafzimmer an der schwarzen Schleiflack-Schminkkommode aus den Dreißigerjahren, die sie hauptsächlich zum Aufbewahren alter Briefe und kleinerer Andenken an die Kindheit nutzte. Heute jedoch trug sie sorgfältig Make-up auf, malte sich Lidstriche und zog die Lippen nach. Dabei summte sie leise die Calypso-Songs von Robert Mitchum mit, die durch die geöffnete Tür aus dem Wohnzimmer zu ihr drangen. Als sie eine der filigranen Schubladen öffnete, um einen Lippenstift zu suchen, fiel ihr ein Foto in die Hände. Es zeigte Lisa und sie als kleine Mädchen an einem sonnigen Strand – beide in gepunkteten Bikinis und unbeschwert frech in die Kamera feixend. Marthe klemmte das Foto lächelnd an den Spiegel. Sie beschloss, es Lisa heute Abend zu schenken.

Während Marthe geduldig versuchte, ihre schon seit Jahren komplett ergrauten, aber unglaublich dicken, lockigen, langen Haare in eine ansprechende Hochsteckfrisur einzudrehen, erinnerte sie sich an die Stationen ihrer langjährigen Freundschaft mit Lisa.

Sie hatten sich schon im Kindergarten kennen gelernt. Lisa war mit ihrer blutjungen, allein erziehenden Mutter Heike, einer leicht ausgeflippten Hippie-Braut, in die Nachbarschaft gezogen. Langsam hatten sie sich angefreundet, genau wie ihre Mütter, die beide das freiwillige Schicksal teilten, in ihrem Leben auf einen Ehemann zu verzichten. Lisa war zwei Jahre jünger als Marthe, und so hatten sie sich bei der Einschulung erst einmal aus den Augen verloren. Aber später auf dem Gymnasium wurden sie unzertrennlich, was nicht zuletzt daran lag, dass sie, zusammen mit ihren Müttern, auch häufig die Urlaube gemeinsam verbrachten.

Marthe musste lächeln. Wenn ihr um fünf Jahre jüngerer Bruder Peter nicht gewesen wäre, hätte es kein einziges männliches Wesen in den beiden Kleinfamilien gegeben. Sicher, ihre Mütter hatten diverse Affären, doch lange hielt nie etwas. Marthe und Lisa wuchsen beide ohne die permanente Anwesenheit männlicher Dominanz auf, was sie beide zu selbstbewussten, für manche Männer geradezu provokant selbstbewussten Frauen heranreifen ließ. Der einzige »Mann« im Hause trug meist kurze Hosen und kletterte auf Bäume:

Peter war ihnen einfach immer nur schrecklich auf die Nerven gegangen mit seinen kindischen Streichen. Inzwischen war er zwar dreiunddreißig herangereifte Jahre alt, doch ernst nehmen konnte man ihn immer noch nicht. Zumindest Marthe und Lisa nicht, und daran würde sich wohl kaum jemals etwas ändern.

Konrad kam herein und küsste Marthe zärtlich in den Nacken. »Schön siehst du aus«, schmeichelte er mit leiser Stimme. Er setzte sich zu ihr und betrachtete sie beim Schminken. Er selbst war schon für die Party angezogen, was daran lag, dass er keine Notwendigkeit sah, sich umzuziehen. Konrad trug wie immer ein kariertes Baumwollhemd über einem weißen Shirt und Jeans, seine blonden Haare strubbelten wild um den Kopf. Marthe hatte sich vor einigen Jahren in die unkomplizierte Ausstrahlung Konrads verliebt, in sein warmherziges Wesen und die Lachfältchen um seine Augen. Damals, als sie noch im Verlag gearbeitet hatte, hatte Konrad in seiner Natürlichkeit eine echte Wohltat gegen die teilweise sehr aufgesetzte und sich überaus wichtig nehmende Journaille dargestellt. Und das war bis heute so geblieben.

Konrad nahm das eingeklemmte Foto von Lisa und Marthe vom Spiegel. »Immer noch so strahlend wie damals«, fügte er lächelnd hinzu. »Ist das Lisa, da neben dir?«

Marthe nickte: »Das war an der Nordsee. In St. Peter-Ording. Da sind wir sehr oft hingefahren.«

Konrad betrachtete eingehend das Foto. »Unglaublich, dass ihr schon so lange befreundet seid. Eigentlich passt ihr überhaupt nicht zusammen.«

Marthe nahm ihm das Foto unwillig aus der Hand und steckte es zurück: »Wieso nicht? Bloß weil mich immer alle für eine ernsthafte Intellektuelle halten und Lisa als oberflächliche Extrovertierte gilt? Wie banal, mein Schatz!«

»Na ja, ich weiß nicht. Da ist schon irgendwas dran. Obwohl sich euer Lebensweg, von außen betrachtet, sehr ähnelt. Ihr macht Abi und studiert beide Psychologie. Du fängst als Journalistin an und landest absurderweise als Ernährungsfachfrau bei einer angesagten Publikumszeitschrift. Dort willst du dich nicht länger unter Wert verkaufen, also besinnst du dich auf deine Wurzeln und eröffnest eine Praxis als Psychotherapeutin, während Lisa in der Werbung Slogans für Slipeinlagen entwickelt.«

Marthe reagierte leicht ungehalten: »Na und? Außerdem hat sie da aufgehört und arbeitet jetzt als Journalistin bei meiner früheren Zeitschrift. So what?«

Konrad kicherte: »Und da gibt sie Sex-Ratschläge als staatlich geprüfte Psychologin mit dem postfeministischen Zertifikat der weiblichen Spaßgesellschaft. Das hast du selbst mal gesagt!«

Marthe grinste. »Lisa und ich sind wahrlich nicht immer einer Meinung. Aber ich mag sie wahnsinnig gern. Wahrscheinlich gerade, weil sie so anders ist als ich.«

Konrad trat hinter Marthe und legte beide Hände auf ihre Schultern. Er beugte sich hinunter und begann, an Marthes Ohrläppchen zu saugen. Unterdessen glitten seine Hände ihr Dekolletee hinab.

»Ich mag *dich* so, wie du bist. Und zwar so sehr, dass mir gerade ganz seltsam wird«, flüsterte er ihr ins Ohr.

Marthe drehte sich auf ihrem Stuhl und blickte lächelnd zu ihm auf: »Es ist kurz nach sieben. Lisa kommt bald. Wir wollen noch ein paar Sachen herrichten, bevor die ersten Gäste eintrudeln.«

»Lisa kommt doch sowieso zu spät«, erwiderte Konrad und zog Marthe von ihrem Stuhl vor dem Schminktisch aufs Bett.

Als Lisa wie üblich eine Viertelstunde später als verabredet eintraf, in alten Jeans und Shirt, aber mit großem Abend-Make-up und zwei Schüsseln voller Salat in ihrer aus ausgewaschenen und lackierten Milchtüten gefertigten Designertasche, war Marthe gerade wieder dabei, sich die Lippen nachzuziehen und die Haare hochzustecken. Sich schnell noch das Hemd zuknöpfend, öffnete Konrad die Tür und drückte Lisa fest an sich: »Alles Liebe zum Geburtstag, meine Große!«

Peter lag unterdessen in den Kneipenluft ausdünstenden Klamotten vom Vortag im selben Haus ein Stockwerk tiefer auf seinem Bett und schlief. Neben ihm schnarchte seine Freundin Kerstin, genannt Kerry, in ihrem militärisch grünen Feinripp-Unterhemd leise vor sich hin. Von ihr war nur ein Tribal-Tattoo am Oberarm, ein fast glatt rasierter Schädel und etwa siebzehn kleine silberne Ringe zu sehen, die das linke Ohr perforierten. Auf dem Boden um das Bett herum lagen jede Menge Klamotten, eine halb volle Plastikflasche Cola und einige nicht zueinander passende Socken verteilt, die jetzt, im August, wohl noch Überbleibsel des verregneten und kühlen Julis waren, sowie eine leere Pizzaschachtel und mehrere aufgeschlagene Sportmagazine. Mitten in diesem Chaos auf dem Fußboden stand, in unbequemer Entfernung zum Bett, ein großer, altmodischer Wecker, der sich unaufhörlich tickend der Zwanzig-Uhr-Marke näherte. Als das blecherne Monstrum auf eindringlich unmelodische Weise zu bimmeln begann, regte sich Peter träge in seinem Bett. Kerry rührte sich nicht einmal. Noch im Halbschlaf fummelte Peter suchend neben seiner Schlafstatt herum, doch als er nicht fündig wurde, sah er sich fluchend gezwungen, zumindest ein

Auge zu öffnen. Er erblickte den Wecker, nahm die Colaflasche und warf sie zielsicher. Der Wecker fiel um und verstummte. Peter drehte sich zur Seite und schlief zufrieden brummelnd weiter. Das Schild neben dem Wecker, auf dem in Großbuchstaben stand *STEH AUF, DU PENNER! LISA HAT GEBURTSTAG*, hatte er gar nicht bemerkt.

Doch die Party, die Konrad und Marthe für Lisa gaben, kam auch ohne Peter und Kerry in vollen Gang. Es herrschten immer noch fast tropische Temperaturen, aber trotz der aufgestauten Hitze, die bewegungslos zwischen den Gemäuern der alten Stadtvillen von Eimsbüttel stand, wurde der Balkon kaum genutzt. Einem unerklärlichen Partygesetz zufolge drängten sich die Gäste in der Küche, pickten unter Zuhilfenahme von Zahnstochern mit einer Hand nach den Hackbällchen in Knoblauchsoße, hielten mit der anderen das Glas oder die Flasche und bemühten sich erfolgreich, gleichzeitig zu essen, zu trinken, zu rauchen und zu reden.

Obwohl die Party in Marthes und Konrads Fünf-Zimmer-Altbauwohnung stattfand – Lisas schicke Bude in Winterhude war einfach zu klein für so viele Menschen –, übernahm Lisa selbstverständlich die Pflichten der Gastgeberin. Sie lief von der Küche ins Wohnzimmer, parlierte hier, scherzte da, leerte die Aschenbecher aus und suchte ständig nach ihrem Caipirinha, von dem sie nie wusste, wo sie ihn abgestellt hatte. Zur Not musste eben ein neuer her. Zwischendurch kümmerte sie sich um die Musik, wechselte ihre schon vor Wochen sorgsam selbst gebrannten CDs und feuerte die im Vorderzimmer Tanzenden mit aufreizendem Hüftschwung zu Höchstleistungen an.

Die meisten der Gäste waren Lisas Kollegen aus der Redaktion, in der auch Marthe früher gearbeitet hatte. Für Marthe war es mehr als erfreulich, die ganzen »Pappnasen«, wie sie sie nannte, wiederzusehen. Sie stand mit Mitarbeitern ihres alten Ressorts »Ernährung und Gesundheit« zusammen, witzelte über frühere Trüffeltouren ins Perigord und die tausendste Reportage über die Kartoffel als »tolle Knolle«.

Sabine, früher Marthes rechte Hand und inzwischen ihre Nachfolgerin im Ressort, wollte nicht so recht verstehen, wie Marthe den trotz aller Routine immer noch glamouröseren Journaille-Job mit all den netten Pressereisen gegen die tägliche Tristesse der Beschäftigung mit den deprimierenden Problemen anderer hatte eintauschen können. Als Lisa mit ihrem vierten Caipirinha dazutrat, erklärte Marthe gerade ernsthaft, weshalb sie einen solchen Richtungswechsel in ihrer beruflichen Karriere vorgenommen hatte.

»... glaub mir, Sabine, ich habs wirklich nicht mehr ertragen. Jedes Jahr im Januar kommt die erste Diät ins Heft, weil die Leser sich an Silvester vorgenommen haben, die Weihnachtsgans vom Hüftgürtel zu kriegen. Im März wird dann für die ideale Bikinifigur noch mehr gehungert. Im Sommer hält man die Linie, und kurz darauf geht schon wieder die Prophylaxe gegen den drohenden Winterspeck los. Kein Wunder, wenn immer mehr junge Mädchen und inzwischen auch Männer magersüchtig werden.«

Sabine nickte ernst, doch Lisa war das Gespräch eindeutig zu stimmungstötend. Sie drückte Marthe ihren Cocktail in die Hand, grinste und meinte sarkastisch:

»Sei doch froh! All die Magersüchtigen landen jetzt bei dir auf der Couch und finanzieren deine Handtaschen-Sammlung.«

Marthe warf Lisa einen irritierten Blick zu und wollte etwas entgegnen, doch Lisa war schon weitergezogen und zerrte Volker, einen älteren und immer überkorrekt gekleideten Angestellten aus dem Archiv, auf die Tanzfläche. Sie drehte die Musik noch etwas lauter und begann unter dem kritischen Blick Marthes, den völlig verunsicherten Volker mit ihren im Takt wogenden Brüsten zu bedrohen.

Vier Stunden später waren alle Gäste gegangen. Marthe räumte ein wenig auf, während Lisa sich im Badezimmer oral von den Caipirinhas verabschiedete. Als Lisa endlich ins Wohnzimmer zurückkam und sich schwankend aufs Sofa fallen ließ, hatte Konrad schon Kaffee gekocht und ihr eine Tasse hingestellt. Inzwischen ein klitzeklein wenig ernüchtert, blickte Lisa sich um und stellte mit schlechtem Gewissen fest, dass die Wohnung zwar noch nicht sauber, aber immerhin schon wieder in einem erträglichen Zustand war. Schwach bedankte sie sich.

»Hört jetzt bitte mit dem Saubermachen auf. Ich habe doch versprochen, dass ich das morgen früh übernehme. Wenn ihr mir schon eure Wohnung für meine Geburtstagsparty zur Verfügung stellt ...« Sie brach erschöpft ab.

Konrad beugte sich über sie und drückte ihr einen Kuss aufs Haar. »Mach dir keine Sorgen, Große. Werd du erst mal wieder nüchtern. Und das kann eine Woche dauern, so breit wie du bist.«

»Stimmt doch gar nicht«, maulte Lisa wider besseres Wissen. Sie wankte ganz eindeutig, als sie sich nach vorne beugte, um die Kaffeetasse zu nehmen. Marthe setzte sich auf den Sessel Lisa gegenüber und schaute die Freundin mit prüfendem Blick an. Konrad nahm auf der Sessellehne neben Marthe Platz.

»Hat dir die Party gefallen?«, fragte er Lisa in beiläufigem Plauderton.

»Klar«, antwortete Lisa. Doch plötzlich traten ihr Tränen in die Augen.

Erschrocken hakte Konrad nach: »Um Himmels willen, was ist denn mit dir?«

Lisa schniefte nun recht heftig, was ihre immer noch leicht lallende Aussprache kaum verständlicher machte. »Überhaupt nicht hats mir gefallen, gar nicht! Scheißparty!«

Konrad blickte Marthe fassungslos an. Sie gab ihm mit einem Nicken zu verstehen, dass er sich jetzt bitte schön zurückziehen und das Schlachtfeld der Frustration einer Fachfrau und Freundin überlassen solle. Konrad begriff sofort, strich der nun herzerweichend weinenden Lisa übers Haar und murmelte einen Gutenachtgruß, bevor er sich verzog. Marthe wartete, bis Lisas Schluchzen abebbte. Dann reichte sie ihr ein Taschentuch, in das Lisa laut vernehmlich schnäuzte.

»Okay«, sagte Marthe, »und jetzt Klartext: Was ist mit dir? Du warst schon den ganzen Abend so komisch.«

Lisa blickte irritiert auf. Plötzlich begann sie zu lachen, laut und immer lauter – ein plötzlicher Stimmungswechsel, wie er unter übermäßigem Alkoholeinfluss durchaus üblich ist.

»Kannst du mir mal verraten, was dich plötzlich so amüsiert?«, fragte Marthe ein wenig missmutig.

Lisa nickte enthusiastisch. »Weißt du noch, vor zwei Jahren, die Party bei Uwe?«

»Du meinst die Party, bei der du mit Bernd beim Vorspiel in der Badewanne erwischt worden bist, woraufhin seine Freundin einen Heulkrampf bekam und mir in ihrer Verzweiflung ekstatisch in die Schulter biss?«, hakte Marthe nach.

»Und Uwe ohnmächtig geworden ist, als er dich bluten gesehen hat«, fügte Lisa, vor Vergnügen glucksend, hinzu.

Marthe schaute Lisa streng an. »Die Party heute hat dir also nicht gefallen, weil es zu wenig Verletzte gab?«

Lisa hielt im Lachen inne und verzog das Gesicht

blitzschnell erneut in Richtung Drama und Katastrophe. »Neeeiiiiiin«, meinte sie gedehnt.

»Was denn dann?«

»Weil, weil ...« Lisa artikulierte undeutlich, da ihr schon wieder die Tränen in die Augen stiegen, »weil keiner da war, kein einziger Mann, der sich für mich interessiert hat.«

»Verstehe«, erwiderte Marthe nicht ohne eine gewisse »Das-nun-wieder!-Strenge«.

»Nein, du verstehst nicht«, widersprach Lisa heftig, »du hast seit über zwei Jahren deinen Konrad. Sogar Karen, die nie eine Beziehung wollte, hängt jetzt aus lauter Liebe zu ihrem Palästinenser in Gaza-Stadt rum und wirft vermutlich Steine nach dem israelischen Militär! Und ich?«

Marthe konnte nicht anders, sie fand Lisas typischen Schmollmund und ihre Klagen über die Ungerechtigkeiten der Welt einfach lustig. »Willst du auch einen Palästinenser, meine Süße? Aufgewachsen im Flüchtlingslager, Lebenserwartung so circa fünfunddreißig Jahre? Aber glutäugig ...«, fragte sie Lisa in neckend-mitleidigem Tonfall.

Lisa musste nun auch ein wenig grinsen. »Nein, du blöde Kuh! Ich will Brad Pitt!«

Marthe schlug sich mit der flachen Hand an die Stirn: »Oh, Lisa, es tut mir sooo Leid, kannst du mir das je verzeihen? Ich habe doch glatt vergessen, ihn einzuladen. Dabei waren wir vorgestern noch zusammen in der Eukalyptus-Sauna!«

Die beiden lachten laut zusammen, als Konrad, nur mit einer labberigen Boxershorts mit aufgedrucktem Einstein-Porträt bekleidet, hinter Marthes Rücken zum Klo schlurfte.

Lisa blieb das Lachen im Hals stecken: »Hast du das gerade gesehen?« Sie wies mit dem ausgestreckten Arm in den nun leeren Flur hinaus.

Marthe wandte sich irritiert um: »Nein, was? Brad Pitt?«

Lisa schüttelte energisch den Kopf: »Im Gegenteil! Einstein auf zwei haarigen, dünnen Beinen. Und über seinem Kopf der Bauch deines Mackers!«

Marthe begann wieder zu lachen. »Ich habe diese Unterhose vor ein paar Wochen mal in den Müll geworfen. Aber Konrad hat sie wieder rausgefischt. Er behauptet steif und fest, dass Einstein seinem Penis klar macht, wie relativ alles ist. Männer sind so bescheuert!«

»Ich will auch einen«, bemerkte Lisa plötzlich todernst.

»Einen Penis?« Marthe prustete von neuem los.

»Einen Mann. Egal, wie bescheuert.«

Marthe sah Lisas traurigen Augen an, wie sehr sie von dieser Sehnsucht im Moment gebeutelt war. »Und heute Abend waren wieder nur Pärchen da«, sprach sie Lisas trübe Gedanken laut aus.

Lisa nickte: »Der Einzige, den ich toll fand, war dieser dunkelhaarige Typ, den Klaus mitgebracht hat. Und der ist nach zwei Stunden mit Steffi abgezogen.«

Lisa sah plötzlich sehr müde aus. Sie ließ sich tief in das Sofa sinken und barg ihren Kopf auf dem Kissen. Marthe erhob sich aus ihrem Sessel. Konrad, der inzwischen von der Toilette zurückgekommen war, blieb im Flur stehen und sah, wie Marthe sich über Lisa beugte und sie liebevoll zudeckte.

»Schlaf dich aus. Morgen gehts dir wieder besser«, flüsterte sie Lisa zu. Als Marthe sich umwandte und zu Konrad ging, war Lisa schon eingeschlafen.

Eine Mütze voll Schlaf später – der Tag lief schon lange – tauchten Marthe und Konrad reichlich zerknittert in der blitzblanken Küche auf. Der Duft von frischem Kaffee und das Brutzeln von Rührei hatte sie angelockt. Fröhlich hantierte Lisa zwischen den Gerätschaften; der Tisch war schon für drei gedeckt.

»Gut, dass ihr endlich kommt. Ich hätte euch sonst einen Eimer Wasser über den Kopf gekippt«, vermeldete Lisa gut gelaunt.

Konrad hielt sich den Schädel. »Kannst du mir mal sagen, wie du nach deinen circa zwanzig Caipis jetzt schon wieder aufrecht stehst? Und wo sind die Aspirin?«, fragte er stöhnend.

Lisa wies auf die Frühstücksteller: »Aspirin liegt bereit. Und der Alk? Tja, Konrad, ich bin erst sechsunddreißig. Da steckt man eine harte Nacht noch locker weg. Du mit deinen einundvierzig gehörst halt schon auf die Pflegestation«.

Marthe und Konrad setzten sich an den Tisch, während Lisa das Rührei mit den restlichen Hackbällchen von der Party auf die Teller verteilte. Konrad löste sich zwei Aspirin auf und verweigerte erst mal jede weitere Nahrungsaufnahme. Etwas angewidert sah er zu, wie beide Frauen kräftig zulangten.

Auch Marthe beobachtete Lisas Appetit vergnügt. »Hast du dein Tief von heute Nacht überwunden?«

Zwischen zwei Bissen bestätigte Lisa entschlossen: »Ich habe die negative Energie dieses alkoholbedingten Ausfalls in positive und vorwärts gerichtete Gedanken transformiert.«

»Hört, hört«, spottete Marthe freundlich, »und was soll das heißen?«

»Ich will geküsst werden«, antwortete Lisa mit schwärmerischem Blick, »zärtlich, süß und innig!«

Marthe erhob sich, ging an den Schrank, öffnete ihn und warf Lisa eine Schachtel Schokoküsse zu. »Hier. Zärtlich auf der Zunge und süß im Abgang.«

Betont beleidigt pfefferte Lisa die Schachtel in die Ecke. »Wer solche Freunde hat, braucht keine Feinde!«, erklärte sie streng.

Marthe grinste nur, während Konrad abwesend an seinem Aspirin-Drink nippte.

Lisa schüttelte tadelnd den Kopf und nahm ein Hackbällchen in den Mund, was ihre Aussprache extrem undeutlich machte: »Isch 'uch mir halt 'n, wenn isch 'n will.«

»Wie bitte?«, wollte Konrad wissen. »Worum gehts?«

Lisa schluckte ihren Bissen hinunter. »Ich habe beschlossen, mir einen Mann zu suchen. DEN Mann! MEINEN Mann. The One and Only.«

Marthe ließ ihre Gabel sinken: »Du willst doch nicht wieder eine Kontaktanzeige aufgeben?« Ohne Lisas Antwort abzuwarten, wandte sie sich an Konrad und fuhr mit Katastrophenahnung in der Stimme fort: »Das hat sie nämlich schon mal gemacht. Und das Ende vom Lied war, dass Karen und ich sie in Malaga in Strapsen an eine Heizung gekettet fanden!«

Konrad schaute verwirrt zwischen Lisa und Marthe hin und her und meinte dann entrüstet zu Marthe: »Das hast du mir nie erzählt! Eine Entführung?«

Lisa fuhr mit vollen Mund dazwischen: »Das wird sie dir auch jetzt nicht erzählen.«

Doch Marthe ignorierte Lisas Zwischenruf geflissentlich und klärte Konrad auf: »Perverse Sexspiele! Aber Karen und ich dachten zuerst ebenfalls an eine Entführung. Deshalb bekam Lisas Lover ja auch eine Kostprobe von Karens Karate-Künsten. Und wir durften dann alle drei eine Nacht im spanischen Gefängnis verbringen.«

»Wo sich der Antonia-Banderas-Bulle dann gleich in Karen verknallt hat. Und dir ist Martin hinterhergereist, um dich zu retten. Und was war mit mir? Nix! Ich war allein und bin es immer noch. Und das werde ich jetzt ändern. Endgültig!«, beschwerte sich Lisa.

»Könnt ihr mir jetzt endlich mal erklären, wovon ihr redet?«, wollte Konrad beleidigt wissen.

»Nicht jetzt, Schatz«, war Marthes lapidare Antwort. Sie wandte sich wieder an Lisa: »Aber diese blöde Geschichte damals hat dir doch bewiesen, dass Kontaktanzeigen keine echten Lösungen bieten.«

Lisa hielt dagegen: »Stimmt nicht. Ich wollte damals nur Sex, und den habe ich auch bekommen. Aber beruhige dich: Ich will keine Anzeige aufgeben. Es geht mir nicht um Sex ... also nicht nur, sondern um meine Zukunft. Und die werde ich aktiv gestalten. Ab sofort.«

»Wo war Peter eigentlich gestern Abend? Der war gar nicht auf der Party«, murmelte Konrad plötzlich abwesend.

Marthes Gesicht verfinsterte sich: »Dieser Loser! Keine Ahnung, wo der abgeblieben ist!« Sie spießte ein Hackbällchen auf und steckte es sich in den Mund.

Lisa musste lachen: »Lass deinen Bruder leben! Am Freitag hat St. Pauli gespielt. Der ist bestimmt versackt und hat den Samstag durchgepennt.«

»Eben. Loser. Sag ich doch«, kommentierte Marthe ungnädig.

Konrad erhob sich: »Ich gehe mal runter und sehe nach ihm. Vielleicht will er ja mein Rührei.«

Als Konrad zur Tür hinaus war, mussten Marthe und Lisa unwillkürlich grinsen.

»Feigling«, meinte Marthe lapidar.

Lisa gluckste vergnügt: »Konrad hat die Flucht ergriffen, weil er unser Frauengelaber unerträglich findet, oder?«

Marthe nickte überzeugt: »Und außerdem will er Peter fragen, ob der etwas über die perversen Sexspiele an der Heizung in Malaga weiß.«

»Du hast ihm das echt nie erzählt? Nett von dir.« Lisa hielt Marthe auffordernd ihre leere Kaffeetasse hin.

Marthe schenkte nach. »Jetzt sag aber mal im Ernst, wie stellst du dir das denn vor: deine Zukunft aktiv zu gestalten – in Bezug auf einen Mann? Willst du dir einen schnitzen?«

»Ich bestelle ihn mir beim Universum«, entgegnete Lisa verschmitzt.

Marthe stellte die Kaffeekanne mit einem lauten Knall auf der Tischplatte ab. »Liest du immer noch diesen Eso-Mist? Die Prophezeiungen der Klementine oder so?«

Lisa lachte laut auf. »Damit kann ich dich sofort auf hundertachtzig bringen. Du bist ein wissenschaftsgläubiger Kleingeist, weißt du das?«

Bevor Marthe noch etwas entgegnen konnte, betrat Konrad mit Peter im Schlepptau die Küche. »Peter war schon auf dem Weg zu uns nach oben«, erklärte er das schnelle Wiederauftauchen.

»Um Futter am Trog zu suchen«, vermeldete Marthe spitz.

Peter ignorierte Marthe grinsend, beugte sich über Lisa und gab ihr einen schmatzenden Kuss auf den Mund. »Glückwunsch, mein Zuckerschnäuzchen. Und sei nicht böse, dass Kerry und ich die Party verpennt haben. Aber ...«

»... St. Pauli hat gespielt. Und dann musstet ihr hinterher in die Fankneipe, und dann wurde es spät und später«, ergänzte Lisa lächelnd.

»Ich habe dir aber was Tolles mitgebracht.« Peter hielt Lisa ein recht winziges Päckchen hin. Während sie an der lieblosen Verpackung aus Zeitungspapier zerrte, setzte er sich auf Konrads Platz und machte sich über das Rührei her. »Das ist ja kalt«, moserte er.

»Musst du halt früher aufstehen, Brüderchen«, wies Marthe ihn in die Schranken.

»Ein Feuerzeug«, stellte Lisa ohne große Begeisterung fest, nachdem sie die vielen Schichten Papier um das Päckchen endlich erfolgreich zerfetzt hatte.

»Ja, aber nicht irgendein x-beliebiges!«, erklärte Peter stolz und beugte sich zu Lisa, »schau mal, das ist ein Original-Zippo mit dem Totenkopf von St. Pauli eingraviert. Limitierte Auflage!«

Lisa drehte das Feuerzeug etwas ratlos in der Hand und versuchte mühsam, sich zu begeistern.

»Lisa raucht doch gar nicht, das weißt du«, gab Marthe zu bedenken.

»Dann soll sie halt damit anfangen«, wehrte Peter den Einwand ab und stopfte sich kaltes Rührei in den Mund.

»Vielleicht fange ich sogar wirklich damit an«, lächelte Lisa, »wo sich doch jetzt eh mein ganzes Leben ändert.«

Marthe schüttelte missbilligend den Kopf.

Peter schaute Lisa – wenn auch nur mäßig interessiert – an: »Wieso denn?«

»Weil ich mir einen Mann suche – für eine feste Beziehung.« Lisa goss Peter Kaffee ein.

»Ach so. Na dann, viel Glück«, meinte er und trank laut schlürfend.

Lisa nickte überzeugt. »Danke. Das werde ich haben.«

In der Sonntagnacht nach der Party befindet sich Lisa in der Bretagne. Sie liegt nackt in einer kleinen versteckten Bucht im von der Sonne erhitzten Sand und hört leise Musik. Sie weiß ganz genau, dass dieser Typ wieder oben auf der Klippe sitzt und sie beobachtet – wie schon seit Tagen. Er will sehen, wie Wind und Sonne ihren nackten Körper trocknen, bis nur noch ein paar kleine Schweißperlen auf ihrer Haut glitzern. Auf dem Rückweg zu dem von ihr angemieteten Haus wird er am Wegrand stehen und ihr hinter seiner Ray-Ban-Sonnenbrille in die Augen sehen.

Sie hat keine Angst vor ihm, im Gegenteil. Irgendwie fühlt sie sich mächtig zu ihm hingezogen. Er ist so geheimnisvoll. Und unter seinem Bart und seinen zottigen Haaren ist er verdammt attraktiv, das weiß sie genau. Er schaut immer so düster, aber heute nimmt er die Sonnenbrille ab, als sie auf dem Rückweg zum Haus an ihm vorbeigeht, und lächelt sie verlegen an. Sie lächelt zurück und geht weiter.

Das Haus hat sie für zwei Monate gemietet, um

endlich einmal von der blöden Journaille und der dazugehörigen oberflächlichen Szene zu entspannen und zu sich selbst zu finden. Abends jedoch geht sie in die Dorfkneipe, wo alle Jungs wie verrückt hinter ihr her sind und sie für ihr fulminantes Kickerspiel bewundern. Sie kann natürlich perfekt Französisch und auch ein wenig Bretonisch.

Plötzlich kommt der bärtige Typ herein, zum ersten Mal. Er bleibt an der Tür stehen. Unter dem lautstarken Protest ihrer Fans verlässt Lisa den Kicker und geht zu ihm. Sie nimmt ihm die Sonnenbrille ab, die er überraschenderweise auch hier trägt, und sagt verschwörerisch zu ihm:

»Heute habe ich in deinen Augen die Hölle gesehen. Und in deinem Lächeln den Himmel.«

Er nimmt sie bei der Hand und erwidert leise: »Let's go.«

Sie nickt und folgt ihm hinaus. Sie gehen zu der kleinen Bucht und reden die ganze Nacht. Über die Sterne, das Leben, über Trauer und Freude, Glück und Leid. Dann nimmt sie ihn mit zu sich nach Hause und schläft mit ihm. Keiner von ihnen hat den anderen nach seinem Namen gefragt.

Der Sex ist wundervoll, fast mystisch. Nie zuvor hat sie einen Mann gehabt, der so instinktiv und liebevoll auf ihren Körper eingegangen ist. Danach liegt er zuerst lange Zeit still da. Dann nimmt er sie in die Arme und beginnt, ein wenig zu weinen. Er gesteht ihr, dass er seit Monaten völlig verzweifelt gewesen ist, weil er keine Wahrheit mehr in seinem Leben finden konnte – nur noch seichte, glanzlose Verlogenheit. Aber sie hat ihn im Innersten berührt, schon als er sie zum ersten Mal gesehen hat. Er liebt sie und will, dass sie immer bei ihm bleibt.

Sie gesteht ihm, das Gleiche zu empfinden – ganz so, als hätte sie ihr Leben lang auf ihn gewartet. So als kenne sie ihn schon ewig. Seine Miene nimmt einen sorgenvollen Ausdruck an. In ihr Leben werden große Veränderungen eintreten.

Sie fragt nach. Er erhebt sich und geht ins Badezimmer. Dann tritt er aus dem hell erleuchteten Bad wieder in das Halbdunkel des Schlafzimmers und legt sich neben sie. Er knipst die kleine Lampe neben dem Bett an. Er hat sich rasiert und die langen Haare fein säuberlich zurückgebunden. Sie wendet den Kopf zu ihm und sieht: Es ist Brad Pitt. Leise sagt sie zu ihm: »Das macht nichts.« Sie kuscheln sich aneinander und schlafen ein.

Lisa zog die dünne Decke in ihrem einsamen Bett in Eimsbüttel wohlig seufzend bis zur Nasenspitze hoch. Sie grinste ein wenig über ihre romantisch-kitschigen Hedwig-Courths-Mahler-Fantasien mit aktualisierter Starbesetzung und nahm sich vor, morgen Abend endlich mal wieder den mindestens ebenso knackigen Will Smith zum Helden ihrer Gutenachtträume zu machen – schon aus Gründen der farblichen Abmischung. Und vielleicht das Ganze mit einer etwas fröhlicheren Note, eher so im groovigen HipHop-Slang ... Mit genussvollem Lächeln schlief Lisa ein.

Am nächsten Morgen ging sie einen Teil des Weges zum Büro zu Fuß, weil ihr Mercedes zur Inspektion in der Werkstatt war. Sie war mit der U-Bahn von Winterhude bis Klosterstern gefahren und dort ausgestiegen, um noch ein wenig das schöne Wetter zu genießen. Einen unbewussten Schritt vor den anderen setzend, lief sie langsam durch Harvestehude, und ihre ganze Aufmerksamkeit war nach innen gekehrt, auch wenn sie im Vorübergehen leicht mit der Hand über die an den Vorgärten der Villen gepflanzten Hecken strich. Im Gepäck hatte sie ihre Aktenmappe und eine Menge Pläne. Sie war vor zwei Tagen sechsunddreißig Jahre alt geworden und freute sich auf ihre Zukunft. Aber noch beschwingter als die Entscheidung, dass sie sich einen Mann suchen würde, war die Tatsache, dass sie überhaupt eine Entscheidung getroffen hatte. Sie hatte ganz bewusst einen Punkt gesetzt und damit einen Neuanfang markiert. Ihr Gefühl sagte ihr, dass das gut und richtig war.

Der Montagmorgen begann üblicherweise mit der kleinen Redaktionssitzung, in der vom Chef der Stand der Dinge abgefragt wurde. Heute jedoch war die große Sitzung angesagt, die monatliche Planung für das nächste Heft. Jedes Ressort brachte seine Themenvorschläge zur Sprache, die dann diskutiert, akzeptiert oder abgelehnt wurden – eine nur scheinbar demokratische Veranstaltung, die letztlich jedoch immer vom Chefredakteur Olli in diktatorischer Weise dominiert wurde. Der achtundvierzigjährige, sportlich aktive Olli war davon überzeugt, den Journalismus erfunden zu haben, und all sein aufgesetzt freundschaftliches Gehabe änderte nichts an der Tatsache, dass er von heimtückischem Charakter war und seinen Redakteuren immer wieder in den Rücken fiel, wenn es für ihn von Vorteil war. Auch seine Editorials – er ließ es sich natürlich nicht nehmen, sie selbst zu schreiben – zeugten nur von mangelndem Talent und einem bedenklichen Humor, der an den Brachialwitz eines Bud-Spencer-Films aus den Siebzigern angelehnt war. Lisa war einmal mit ihm aneinander geraten, weil er ihren gut recherchierten und ernsthaft Anteil nehmenden Artikel über Kontaktsuche per Annonce im Editorial mit dem Spruch »Einsamer sucht Einsame zum Einsamen« angekündigt hatte. Als sie ihn mit aller gebotenen Vorsicht gebeten hatte, diesen sprachlich echt wahnsinnig gelungenen Gag, der vor allem von einer unglaublichen Frische sei, vielleicht doch lieber zu streichen, weil eventuell die ein oder andere Leserin ... Olli hatte sie mitleidig angesehen und sie aufgefordert, ihre lächerlichen Emanzen-Attitüden zu Hause zu lassen, wenn sie für ihn arbeiten wolle.

Heute eröffnete Olli die Sitzung mit Erfolgsmeldungen: Der Herausgeber habe ihn belobigt, das Team natürlich auch, denn die Auflage sei weiter gestiegen, und auch die Abos verkauften sich immer besser. Olli nahm diese Nachricht zum Anlass, die von ihm eingeschlagene Marschroute der Nutzwert-Orientiertheit mit seinen üblichen fußballerischen Vergleichen als journalistisches Nonplusultra darzustellen und seine Mannschaft diesbezüglich zu neuen Höchstleistungen anzuspornen. Wie sein Namensvetter Olli Kahn auch stets sage: Weiter, weiter, immer weiter ...

Dann ging es reihum durch die Ressorts. Zuerst war der Sport als größte und wichtigste Abteilung dran. Ressortleiter Peter schlug ganz cool eine Reportage über das in England heiß diskutierte Zwergenwerfen vor, ein Sport, der seiner Meinung nach vor allem förderlich für den Latissimus des Werfenden und die muskulären Abfederungstechniken des Geworfenen sei. Er erntete aber nur einen bösen Blick von Olli, während der Rest der Belegschaft amüsiert grinste. Alle wussten, dass Peter sich so einiges erlauben konnte und es auch immer wieder gern tat. Er besaß aufgrund seines Schreibgenies so etwas wie Narrenfreiheit bei seinem Vorgesetzten. Manchmal beschlich Lisa jedoch die leise Angst, er könne zu weit gehen.

Peter verschränkte gespielt beleidigt die Arme und gab an seinen Kollegen Gunnar weiter. Der rettete das Ansehen seiner Abteilung, indem er passend zu der in Planung befindlichen Oktober-Ausgabe keinen saisonalen Sport, sondern Leibesübungen mit Event-Charakter präsentierte: nutzwertorientierte Sicherheitstipps fürs Wracktauchen in der Beringsee, die todesmutigsten Abfahrten für Downhill-Biker mit Adrenalinsucht, Bauch-weg-Gymnastik für postnatale Figurprobleme ...

Olli war zufrieden, erinnerte aber mahnend an die vorbereitende Skigymnastik, die von der Jahreszeit her anstand – ein inspirierender Beitrag, der vom Sport-Ressort mit unterdrücktem Gähnen abgenickt wurde.

Das Reise-Ressort vermeldete ein thematisches Cross over mit dem Sport: alles rund um die Beringsee, ultimative Tipps für die letzten Abenteurer. Dazu noch etwas für die weibliche Leserschaft – die besten Hideaways zur Cellulite-Vorbeugung per Algenschlamm-Packungen, also Wellness vom Feinsten, selbstverständlich mit dem entsprechenden Partycharakter für die junge Zielgruppe.

Olli wies auf Kastenmaterial hin – am besten mit Sternchen für die Hotelküche und die Spa-Abteilung und die Ausgehmöglichkeiten. So, und damit war auch das Reise-Ressort durch. Die Ernährung, Marthes frühere Abteilung, hatte immer am wenigsten Probleme mit ihren Themenvorschlägen, da Olli sich in seiner Männlichkeit als dafür nicht so recht zuständig erachtete. So gingen auch diesmal die Variationen mit Auberginen und herbstliche Salate ohne Murren durch. Für den verkaufsfördernden Spaßfaktor auf den Ernährungsseiten würden eh wieder die Fotos sorgen: leicht geschürzte Models mit Bananenstauden auf dem Kopf, die sich saftige Melonenscheiben an den nackten Busen quetschten – in der kommenden Ausgabe wurden die Melonen dann wohl passend durch Auberginen ersetzt.

Lisa hatte es immer am schwersten mit ihren kreativen Eingaben. Erstens war ihr Ressort »Psyche und Erotik« schwer zu definieren, und zweitens fühlte Olli sich hier ebenso wie im Sport als absoluter Fachmann, war er doch fest davon überzeugt, ein die Frauenwelt beglückender Supermann zu sein, der auch von der weiblichen Psyche mehr wusste als die Damenwelt selbst. Auch diesmal lobte er Lisa zwar erst für ihre Ideen, stampfte sie dann aber schließlich doch in Grund und Boden, weil er seine eigene für schlicht genial hielt.

Lisas Vorhaben, den möglichen Zusammenhang zwischen Bildung und der Wechselfrequenz bei Geschlechtspartnern zu untersuchen, war Olli viel zu kopflastig. Aber als Trostpflaster schenkte er ihr seine eigene Idee: Sie solle doch einmal so was machen wie »Sex and the city«. Das habe er letzte Woche mal angeschaut, und das sei ja für angeblich so abgezockte Tussen von heute anscheinend immer noch ganz spannend, wie da über den Geschmack von Sperma geredet werde. »Adaptier das mal, für Print natürlich und bitte schön nutzwertorientiert.«

Lisa starrte Olli mit offenem Mund an, unfähig zur direkten Gegenwehr. Olli bemerkte ihre Konsterniertheit nicht einmal. Er blickte auf die Uhr und vermeldete gewichtig:

»Wir können die Sitzung nun schließen. Eigentlich wollte ich Ihnen allen noch einen neuen Kollegen vorstellen, den Creative Director Kay Wessel, den ich dank einer geschickten Verhandlungstaktik von der Konkurrenz weggelockt habe. Allerdings scheint er bei der Personalabteilung mit seinem Vertrag aufgehalten worden zu sein, sonst wäre er bestimmt ...«

Olli wurde durch einen jungen Mann unterbrochen, der dynamisch in den Konferenzraum gestürmt kam.

Lisa wandte den Kopf, sah ihn an, er ließ den Blick durch die Runde schweifen, sah auch sie an, seine blauen Augen, blau wie die eines sibirischen Huskys, kühl und blitzend wie klare, von der Sonne beschienene Eiswürfel, ruhten für den Bruchteil einer Sekunde auf ihr, lächelten, so warm es bei der Farbe nur ging – und Lisas Welt bewegte sich plötzlich in Zeitlupe. Ollis Brabbeln drang nur noch von ganz weit entfernt an ihr Ohr, es war eine dumpfe Akustik wie unter Wasser. Stattdessen hörte sie Musik, ja, es war tatsächlich Tom Jones, der die »Sexbomb« besang, und dann mischte sich unversehens eine Frauenstimme ein, die »Why can't we be together« intonierte. Als Kay zwei Schritte in den Raum hereintrat, schwebten seine dunklen Locken sanft auf und ab, und die Musik änderte sich abermals in: »Schönes Haar ist dir gegeben, lass es leben ...«

Lisa schüttelte ihre akustischen Halluzinationen ab und stellte wieder einmal fest, dass sie viel zu lange in der Werbung gearbeitet hatte. Aber sie konnte sich dennoch des Eindrucks nicht erwehren, in einem original Coca-Cola-Spot gelandet zu sein, und sie wünschte sich in diesem Moment nichts sehnlicher, als von der kühlwandigen Dose die süßen Tropfen zu schlürfen, die auch dieser Mann mit seinen sinnlich geschwungenen Lippen berührt hatte – Lippen, die er in diesem Moment zu einem breiten Lächeln verzog, das eine perfekte Zahnreihe freilegte, und ach, ach ... Das war er. Das war ER. Der MANN. IHR Mann!

Sie seufzte so laut und verlangend, dass Peter ihr unter dem Tisch einen schmerzhaften Tritt verpasste. Dann stand er auf und begrüßte den Neuen mit einem vertrauten High-Five.

Kurz darauf war die offizielle Begrüßung des neuen Kollegen abgeschlossen und Lisa wieder halbwegs in der Realität angekommen. Kay hatte sich mit einigen netten und witzigen Bemerkungen vorgestellt und auf gute Zusammenarbeit gehofft.

Die anwesenden Frauen hingen an seinen Lippen, während die Männer ihn eher misstrauisch beäugten. Kay war für ihren Geschmack eindeutig zu groß, zu schlank, zu durchtrainiert, zu gut aussehend, zu witzig, zu strahlend – kurz gesagt: ein widerwärtiger Angeber. Die Frauen sahen das natürlich ganz anders. Allein Peter kümmerte sich nicht um Kay und dessen

Wirkung, sondern kritzelte ein wenig in seinen Notizen herum – er malte St. Pauli-Totenköpfe.

Es dauerte nur einen kurzen, aufgeregten Gang zur Toilette, und Lisa stand in Peters Büro. Zur Bestechung hatte sie ihm eine frische Tasse Kaffee mitgebracht. Doch trotz dieses kleinen Gastgeschenks wusste sie genau, dass sie keinesfalls direkt aufs Ziel losschießen durfte. Peter würde die Situation sonst doch nur nutzen, um sie zu ärgern. Also setzte sie sich locker auf seinen Besucherstuhl, der dem Schreibtisch gegenüberstand, legte die Füße hoch und erging sich erst einmal in verärgerten Bemerkungen über den Ablauf der Redaktionssitzung im Allgemeinen und dem Abschmettern ihrer Themenvorschläge im Speziellen.

Peter grinste sie an. »Das ist deine eigene Schuld, Püppi. Du kannst dich einfach nicht verkaufen. Meine Güte: ›möglicher Zusammenhang zwischen Bildung und der Wechselfrequenz bei Geschlechtspartnern‹! Warum sagst du nicht einfach: ›Olli, ich will mal checken, ob dumm wirklich gut fickt und schlau oft. Und daraus mach ich dann 'ne Reportage, aus der die Säfte fließen.‹ *Das* ist die Sprache, die er versteht!«

Lisa fuhr nachdenklich mit dem rechten Zeigefinger um den Rand ihrer Kaffeetasse und tat so, als interessierten Peters Tipps sie brennend. »Wahrscheinlich hast du Recht. Ich habe nur einfach immer noch so ein gewisses Niveauproblem, weiß du?«, entgegnete sie.

Peter grinste. »Schon klar. Schließlich hast du dir

früher dein Geld mit dem Betexten von Schachteln für Slipeinlagen verdient. Da kann als Journalistin bei einer schnöden Publikumszeitschrift schon mal die Berufsehre ins Schleudern kommen.«

Lisa streckte Peter die Zunge raus, und beide mussten lachen.

»Du, sag mal, Peter«, setzte Lisa neu an, »dieser Neue, kennst du den? Weil ihr euch gleich so abgeklatscht habt wie alte Kumpels.«

Peter rollte genervt mit den Augen: »Reise-Rita hat mich eben auf dem Flur auch schon gelöchert. Ihr Weiber seid doch alle zu blöd.«

Lisa nahm ihm empört die Tasse weg. »Dir bring ich nie wieder Kaffee! Schöner Freund bist du!«

»Her mit dem braunen Saft!«, forderte Peter.

»Her mit den brandheißen Infos«, erwiderte Lisa und stellte ihm die Tasse wieder hin.

Er nahm einen Schluck. »Okay. Also: Kay Wessel. War mit mir vor Jahren auf der Journalistenschule. Hat dann aber ins Grafische gewechselt, weil er zu dämlich zum Schreiben ist. Also, es geht schon einigermaßen, aber einen echten Schnitt hätte er nie gemacht.«

»Peter«, mahnte Lisa, »die Schreibe interessiert mich am wenigsten. Ist er verheiratet? Liiert?«

Peter zuckte mit den Schultern: »Verheiratet nicht. Liiert ist der immer irgendwie, aber nie was richtig Festes. Mensch, Lisa, schau dir den Typen doch an! An dem kleben die Frauen wie Fliegen an der Scheiße. Und er nimmt sie reihenweise. Knallt sie alle durch und schnitzt sich 'ne neue Kerbe ins Designerbett.«

Lisa nahm einen Stift von Peters Schreibtisch und kaute nachdenklich darauf herum.

Peter grinste. »Siehst du, kaum denkst du an ihn, bist du schon oral fixiert«.

Lisa legte den Stift ärgerlich wieder weg. »Vielleicht hat er seine Sturm-und-Drang-Phase ja längst hinter sich. Hattest du die letzte Zeit mit ihm zu tun?«

»Nö. Ich habe für Olli nur den Kontakt hergestellt. Von wegen Ollis Verhandlungsgeschick! Ohne mich wäre Kay nicht hier.«

Lisa erhob sich. »Dann müssen wir dir ja dankbar sein. Da hast du endlich mal was richtig gut gemacht, Peter.«

»Lass bloß die Finger von Kay! Der ändert sich nie«, warnte Peter plötzlich ernst.

Lisa öffnete die Bürotür. »Das werden wir ja sehen.« Sie lächelte Peter selbstbewusst zu und ging mit einem koketten Hüftschwung hinaus.

Marthe schloss die Tür hinter ihrer Patientin und schaute auf die Uhr. Für heute konnte sie die Praxis verlassen, denn die für vier Uhr angekündigte histrionische Persönlichkeitsstörung hatte ihren Termin kurzfristig abgesagt. Marthe setzte sich an den Schreibtisch, um die Akte von Frau Meyer mit den Notizen von heute zu aktualisieren.

Frau Meyer, die stark verklemmte dreiundfünfzigjährige Gattin eines Großbäckers, litt seit etwa einem Jahr unter Zählzwang. Sie war vor wenigen Monaten in Marthes Praxis aufgetaucht, nachdem sie vergeblich versucht hatte, ihre Neurose zuerst zu ignorieren und dann zu beherrschen. Doch dieses Unterfangen war gescheitert, und Frau Meyer hatte trotz aller Willensanstrengung immer häufiger zu zählen begonnen, immer mehr, länger, schneller, besessener. Marthe hatte nicht lange gebraucht, um das auslösende Moment dieses zwanghaften Verhaltens aus Frau Meyers Psyche herauszufiltern:

Der Zählzwang war zum ersten Mal in noch relativ milder Form, aber deutlich neurotisch aufgetaucht, als die arme, streng moralisch erzogene Seele der Frau Meyer zum ersten Mal in ihrem Leben von erotischem Begehren belästigt worden war. Der neue Lehrling im Betrieb ihres Mannes, ein ihrer Aussage nach »frecher Jüngling ohne jeden Respekt«, hatte in ihr nie gekannte Fantasien geschürt. Und sie begann, sich mit Zählen abzulenken. Zuerst zählte sie die Knöpfe an der Bäckerjacke des Lehrlings. Eins, zwei, drei, vier, fünf, sechs ... und zurück, rauf und runter. Dann ging sie nicht mehr in die Backstube. Doch kurz darauf setzte der Zählzwang auch ein, wenn ihr Mann die ehelichten Pflichten einforderte. Frau Meyer zählte währenddessen die Glühbirnen in der Schlafzimmerlampe. Sie zählte sie von eins bis zehn pro Nummer, länger brauchte ihr Mann nicht für seine sexuelle Notdurft. Da jedoch im Schlafzimmer nichts

Zählbares war außer den bei der üblichen Rückenlage in ihrem Blickfeld hängenden Glühbirnen und da die mangelnde Abwechslung in Kombination mit der sich an Schnelligkeit deshalb steigernden Wiederholung des Zählvorgangs Frau Meyers Nerven extrem belasteten, ging sie dazu über, ihren Mann zwecks Geschlechtsverkehrs ins Wohnzimmer zu locken. Vom Sofa aus konnte sie die Bücher im Bücherregal zählen, vom Sessel aus die Blätter am Gummibaum. Während Frau Meyer Höllenqualen litt, sah ihr völlig ahnungsloser Mann einen verwegenen zweiten Ehefrühling heranknospen und freute sich über die durchbrochene Routine des ehelichen Schlafzimmers. Auch seine Lenden erwachten zu neuem Leben und forderten das angetraute Weib nun regelmäßig auf, in der Bieder-Meyer-Wohnstube den ehelichen Pflichten nachzukommen. Völlig überfordert und mit den Nerven am Ende war Frau Meyer schließlich von ihrem Hausarzt zu Marthe geschickt worden. Nach einigen zermürbenden Sitzungen, in denen die bemitleidenswerte Frau Meyer sich in die vom Himmel gesandte Strafe wegen ihrer Verderbtheit, der todsündigen Gedanken bezüglich des leckeren Lehrlings nämlich, dreinschicken wollte, konnte Marthe endlich den Ursprung der Zählerei ans Tageslicht des Bewusstseins zerren:

Als Frau Meyer noch ein junges Ding gewesen war, war sie von ihrem Vater bei unsittlichen Handlungen unter der Bettdecke erwischt worden, die sie voll kindlicher Neugier mit einer Banane an sich selbst vorgenommen hatte. Der gestrenge Vater schlug erst mal zu und empfahl der Tochter dann, bei Schlafstörungen und sonstigen Ablenkungen, vor allem derer fleischlicher Natur, unschuldige Schäfchen zu zählen, bis der Mantel des Schlafes über die Versuchung gedeckt wurde – ein Vorgang, den der Vater in der Folge Abend für Abend überwachte. Ein Schäfchen, zwei Schäfchen, drei, vier ... eintausendvierhundertdreiundachtzig ... Bananen wurden im Übrigen aus dem Haushalt völlig verbannt. Nach dieser Nacht der Sünde gab es nur noch Äpfel und Orangen.

Marthe trug seufzend in Frau Meyers Akte ein, dass sie heute wieder ein winziges, moraltheoretisches Schrittchen nach vorne hatten tun können. Aber es würde sicher noch lange dauern, bis die von allzu strengen Moralvorstellungen Kasteite sich selbst das Recht auf Lust zugestehen würde.

Sie klappte die Akte zu, schloss sie weg und schaute wieder auf die Uhr. Ob sie Konrad in seiner Werkstatt besuchen sollte?

Marthes kleine Praxis lag nur etwa zehn Gehminuten von der Wohnung entfernt; Konrads Werkstatt befand sich in einem Hinterhof und lag auf ihrem Heimweg. Sie konnte noch ein paar Einkäufe erledigen und Konrad dann mit einer Tüte englischer Weingummis von der Arbeit abhalten. Doch zuerst ... Nein, lieber nicht ... Oder doch? Marthe war schon fast an der Tür, legte aber plötzlich ihre Tasche wieder beiseite und ging zu einer Holzschatulle auf dem Schreibtisch. Sie nahm eine Zigarette und eine Packung Streichhölzer heraus, öffnete die Tür zu dem kleinen Balkon Richtung Straße und trat hinaus. Genüsslich zündete sie sich die Zigarette an, nicht ohne vorher die Straße auf und ab zu blicken, damit ein eventuell zufällig vorbeikommender Konrad sie nicht etwa ertappte. Konrad und sie hatten vor einem halben Jahr gemeinsam mit dem Rauchen aufgehört. Marthe hatte vor einem Monat wieder angefangen. So ein bisschen. Heimlich. Nur in der Praxis. Eine vielleicht. Manchmal auch zwei. Aber nicht mehr.

Dennoch waren Vorsichtsmaßnahmen angebracht: die Zähne in der Praxis geputzt, mit Mundwasser gegurgelt und beim Einkaufen noch einen extrastarken Kaugummi gekaut. Dann ging sie zur Werkstatt.

Konrad hörte sie nicht eintreten, denn er war bei phonstarker Led-Zeppelin-Beschallung mit dem Abschmirgeln einer Louis-seize-Kommode beschäftigt. Sie stellte ihre Tasche und Einkaufstüten ab, schlich sich von hinten an ihn heran und hielt ihm dann die Weingummis unter die Nase. Konrad war ein Charakter, der so sehr in sich ruhte, dass ihn nicht mal das plötzliche Auftauchen einer abgehackten Hand vor seinen Augen erschüttert hätte. Er biss gierig in die Tüte, ließ sein Schmirgelpapier fallen und wandte sich lächelnd um. Marthe drehte die Musik leiser, nahm ihm die Tüte aus dem Mund und küsste ihn zur Begrüßung.

»Na?«, fragte Konrad, »bist du deine Irren für heute los?«

Marthe nickte und setzte sich auf einen Thonet-Stuhl, den Konrad für einen Kunden ausgebessert hatte. »Der Mann im Mittelpunkt der Welt hat abgesagt.«

»Aber die neurotische Zählerin war da?«

Marthe nickte. Sie sprach kaum mit Konrad über ihre Patienten, nannte schon gar keine Namen, aber gewisse Andeutungen über die Mühsal ihres Alltags ließ sie manchmal schon fallen. Dann verwandte sie allerdings ungenaue Umschreibungen, um ihrer Schweigepflicht Genüge zu tun.

Konrad zog Marthe vom Stuhl hoch und setzte sie auf die Kommode ins feine Sägemehl, das vom Schmirgeln stammte. Er drängte sich zwischen ihre Beine und fuhr mit dem Finger ihre Lippen nach. »Habt ihr wieder über Sex gesprochen, du und die neurotische Zählerin?«, wollte er wissen.

Marthe grinste. »Ich rede nie über Sex mit meinen Patienten. Ich betreibe ganz seriöse Psychologie.«

»Das hat Freud auch, oder? Außerdem geht es doch immer um Sex, das weißt du. Denk nur an den Krieg von Troja.« Konrad vertrat schon seit langem die These, dass Sex hinter allem stecke, was in der Welt passierte. Gemeinhin begann seine Argumentationskette mit dem Krieg von Troja, dann landete er nach einem kurzen Exkurs über die römischen Kaiser direkt bei Napoleon und schließlich bei sich selbst und seinen Gelüsten.

Marthe winkte lächelnd ab. »Ich weiß, Sex ist die einzige und ultimative Triebfeder! Und Bush hat eigentlich nur ein Problem mit dem Irak, weil vor sechzig Jahren im texanischen Kindergarten eine kleine Muslimin, auf die er fürchterlich scharf war, auf seinen Marshmellows rumgetrampelt ist. Sex. Unbefriedigt. Frustration. Aggression.«

»Sag ich doch«, grinste Konrad. Er legte beide Arme um Marthes Hüften. »Hast du es schon mal auf einer Louis-seize-Kommode getrieben?«, fragte er verlangend.

Marthe entzog sich seiner Umarmung, stand auf und klopfte sich das Sägemehl vom Hintern: »Quatorze, ja, seize, nein. Aber ich nehme nicht an, dass der Unterschied sehr groß ist. Das Steißbein tut mir jetzt noch weh, wenn ich an deine letzte Kommode denke.«

Konrad versuchte, Marthe wieder an sich zu ziehen: »Wenn meine Triebe unbefriedigt bleiben, werde ich womöglich aggressiv und bewerfe Mitglieder der internationalen Psychoklempnervereinigung mit meinen Weingummis. Daran bist du dann schuld.«

Marthe gab ihm einen Kuss auf die Nasenspitze und nahm ihre Taschen vom Boden auf: »Schick mir 'ne Karte aus der Klinik, in die sie dich sperren. Vielleicht besuche ich dich mal.«

Sie wandte sich zum Gehen. »Übrigens, ich gehe heute Abend mit Lisa essen – ins ›Luxor‹. Kann ein bisschen später werden. Sie will mir was Dringendes erzählen.«

Konrad nickte. »Kein Problem. Ich schaue mir mit Peter die UEFA-Cup-Übertragung an.«

Kaum war Marthe draußen, drehte Konrad die Musik wieder laut, riss die Tüte mit Weingummis auf, stopfte sich den Mund voll und wandte sich, fröhlich kauend und wie eine im Schlick pickende Möwe den Kopf im Takt bewegend, wieder seiner Möbelrestaurierung zu.

Kay betrat gut gelaunt seine neue Wohnung, zog Schuhe und T-Shirt aus, warf beides in den Garderobenschrank im Flur und ging in den offenen Wohn-/Essbereich. Dort nahm er sich einen mit Wodka versetzten Energydrink aus dem Kühlschrank, ließ die Dose aufzischen und goss sich den ersten Schluck auf dem Weg zur Terrasse durch die Kehle. Die Luft im Penthouse war ein wenig stickig, obwohl der Architekt eine hervorragende Dachisolierung zugesagt hatte. Aber gegen die heißen Augusttemperaturen half wohl nur eine Klimaanlage. Kay öffnete die Terrassentür mit Schwung und fläzte sich auf seinen bereitstehenden Liegestuhl. Er blinzelte kurz und genüsslich in die späte Abendsonne, betrachtete stolz seinen Waschbrettbauch, nahm noch einmal einen kräftigen Schluck und stellte die Dose dann ab. Die Arme hinter dem Kopf verschränkt, die Augen nun geschlossen, ließ er den Tag Revue passieren.

Es war wie erwartet fantastisch gelaufen. Diesen reichlich minderbemittelten Chef hatte er schon beim

Vorstellungsgespräch mit der richtigen Mischung aus Kompetenzgebaren und Kumpanei, Selbstbewusstsein und Servilität eingewickelt. Der hoch dotierte Job als Art Director einer gut gehenden Publikumszeitschrift war für Kay keine allzu große Herausforderung, sodass er sicher eine einigermaßen ruhige Kugel würde schieben können. Und die vier Grafikerinnen, die ihm ab heute unterstellt waren, machten allesamt einen unkomplizierten Eindruck. Schade nur, dass optisch kein echter Kracher dabei war. Kay grinste in sich hinein und erinnerte sich an seinen guten Vorsatz: *Never fuck in the factory*. Von seinen neuen, eher graumausigen »Nützlingen«, wie er die ihm Untergebenen gern nannte, drohte da allerdings keine Gefahr. Außerdem hatte er seit seinem letzten Intermezzo bei einem Münchner Verlag keinerlei Lust mehr auf erotische Komplikationen am Arbeitsplatz. Ihm klingelte noch das Geschrei des Verlegers in den Ohren, der seine Gattin und ihn, Kay, während der letzten Weihnachtsfeier auf der Toilette bei einem ganz speziellen Knecht-Ruprecht-Spiel erwischt hatte. Die Kündigung war so fristlos gewesen, dass er mit den Kollegen nicht mal mehr seinen Glühwein hatte austrinken können. Dennoch hatte sich sein Abgang bei diesem Verlag nicht schlecht gestaltet. Der gehörnte Gatte fürchtete sich dermaßen vor den halb öffentlichen Demütigungen des üblichen Branchentratsches, dass er Kay mit deutlichen Hinweisen auf die Wahrung von »Geschäftsgeheimnissen« sogar noch eine nette

Abfindung zahlte. Diese wiederum investierte Kay in eine mehrmonatige Kreuzfahrt durch den Indischen Ozean. Danach kam er entspannt und braun gebrannt in seine Lieblingsstadt Hamburg zurück und knüpfte an die alten Kontakte an, die er seit seinem Studium auf der Journalistenschule und dem ersten Arbeitsplatz bei einer Hamburger Tageszeitung etwas vernachlässigt hatte – auf der Suche nach einem neuen Job.

Und jetzt hatte er ihn, dank Peter. Kay freute sich darüber, mit Peter zusammenzuarbeiten. Er mochte diesen chaotischen Kindskopf wirklich gern, auch wenn zwischen ihren Lebensvorstellungen Welten so groß und weit wie ganze Galaxien lagen.

Kay schaute auf die Uhr. Er hatte noch gut zwei Stunden, bevor er sich mit Katja zum Essen traf. Zeit genug zum Sonnen, Duschen und Umziehen. Als großstädtischer Jäger und Sammler des dritten Jahrtausends würde er sich bewaffnen mit einem edlen, nach Erfolg duftenden Aftershave auf männlichem Drei-Tage-Bart und der angesagten Klamotten-Mischung aus der obersten Gehaltsliga, getragen mit beiläufiger Lässigkeit, also definitiv ohne Socken, aber eventuell mit Baseballkäppi. Denn auch wenn sein Entschluss, im Büro keine gefährliche Liebschaft anzufangen, unverbrüchlich feststand, hieß das noch lange nicht, dass er sich die Frauen grundsätzlich versagen wollte. Katja war immer für eine heiße Nummer gut. Zumindest war sie das vor drei Jahren gewesen – als junge, hippe Texterin in der Marketingabteilung eines Musik-Senders lebte sie nach dem Motto »live fast, die young« und ließ deshalb folgerichtig kein noch so flüchtiges Vergnügen aus. Kay hoffte nur, dass Katja in den letzten Jahren, in denen er von ihr weder etwas gehört noch gesehen hatte, nicht dick, humorlos oder gar monogam geworden war.

Marthe betrat das »Luxor« zur mit Lisa verabredeten Zeit. Sie wusste natürlich, dass Lisa zu spät kommen würde, und normalerweise hätte sie sich der berechenbaren Unzuverlässigkeit ihrer Freundin angepasst. Aber sie war schon lange nicht mehr in ihrem gemeinsamen Lieblingslokal gewesen und hatte nichts dagegen, die übliche Viertelstunde allein am Tisch zu sitzen, vor sich einen Drink und um sich jede Menge junger Leute zwischen zwanzig und Mitte vierzig, die in Pärchen oder freundschaftlichen Gruppen den Feierabend genossen. Marthe wurde als langjähriger Stammgast freundlich vom Kellner begrüßt und an den draußen reservierten Tisch geführt. Sie setzte sich, bestellte eine Margarita und schaute sich entspannt um. Das warme Spätsommerwetter lockte die Hamburger in Scharen an die frische Luft und auf die Restaurantterrassen, wohl wissend, dass bald wieder lange, düstere und kalte Monate bevorstanden.

Marthe beobachtete gern Menschen, vor allem seit

sie aufgrund ihrer recht häuslichen Beziehung mit Konrad weitaus weniger ausging als früher. Es war fast ein Schmarotzen an den Gefühlen, die sich auf den Mienen der anderen Gäste spiegelten: Den meisten Pärchen konnte man das Stadium ihrer Beziehung deutlich ansehen. Waren sie schon länger zusammen, zeigte sich im Blick oft eine bemühte Konzentriertheit, die dem Gegenüber signalisieren sollte, dass das, was er zum vielleicht zehnten Mal erzählte, immer noch interessant sei. Manche sprachen gar nicht mehr miteinander und schauten sich verstohlen um, auf der Suche nach der eigenen Wirkung und attraktiven Optionen für die mit Sicherheit wiederkommende Zeit als Single. Andere wiederum blickten sich so verliebt in die Augen, dass Marthe sie in der ersten Frischephase vermutete, wo man sich noch gegenseitig Musik-, Film- und Buchtipps gibt – nicht etwa, um dem anderen aufrichtige Empfehlungen auszusprechen, sondern um sich selbst mitzuteilen. Und besonders freute sie sich, wenn sie das seltene Gefühl hatte, eine Paarung beobachten zu können, die das erste Rendezvous erfolgreich überstehen wollte. Erst kürzlich hatte sie Blut und Wasser um das zukünftige Glück eines jungen Möchtegern-Pärchens geschwitzt, das allem Anschein nach auf der Suche nach Annäherung gewesen war. Zumindest der etwa dreiundzwanzigjährige Mann hatte von der ihm gegenübersitzenden jungen Frau mehr als ein einmaliges Abendessen gewollt. Seine offensichtliche Nervosität hatte in krassem Gegensatz zu der zur Schau getragene Coolness der ihm bei weitem überlegenen jungen Frau gestanden und hatte Marthe fast gequält. Hätte Konrad sie nicht lachend davon abgehalten, wäre sie nach ihrem dritten Weißwein dem Jungen aufs Klo gefolgt und hätte ihm eindringlich geraten, es entweder sofort sein zu lassen und sich nach Hause zu schleichen oder endlich den Mund aufzumachen und die Frau irgendwie zum Lachen zu bringen, statt stumm wie ein Fisch auf ihren Ausschnitt zu starren und sich alle drei Sekunden dabei ertappt zu fühlen. Es war wirklich herzzerreißend gewesen.

Lisa kam zu Marthes Verwunderung gleichzeitig mit der Margarita an, also höchstens fünf Minuten zu spät. Marthe stand auf, die beiden küssten sich liebevoll rechts und links auf die Wangen und setzten sich hin. Lisa schien zu platzen vor Lust, Marthe über ihre Neuigkeiten in Kenntnis zu setzen, doch sie beherrschte sich und bestellte zuerst einen Drink beim Kellner, bevor sie die Hände unter ihrem Kinn verschränkte und Marthe auffordernd grinsend ansah.

Marthe kannte ihre Aufgabe. »Also, los, erzählt schon«, forderte sie ungeduldiger, als sie tatsächlich war.

Lisa beugte sich verschwörerisch über den Tisch und flüsterte ihr zu: »Er ist da!«

»Wer? Er?«, fragte Marthe verwirrt.

»Na, der Mann für mich. MEIN Mann!«

Marthe blickte sich sofort um und flüsterte aufgeregt zurück: »Wo denn, um Himmels willen?«

Lisa drückte sich lachend gegen ihre Stuhllehne: »Doch nicht hier. Er ist in mein Leben getreten! Heute Morgen!«

Marthe zog zweifelnd die Augenbrauen hoch: »So schnell? Und da bist du dir ganz sicher?«

Lisa nickte überzeugt und bedankte sich beim Kellner für den Drink. Sie prostete Marthe zu: »Supersicher. Gerade, weil es jetzt gleich passiert ist. Stell dir mal vor, ich hätte Monate gewartet und dabei jeden Mann, der mir über den Weg läuft, abchecken müssen, ob er es vielleicht ist. Da wäre ich doch nach einiger Zeit vom Warten so fertig gewesen, dass ich den Nächstbesten auserkoren hätte – nur damit es endlich passiert. Und ich hätte die ganze Zeit gezweifelt, ob der Typ nicht doch so 'ne Art Frustkauf ist. Aber jetzt bin ich ja noch gar nicht frustriert. Und er ist schon da! Also kann ich mir absolut sicher sein!«

Marthe schüttelte lächelnd den Kopf: »Eine völlig schwachsinnige Beweisführung. Insofern muss sie für dich gelten.«

»Nur nicht frech werden«, gab Lisa grinsend zurück, »warte lieber, bis ich ihn dir vorgestellt habe. Der haut dich glatt aus den Pumps.«

Bevor Lisa die von Marthe geforderten Details über den neuen Supermann preisgab, schauten die beiden in die Speisekarte und bestellten. Marthe wählte einen Raukesalat und dann die Chili-Pasta, ein sehr scharfer Klassiker des Lokals, während Lisa sich mit dem Hinweis, dass Glück hungrig mache, frische Austernpilze in Knoblauch und danach eine gebeizte Lammschulter gönnte, nicht ohne schon jetzt mit der Dessertkarte zu liebäugeln.

Unterdessen ergötzten sich Peter und Konrad an der Vorberichterstattung zum in wenigen Minuten beginnenden UEFA-Cup-Spiel. Im Fernsehen stammelten die Funktionäre der beiden gegeneinander antretenden Mannschaften ihre Ohs und Ähs in die Mikros und gaben Weisheiten von ähnlicher Güte zum Besten wie »Der Ball ist rund, und ein Spiel hat neunzig Minuten«, »Nach dem Spiel ist vor dem Spiel« und »Egal, ob Madrid oder Mailand, Hauptsache Italien«. Auch Konrad und Peter waren noch mit wichtigen Präliminarien vor dem Anpfiff beschäftigt: Es galt, das kalte Bier aus dem Kühlschrank zu holen, die Chips, Erdnüsse und Salzstangen aus ihren Verpackungen in Schalen zu kippen, damit das Rascheln der Tüten hinterher nicht den Kommentator in einer spannenden Standardsituation übertönen konnte. Konrad war sehr froh, dass Peter direkt unter Marthe und ihm wohnte. So konnte er in Sekunden und ganz ohne Aufwand den auch äußerlich sehr geordneten Verhältnissen seiner Beziehung zeitweise entfliehen und bei Peter mal richtig Mann sein, mit sperrangelweit geöffnetem

Mund rülpsen, das übergelaufene Bier mit der eigenen Stinkesocke vom Tisch wischen, ungesunde Fetthämmer bis zum Anschlag in sich hineinstopfen, die Schiedsrichter mit den wüstesten Beschimpfungen belegen und in der Halbzeitpause respektlos über Frauenfußball reden. Kurz: Bei Peter konnte Konrad die Sau rauslassen.

Abgesehen von einem grundsätzlichen Unwillen frauenfeindlichen Äußerungen gegenüber zeigte sich Marthe im Alltag längst nicht so streng und spröde, wie Konrad und Peter ganz unter sich gern taten. Nichtsdestotrotz war es für Konrad, wie für jeden echten Mann, etwas ganz anderes, mit einem Kumpel Fußi zu sehen, als mit der Geliebten »Tiere suchen ein Zuhause« anzuschauen, über die Niedlichkeit von Hundewelpen zu seufzen und damit automatisch die Kinderfrage in den Raum zu stellen.

Die regelmäßige Dosis Fußball und die dazugehörigen Rituale seien gleichsam unverzichtbar für die Balance des Testosteronspiegels und somit für den Erhalt einer ausgewogenen Sexualität, hatte Peter Marthe erklärt, als er Konrad damals für einen müden Zweitliga-Kick von Marthes Praxiseröffnungsfeier hatte loseisen wollen. Doch Marthe hatte sich gegen Konrads Testosteron und für seine Anwesenheit auf ihrer Party entschieden. Ein Schlag gegen die Emanzipation des Mannes, hatte Peter damals gefunden. Aber er hatte es verschmerzt, ebenso wie Konrad. Im Grunde wusste Konrad genau, dass Marthe manchmal sogar sehr froh war, wenn er sich für ein paar Stunden zu Peter verzog.

»Dann können die Ischen mal in Ruhe ihre Gurkenmasken auflegen«, war Peters lapidarer Kommentar.

Als der Anpfiff erfolgte, ließen Peter und Konrad ihre Bierflaschen gegeneinander klirren und konzentrierten sich auf die über den Rasen kullernde »Kirsche«.

Lisa und Marthe wurden soeben die hübsch angerichteten Vorspeisenteller serviert. Lisa schaute etwas unschlüssig. Sie konnte sich gar nicht entscheiden, was sie zuerst tun sollte: essen oder weitererzählen. Sie entschied sich für beides und erging sich, während sie die Austernpilze zerteilte und in den Mund schob, weiterhin in begeisterten Schilderungen:

»Also, wirklich, Marthe, ich würde sagen, eine Mischung aus Pierce Brosnan, nein, Quatsch, zu bieder, eher ... Tom Cruise, aber nicht ganz so glatt, und dem jungen Steve McQueen, nur in dunkel und größer, mit einem Body wie Vin Diesel, nur nicht ganz so aufgepumpt. Und natürlich keinen so dämlichen Gesichtsausdruck.«

Marthe lachte über ihren Salat hinweg: »Jetzt kann ich ihn mir wirklich ganz genau vorstellen! Und wie ist er so? Ich meine, hast du überhaupt schon richtig mit ihm gesprochen, da doch heute sein erster Tag war?«

»Na ja, nicht viel, so ›Hallo‹ eben, also eher noch

nicht ... im Großen und Ganzen«, gab Lisa zu, »aber er ist ein alter Kumpel von Peter. Der hat ihm übrigens auch die Stelle bei uns besorgt.«

»Ob das eine Empfehlung ist? Ein Kumpel von Peter, da stelle ich mir eher einen Ex-Autonomen mit Bierbauch vor«, gab Marthe zu bedenken.

»Der in kackbrauner St. Pauli-Bettwäsche übernachtet«, fügte Lisa lachend hinzu, »aber zu der Kategorie gehört Kay garantiert nicht. Im Gegenteil. Die beiden haben sich auf der Journalistenschule kennen gelernt.«

»Ich denke, er ist Grafiker?«, hakte Marthe irritiert nach.

Lisa nickte: »Art Director. Er hatte wohl keinen Bock aufs ewig gleiche Geschreibsel und hat sich dann auf seine künstlerische Ader besonnen und ist zur Grafik gewechselt. Anscheinend sehr erfolgreich. Olli hat ihn einem Münchner Verlag weggekauft, in dem Kay die Titelgrafik verantwortlich geleitet hat. Weißt du, Marthe, so ein Mann hat Stil und Geschmack. Das sieht man ihm auch an.«

Marthe bestellte eine Flasche trockenen Rotweins. Lisa trank zwar lieber Weißwein, doch zum Lamm mussten sie selbstverständlich einen Rioja trinken, darauf bestand Marthe.

In der Halbzeitpause füllten Peter und Konrad ihre Chips- und Biervorräte auf dem Tisch auf. Die Abseitsentscheidung des Schiedsrichters wurde kontrovers diskutiert, als das Telefon klingelte. Peter ging nach kurzem Zögern dran und sprach genervt mit Kerry. Nachdem er aufgelegt hatte, schaute Konrad ihn fragend an.

»Ach, die stresst manchmal«, erklärte Peter, »sie wollte noch schnell zur zweiten Halbzeit vorbeikommen, aber ich habe keinen Bock.«

»Hoffentlich bin ich jetzt nicht schuld!«, warf Konrad unsicher ein.

»Quark. Wenn du mir hier zu lang in die Kissen pupst, sag ich dir das schon. Nein, Kerry will in letzter Zeit beim Fußballgucken immer eine ›Fußballen-Massage‹. Das wär ja noch okay, aber dann lacht sie sich stundenlang über das geniale Wortspiel kaputt, das sie ungefähr schon zwanzig Mal abgelassen hat. Und das Giggeln geht mir während des Spiels echt auf den Zeiger. Ich glaub, die kokst einfach zu viel«, schloss Peter seine Tirade knurrig ab.

»Wirklich?«, vergewisserte sich Konrad mit sorgenvollem Ton.

Peter nickte: »Sie streitet es zwar ab, hat behauptet, seit Monaten keine Line mehr gezogen zu haben, aber manchmal ist sie so daneben, dass ich ihr das nicht abnehme.«

»Liebst du sie eigentlich?«, wollte Konrad wissen.

Peter öffnete zwei neue Flaschen Bier. »Sie ist 'ne abgefahrene Braut, Mann, die hat echt ein paar scharfe Sachen drauf. Außerdem nervt sie normalerweise nicht rum.«

Konrad begriff, dass das Thema für Peter damit abgeschlossen war. Außerdem ging das Spiel weiter.

»Was hält Peter denn von ihm?«, wollte Marthe wissen.

Lisa zögerte ein wenig. »Nicht so viel, glaube ich. Wie wahrscheinlich die meisten Männer. Purer Neid. Außerdem: Du kennst doch deinen Bruder. Für ihn ist Kay anscheinend so was wie ein Charakter-Eunuch. Wahrscheinlich bloß, weil Kay in einer Woche mehr Geld für Zahnseide ausgibt als Peter in einem Monat für Currywurst.«

Marthe und Lisa nahmen ihre Hauptgerichte entgegen und breiteten die Servietten auf ihren Oberschenkeln aus.

»Ich weiß nicht«, meinte Marthe, »Peter ist zwar ein bisschen luschig ...«, sie grinste und verbesserte sich, »okay, er ist ein Katastrophen-Exemplar von Mann. Aber trotzdem hat er ein ganz gutes Gefühl für Menschen. Und wenn er diesen Kay – obwohl oder gerade weil er ihn schon lange kennt – für wenig empfehlenswert hält, dann ist da was dran.«

»Ja, aber ...«, wollte Lisa widersprechen, doch dann stammelte sie nur: »Er ist da!«

Marthe nickte, voll konzentriert auf ihre Pasta: »Ich weiß, er ist in dein Leben getreten, und jetzt willst du ...«

Lisa unterbrach sie aufgeregt: »Nein! Er ist wirklich da! Ich meine: HIER! Hinter dir! Er steht drinnen am Tresen!«

Marthe drehte sich um, denn sie saß mit dem Rücken zum Lokal. Nun konnte sie Kay durch die Schaufensterscheibe entdecken. Er war in Begleitung einer jungen, dunkelhaarigen Frau und sprach mit dem Barkeeper.

»Guck doch nicht so auffällig hin«, bat Lisa eindringlich, »die kommen bestimmt gleich raus. Bei der Hitze setzt sich doch keiner nach drinnen«.

Und tatsächlich setzten sich Kay und seine Begleitung schon in Bewegung. Lisa konzentrierte sich mit geradezu unheimlicher Angespanntheit auf ihre Lammschulter, um dann, just in dem Moment, als Kay und Katja an ihrem Tisch vorbeigingen, wie zufällig aufzuschauen und Kay überrascht anzulächeln.

»Sieh an, der neue Kollege! Und schon in einem der nettesten Lokale der Stadt«, meinte sie zur Begrüßung.

Kay stutzte, blieb stehen und schaute Lisa irritiert an. Dann zeigte er sein schönstes Lächeln und nickte ihr und Marthe charmant zu: »Hi. Nett, dich zu sehen. Das hier ist meine alte Freundin Katja. Sorry, aber ich habe deinen Namen vergessen. Du entschuldigst, der erste Tag ... Das wird mir natürlich nie wieder passieren.«

»Ich verzeihe dir«, erwiderte Lisa lächelnd, »ich bin Lisa, und das hier ist Marthe, Peters Schwester.« Die vier gaben einander die Hand.

Nach einem kurzen Austausch freundlicher Floskeln vermied Kay, dass die Frage »Wollt ihr euch nicht zu uns setzen?« überhaupt auftauchte, indem er Katja und sich formvollendet mit dem Hinweis entschuldigte, man habe sich seit Jahren nicht gesehen und jede Menge zu erzählen. »Aber ich muss unbedingt so bald wie möglich mal einen Drink mit meiner neuen Kollegin *Lisa*« – mit tiefem Blick betonte er den neu gelernten Namen – »und ihrer Freundin Marthe nehmen«, fügte er hinzu. Dann ging er mit Katja zu einem der Nebentische, der sich, sehr zu Lisas Leidwesen, hinter ihrem Rücken befand.

Kaum waren die beiden außer Hörweite, stöhnte Lisa entsetzt auf: »Ich blöde Kuh! ›Sieh an, der neue Kollege! Und schon in einem der nettesten Lokale ...‹«, äffte sie sich selbst nach.

»Was ist daran so schlimm?«, fragte Marthe lachend.

»Ich hätte was Außergewöhnliches von mir geben müssen, etwas Aufregendes, mit sinnlicher Doppelbödigkeit!«

»Zum Beispiel?«, bohrte Marthe gnadenlos nach.

»Was weiß ich! Das habe ich jedenfalls vergurkt. Aber sag mal: Sieht er nicht fantastisch aus?«

Marthe nickte lächelnd: »Genau die richtige Mischung aus männlich und männlich und sonst noch was.«

»Meine Rede. Und charmant war er auch. Wie er meinen Namen ausgesprochen hat! Boah, da ist mir ein kalter Schauer den Rücken runtergelaufen!«

Marthe lachte nur und konzentrierte sich wieder aufs Essen.

Doch Lisa fand das äußerst unpassend. »Bist du bescheuert? Glotz nicht in deine Pasta! Schau rüber! Was machen die beiden? Glaubst du, er hat was mit der?«

Marthe riskierte einen möglichst unauffälligen Blick.

Kay und Katja unterhielten sich angeregt. Katja warf einen unverhohlenen Blick auf Lisa. »Was hast du denn diese Moglo so blöd angeflirtet?«

Kay lachte: »Du weißt doch, ich kann gar nicht anders. Außerdem muss ich bei meinen neuen Kollegen gut Wetter machen. Man weiß ja nie. Aber was ist eine ›Moglo‹?«

»Eine Monsterglomse. Eine Riesentitte, du verstehst?«

Kay schüttelte über Katja grinsend den Kopf. »Immer noch die alte Giftspritze, was?«

Katja strich unter dem Tisch mit ihrem entblößten Fuß Kays Bein hinauf. »Mein Gift ist dir immer gut bekommen. Und das kann auch so bleiben. Es sei denn«, fügte sie kehlig hinzu, »diese üppige Blondine mit dem hungrigen Blick steht auf deiner Abschussliste«.

»Blödsinn«, erwiderte Kay grinsend, »ich habe nur Appetit auf heiße Brünette mit schmalen Hüften – so wie du.«

Marthe wandte sich wieder Lisa zu. »Keine Ahnung. Aber ich glaube nicht, dass sie seine Cousine ist. Jedenfalls reden sie sehr vertraut miteinander und amüsieren sich ganz gut. Sie hat eben ziemlich neugierig auf dich geschaut.«

»Und er guckt extra nicht rüber, oder? Typisch, die Kerle stehen einfach nicht zu ihren Gefühlen«, meinte Lisa selbstsicher, doch dann wirkte sie plötzlich nachdenklich. »Ich sehe doch gut aus, oder? Ich bin toll, schlagfertig, witzig, hinreißend, intelligent, warmherzig ... Ich meine, man MUSS sich doch einfach in mich verlieben?«

Marthe grinste. »Klar, doch. Du bist die Beste!«

Lisa ließ traurig die Gabel sinken: »Schon klar. Deswegen behandeln mich die Männer nach ein paar Stunden in ihrem Bett meist wie einen gestrandeten Wal: Sie schieben mich engagiert ins Meer der Einsamkeit zurück und tun so, als wäre es zu meinem eigenen Überleben.« Lisa nahm einen kräftigen Schluck aus ihrem Glas und spülte damit den leisen Anflug von Verzweiflung hinunter. Sie warf einen unauffälligen Blick zu Kay und seiner Begleiterin und verlegte sich lieber darauf, die momentane Konkurrentin von oben herab zu kommentierten: »Was will er denn schon mit der? Die hat null Busen und geht ihm nur bis zum Bauchnabel. Außerdem stehen dunkelhaarige Männer fast immer auf Blondinen.«

Marthe äußerte Bedenken: »Mach mal zart, Süße. Geh die Sache doch bitte etwas langsamer an. Lern ihn erst mal kennen.«

Lisa lachte: »Der wird *mich* mal kennen lernen. Den schnapp ich mir. Wetten?«

Marthe seufzte. Sie wusste, wenn Lisa einen Mann so fest ins Visier genommen hatte, dann konnte sie sich in die Aufgabe verbeißen wie ein Bullterrier in die Kehle des Gegners. Und dann half nur noch die Brechstange, um ihren zuschnappenden Kiefer zu lösen. Marthe fragte sich jedoch heimlich, wer wohl das Opfer sein würde: Lisa oder Kay? Oder hatte Lisa Recht, und Kay war tatsächlich der ihr »vom Universum zugedachte Lebensabschnittsgefährte«? Marthe glaubte nicht an solch einen Käse. Sie glaubte an Beziehungen, die auf Gemeinsamkeiten, emotionaler Stabilität und größtmöglichem Respekt aufbauten. Ach ja, und auf ernsthaften Gefühlen. Wobei die Betonung auf *ernsthaft* lag. Doch Lisas siegesgewisse Strahlen schien Marthe vom Gegenteil überzeugen zu wollen.

Ich weiß nicht genau, wie ich das einzuordnen habe, aber mein Freund will mir immer beim Pinkeln zusehen. Er behauptet zwar, dass es ihn sexuell nicht erregt, aber ich bin mir da nicht so sicher. Das Schlimme ist, er will es nicht nur zu Hause, sondern auch auf Partys, in Kneipen und Restaurants. Immer wenn ich sage, ich muss mal, kommt er mit. Unsere Freunde gucken uns schon ganz komisch an. Bin ich prüde? Oder ist mein Freund pervers?

Lisa saß abwesend in ihrem kleinen Büro, kaute an einem Schokocroissant und versuchte, sich auf ihre momentane Aufgabe zu konzentrieren: die Beantwortung von Leserbriefen. Das Pinkel-Problem legte sie erst einmal beiseite, denn es erschien ihr nicht wirklich geeignet für ein gepflegtes zweites Frühstück.

Ich würde im Winter auch gern Mini-Röcke tragen, um meine langen Beine ins rechte Licht zu rücken. Meine Beine sind allerdings so lang, dass mir die handelsüblichen Strumpfhosen nicht passen und der Zwickel immer kurz über den Knien hängt. Dadurch kann ich nur ganz kleine Schritte machen, was voll albern aussieht bei meiner Größe. Einmal hat der Zwickel sogar unter dem Rocksaum rausgeguckt, was irre peinlich war. Gibt es irgendwo Strumpfhosen, die zwar lang sind, aber nicht für fette Frauen? Weil die würden ja Falten werfen. Und die Stay-ups, die rutschen immer.

Lisa schüttelte den Kopf und widerstand der Versuchung, der Frau schriftlich anzubieten, ihr so lange mit dem Hammer auf den Kopf zu schlagen, bis sie nur noch einen Meter fünfzig groß wäre. Problem erledigt. Sie seufzte und schob den üblichen Wust an »Intimrasur, ja oder nein?«, »Was bringen sportliche Stellungskriegsvarianten mit Kamasutra-Touch?« und die in tausend Variationen vorliegende »Mein Typ versteht mich nicht, weil er einfach zu blöd ist«-Klage beiseite und legte die Füße auf den Tisch. Noch nicht ganz zwölf Uhr und schon erschöpft. Dabei musste sie noch ihr Titelthema fürs nächste Heft ausarbeiten und einen Schlachtplan für die Eroberung Kays entwerfen. Lisa befand nach dem letzten Bissen von ihrem Schokocroissant, dass es am vernünftigsten sei, mit Letzterem zu beginnen. Sie nahm die Füße vom Tisch und stürzte sich engagiert in die Arbeit. Schriftlich selbstverständlich, denn so konnte sie ihre Gedanken immer am besten ordnen.

1. *Auskundschaften – alle erhältlichen Infos einholen, über Peter: Hobbys, Vorlieben, Gesprächsthemen etc.*
2. *Herantasten – Essen in der Mittagspause, Tarnung: nette Kollegin, Ziel: hervorragende Selbstdarstellung mit Witz und Charme*
3. *Vorheizen – erotische Grundstimmung herstellen durch Körper, Geist und Psychotricks*
4. *Gar kochen – so begehrenswert und dennoch distanziert sein, dass dem Mann die Lenden brennen und er an nichts anderes mehr danken kann als an mich*
5. *Verzehren – ihn sexuell völlig abhängig machen*

Lisa betrachtete kritisch ihren Fünf-Punkte-Plan. Dabei fiel ihr eines unangenehm auf: Das Ganze las sich wie das tödliche Rezeptbuch einer Gottesanbeterin – Männchen fangen und aufessen. Sie schüttelte den Kopf. So wollte sie das doch gar nicht. Nicht mehr. Zumal sie zu oft die Erfahrung gemacht hatte, dass solche schnellen Verköstigungen unweigerlich zu emotionalen Verdauungsstörungen führten. Die Zeiten der Fastfood-Männer waren für sie vorbei. Sie wollte Vorratshaltung auf hohem Niveau, einen dauerhaften Speiseplan, den fahrenden Mittagstisch, was Regelmäßiges, Wohlschmeckendes ... Je länger Lisa darüber nachdachte, desto mehr Hunger bekam sie, trotz des gerade verzehrten Croissants. Sie schaute auf die Uhr und beschloss, dass ihr Plan – wenn man über die futterfixierten Formulierungen hinwegsah – durchaus eine gewisse Erfolgsstruktur aufwies. Also nahm sie ihren Handspiegel, zog sich die Lippen nach, puderte die leicht ölende T-Zone »Stirn-Nase-Kinn« ab und ging rüber zu Peter ins Büro.

Er erklärte dem neuen Volontär Gunnar gerade die Geheimnisse der Abseitsfalle. Als Lisa hereinkam, schickte er ihn mit strenger Miene weg. »So, du Jungspund, zu Hause liest du bis übermorgen das Buch ›So werde ich Heribert Fassbender‹. Und morgen höre ich dich ab.«

Gunnar stand schüchtern vor Peter und überlegte offenbar fieberhaft, wie er Peters schwachsinnige zeitliche Reihenfolge einzuordnen hatte. Aber er wagte nicht zu fragen und verließ das Zimmer wie ein geprügelter Hund.

Kaum war Gunnar draußen, brach Peter in Lachen aus. Lisa setzte sich grinsend zu ihm: »Manchmal kannst du ein richtiges Arschloch sein, Peter!«

»Willst du mich beleidigen? Ich *bin* ein richtiges Arschloch!«, erwiderte er fröhlich.

Lisa schlug die Beine übereinander und setzte ein gönnerhaftes Lächeln auf. »Trotzdem würde ich mich bereit erklären, heute mit dir essen zu gehen. Aber nur unter zwei Bedingungen.«

Peter schaute sie ebenso gönnerhaft an. »Ich wüsste zwar nicht, wieso du mir Bedingungen stellen kannst, aber lass erst mal hören.«

»Also: Erstens gibst du mir schnell noch ein paar heiße Infos über Kay. Welches Gesprächsthema wäre für den Anfang ein echter Abräumer? Und zweitens rufst du ihn jetzt an und fragst, ob er mit dir essen geht. Ich stoße zufällig auf dem Flur zu euch, und du bekniest mich mitzukommen. Ich lasse mich breitschlagen. Alles klar?«

»Schatzi, du musst zwar nicht bis drei zählen können, um einen Mann abzukriegen, aber wie hast du eigentlich Abi gemacht? Das waren *drei* Bedingungen: Infos, Einladung Kays und Zufall herstellen!«

»Zick nicht rum, tu es einfach, okay?«

Peter griff gleichmütig zum Telefon und wählte die Nummer der Grafik. Eine Minute später war er mit Kay zum Essen verabredet. Fünf Minuten später hatte er Lisa thematisch gebrieft, und eine halbe Stunde danach saßen die drei bei Tagessuppe, Pasta inklusive Dessert zum angeblich supergünstigen Mittagstischpreis von acht Euro fünfzig.

Kay sah hinreißend aus. Zu den hippen Marken-Streetwear-Klamotten, die seinen perfekten Körperbau betonten, trug er ein gewinnendes Lächeln. Peter wirkte in seinen alten Röhrenjeans und dem ausgewaschenen, viel zu großen Sweater neben ihm wie Sperrmüll. Doch Lisa hatte sowieso nur Augen für Kay. Während sie auf das Hauptgericht warteten, schlug sie eines der Themen an, das Peter zu ihrer großen Verwunderung als Kays heimliches Steckenpferd angegeben hatte.

»Wie du vielleicht weißt, waren Peters und meine Mutter eng befreundet. Sind sie eigentlich immer noch. Zwei tolle Frauen ... Die waren schon in den Sechzigern wahnsinnig emanzipiert, sozusagen verspätete Suffragetten ...«

Lisa wartete, bis Kay auf das Thema ansprang. Sie wollte ihm Gelegenheit geben, seine Begeisterung zu äußern und etwas sehr Kluges dazu zu sagen. Doch Kay schien nur mäßig interessiert zu sein.

»Peter hat mir, glaube ich, mal erzählt, dass er ohne Vater aufgewachsen ist. Stimmt doch, oder?« Er blickte hilfesuchend zu Peter. Der nickte nur gelangweilt.

Lisa lächelte kurz in Peters Richtung und wandte sich dann wieder an Kay. »Stell dir vor, nur Frauen. Unsere beiden Mütter, Marthe und ich, und eine Großmutter!«

Kay nickte. »Man wundert sich, dass er nicht schwul geworden ist.« Peter schnitt Kay eine ganz und gar unmännliche Grimasse.

Lisa lachte. »Das meinst du jetzt aber nicht wirklich negativ, oder? Ist es nicht vielmehr so, dass eine Erziehung ohne männliche Dominanz der Ausbildung emotionaler Fähigkeiten durchaus entgegenkommt?«

Kay grinste ein wenig anzüglich. »Da hast du Recht. Also ich kann mir nichts Schöneres vorstellen, als Tag für Tag und Nacht für Nacht von Frauen umgeben zu sein. Das bringt meine Emotionen wirklich auf Vordermann.«

Lisa war ein wenig irritiert. Wenn sie nicht von Peter gewusst hätte, dass Kay auf einer Waldorfschule gewesen war und sich – ohne damit anzugeben – bestens in der Geschichte der weiblichen Emanzipationsbewegung auskannte, dann hätte sie geschworen, dass seine letzte Bemerkung einen zotigen Unterton gehabt hatte. So begnügte sie sich erst einmal mit der Andeutung ihrer eigenen Gewandtheit auf diesem Gebiet und schwenkte um zum zweiten Themengebiet, welches Peter ihr vorgeschlagen hatte. Um es weniger auffällig zu gestalten, wandte sie sich begeistert an Peter: »Übrigens, stell dir vor, ich habe endlich die neue Wynton-Marsalis-CD von meiner Freundin aus London geschickt bekommen. Die gibts hier noch gar nicht!«

Peter spielte lächelnd mit: »Das ist ja phänomenal. Die hörst du doch bestimmt heute Abend rauf und runter.«

Lisa nickte stolz und wandte sich wieder an Kay: »Ich liebe Jazz! Vor allem die Blechbläser. Eigentlich mag ich eher die Saxofonisten als die Trompeter, aber Marsalis ist Gott. Obwohl, wenn Dexter Gordon in sein Horn stößt, da werde ich auch ganz schwach. Mit den Saxofonisten gehts mir so wie Marilyn Monroe in ›Manche mögen's heiß‹, ich finde sie einfach unwiderstehlich.«

Lisa lächelte mit einem Augenaufschlag und zog ihre Beine unter dem Tisch hervor, um sie Kays Blicken zu präsentieren, während sie sie formvollendet weiblich übereinander schlug. Leider übersah sie dabei, dass der Kellner sich mit ihren *Spaghetti con Scampi* näherte. Ihre Füße verfingen sich in den seinen, der Kellner geriet aus dem Gleichgewicht, und die Nudeln landeten in ihrer Gänze auf Lisas Haupthaar, wobei sich die Tomatensoße schnell einen Weg über ihr Gesicht in das Dekolletee bahnte. Kreischend sprang Lisa auf, und in dieser Sekunde konnte sie kaum entscheiden, was schlimmer war: die heiße Soße, die in ihren Augen brannte, oder die Scham, die ihre Seele versengte.

Während der Kellner auf dem Boden kniete, um die Scherben des Tellers aufzuklauben, beugte Lisa ihren Kopf über den Tisch und löste den größten Nudelpfropfen aus ihrem Haar.

Peter lachte laut und klaubte Lisa eine Nudel von der Nase: »Hm, al dente«, bemerkte er süffisant. Kay grinste in sich hinein, war aber immerhin Kavalier genug, Lisa seine Stoffserviette zu reichen, damit sie sich die Soße aus den Augen wischen konnte.

Unter dem kaum verhaltenen Kichern der Gäste lief Lisa bemüht hoch erhobenen Hauptes zur Damentoilette, um sich in einen menschenwürdigen Zustand zurückzuversetzen. Dabei vermengten sich Tränen der Wut mit Tomatensoße.

Zwei Wochen später war Lisa noch nicht viel weitergekommen. Dabei hatte sie alle möglichen und unmöglichen Register gezogen, war aufregend gewesen, wild, frech, damenhaft, klug, zuckersüß, zurückhaltend, erotisch, witzig, kumpelhaft, charmant, geheimnisvoll, verwegen und sogar zwei Tage einfach nur nett. Lisa war der Meinung, sie hätte für diese Leistung allein schon mindestens zehn Oscars verdient, wenn nicht gar den Hauptgewinn: Kay. Doch der zeigte sich wenig empfänglich, wie sie es auch anstellte. Stets blieb er charmant, ging dabei jedoch keinen Millimeter über die Grenze der kollegialen Unverbindlichkeit hinaus. Manchmal, vor allem, wenn sie mit ihm über Jazz oder Emanzipation sprechen wollte, wirkte er sogar ein klein wenig genervt. Lisa fragte sich schon, ob es unklug von ihr gewesen war, sich als Fachfrau auf seinen bevorzugten Gebieten zu präsentieren. Vielleicht wäre es besser gewesen, ihm seine Wissensgebiete konkurrenzlos zu überlassen: Männer steckten schließlich gern ihr Revier ab, das mochte sich auch auf intellektuelle Bereiche beziehen.

An diesem Montag nutzte Lisa die relative Ruhe im Büro, um die Begegnungen mit Kay nach dem katastrophalen ersten Mittagessen zu bilanzieren. War es womöglich gar nicht so schlimm gewesen, wie es ihr auf den ersten Blick erschienen war?

Dienstag: Mit Nudeln im Haar und Soße allüberall schließt sie sich etwa eine Stunde auf der Restauranttoilette ein, bis sie sicher sein kann, dass Kay und Peter nicht mehr auf sie warten. Sie meidet für den Rest des Tages die Redaktion, meldet sich telefonisch krank, geht nach Hause und legt sich in die Badewanne, einen heißen Waschlappen über dem Gesicht, den sie auf immer und ewig da liegen lassen wird, um der Welt nicht mehr Auge in Auge gegenübertreten zu müssen.

Mittwoch: Sie gibt sich selbstbewusst, denn eine erwachsene Frau kann schließlich über sich selbst lachen. Kay lacht jedoch noch viel lauter als sie und findet, dass die Spaghetti gut zu Lisas Haaren, die Tomatensoße perfekt zu ihrem Lippenstift gepasst haben – rein ästhetisch vom Standpunkt eines Kreativen aus betrachtet. Lisa ist verunsichert. Sie zieht sich zurück. Hm, denkt sie.

Donnerstag: Sie kommt in die Grafik, sexy gekleidet, sorgfältig geschminkt. »Kay, ich habe hier ein paar Fotos aus der Bildredaktion für das Penisneid-Thema. Kannst du mal drauf gucken?«, fragt sie beschwingt, aber professionell. Kay blickt nicht mal auf. »Leg sie auf den Leuchttisch, ich sitze gerade am Titel.« Lisa legt die Bilder weg und geht. Er hat sie nicht mal angesehen. Schade, denkt sie.

Freitag: Umtrunk zum Feierabend in der Redaktionsküche. Lisa erzählt einen sehr guten Witz, sie spielt ihn geradezu in bester humoristischer Kinomanier, übertrifft selbst die darstellerische Komik, zu der ein Klon aus Bette Midler und Harald Schmidt fähig wäre, und setzt sowohl sich selbst als auch die Pointe perfekt in Szene. Die komplette Redaktion bricht in Gelächter aus, alle bewundern sie rückhaltlos: Mensch, unsere Lisa! Nur Kay hat die grandiose Vorstellung verpasst, denn Sonya aus der Anzeigenabteilung schiebt gerade ihre schmalen Hüften in die Nähe von Kays Oberschenkeln und bittet ihn mit kuhäugigem Blick, ihr etwas Prosecco nachzuschenken. Blöde Zimtziege, denkt Lisa.

Montag: Lisa legt in ihrem Büro eine legendäre Miles-Davis-Aufnahme in ihren Ghettoblaster und ruft Kay zu sich, als der gerade über den Flur geht (lange musste sie warten). Kay kommt herein, fragt nach ihrem Anliegen und dreht gleichzeitig die Musik leiser. Sie erzählt, dass sie Karten für ein Jazzkonzert hat. Zwei. Er schaut sie irritiert an und freut sich dann für sie. Als sie ihn fragt, ob er Lust hat mitzukommen, lehnt er charmant ab: leider an dem Abend schon vergeben. Lisa beschleicht ein komisches Gefühl. Sie hat doch noch gar nicht erwähnt, an welchem Abend das Konzert stattfindet. Oder? Irgendwie Mist, denkt sie.

Dienstag: Lisa geht in die Grafik und fragt Kay, ob er sich die Bilder zum Penisneid inzwischen angesehen hat. Er hat, findet aber, dass die unnatürlich große

Ausstattung von Long Dong Silver nicht ins Heft gehört. Lisa, ganz forsch, grinst und neckt ihn, ob er sich bei Long Dongs Anblick etwa minderbemittelt fühlt. Kay grinst zurück und meint: »Wieso denn, der Riemen von Long Dong ist doch viel zu dünn.« Ganz gegen ihren Willen taucht vor Lisas Augen plötzlich eine beeindruckende Vision von Kays Gemächt auf. Lisa wird rot und geht unter verlegenem Gemurmel schnell hinaus. Zurück in ihrem Zimmer flüstert sie: »Drei Mal vermaledeiter Mist, Mist, Mist ...«

Mittwoch: Lisa instrumentalisiert mal wieder Peter und versucht es mit einem erneuten gemeinsamen Mittagessen. Sie sieht hinreißend aus und hat sich die Nacht vorher genauestens über die erfolgreichsten Grafiker der letzten Dekade informiert. Doch Peter redet die ganze Zeit über Fußball und nimmt Kay damit völlig in Beschlag. Nach dem Essen geht Lisa zu Peter ins Büro und macht ihm bittere Vorwürfe. Doch er grinst nur: »Was hast du denn? Ich wollte dir nur helfen. Nicht, dass du dir diesmal vor lauter Nervosität die Brokkolicremesuppe in den Ausschnitt kippst.« Lisa faucht ihn an: »Mist! Du redest absoluten Bockmist!«

Donnerstag: Lisa geht unter Vorwänden mehrfach in die Grafik und lobt Kays Stilsicherheit beim Layouten. Ein Teilerfolg zeichnet sich ab: Er hört ihr immerhin zu, solange sie über ihn spricht. Jetzt muss sie nur noch die Aufmerksamkeit von seiner gebauchpinselten Männlichkeit auf ihre verführerische Weiblichkeit umleiten. Dazu macht sie vor der nächsten »zufälligen«

Stippvisite noch einen Knopf an ihrer Bluse auf, sodass ihr Busen wogend in die Freiheit drängt. Zusätzlich zu ihrem Charme versprüht sie ein Parfüm, das in der Werbung als Aphrodisiakum gelobt wird. Kaum ist Lisa in der Grafik, öffnet Kay die Fenster und bittet die ihm unterstellte Grafikerin Anja leicht genervt, in Zukunft etwas weniger aufdringliche Duftnoten im Büro zu tragen. Lisas geht frustriert. Zurück in ihrem Büro, schreit sie es endlich laut hinaus: »RIESIGER FÄKALBERG VON MIST, DAS!«

Freitag: Lisa ist bis über beide Ohren mit Arbeit zugeschüttet und kommt den ganzen Tag nicht dazu, sich in der Grafik herumzutreiben. Sie wird am Abend etwas länger bleiben müssen, um endlich die Leserbriefe zu beantworten, erklärt die Chefin vom Dienst ihr gerade. Da steckt Kay den Kopf herein und fragt fröhlich: »Ich gehe nachher mit ein paar Kollegen noch einen trinken, das Wochenende heute etwas früher einläuten ... Kommst du mit?« Lisa wirft einen verzweifelten Blick zur Chefin vom Dienst. Die schüttelt den Kopf. Lisa blickt Kay sehnsüchtig an und hebt bedauernd die Schultern. Kay geht, die CvD auch. Ohne Worte, dieses Pech!

An dem Wochenende hätte Lisa wahrlich seelisch-moralische Unterstützung gebraucht, doch Marthe war mit Konrad zu dessen Eltern gefahren, Opas neunzigsten Geburtstag abfeiern. Peter hing mit Kerry im Fußballstadion, in der Fankneipe oder im Bett ab. Außerdem war Lisa eh sauer auf ihn. Also ergab sie sich ihrer Trauer und verbrachte das Wochenende mit Brownies, Pasta, Unmengen von dunkelbraunen, hellbraunen und weißen Schokoküssen und passenden TV-Highlights wie »Nur die Liebe zählt« und der x-ten Wiederholung von »Schlaflos in Seattle«.

Als Lisa am Montagmorgen etwas mutlos die beiden erfolglosen Wochen Revue passieren ließ und immer noch nichts Gutes daran feststellen konnte, entschloss sie sich, die eigene Taktik durch den Rat von Fachfrauen zu ergänzen. Sie griff zu der aktuellen Ausgabe einer angesagten Frauenzeitschrift, die per Redaktionsumlauf am Freitag bei ihr auf dem Tisch gelandet war, und überprüfte ihr Repertoire anhand der dort gebotenen Regeln für echte »Ladykracher«. Nachdenklich am Stift kauend las sie die ultimativen Tipps aus der Edelfeder einer bekannten Moderedakteurin:

So setzt frau sich erfolgreich in Szene!

1. Sublime Überlegenheit ausstrahlen

Lisa zog die Augenbrauen hoch. Logisch. Das tat sie immer. Sie strahlte nicht nur Überlegenheit aus, sie *war* überlegen. Das Problem könnte sein, dass ihre Überlegenheit wenig sublim war. Lisa notierte sich das Wort »*sublim*« auf einem Zettel.

2. Noblesse durch Körperhaltung

Kein Thema. Schließlich war die jahrelange Quälerei im Ballett nicht ganz umsonst gewesen. Ihr Gang war jederzeit königlich.

3. Gefühle nonverbal zeigen

Die Zeitschrift erläuterte diesen Punkt durch ... *Seelenlage mit angespannter Körperhaltung und streng frisiertem Nackenknoten unterstreichen.* Unwillkürlich fasste Lisa sich in die Haare. Trug sie etwa die falsche Frisur? Oder war sie zu verbal? Lisa kritzelte auf ihren Zettel.

4. Gespielte Zurückhaltung üben

Lisa seufzte. Ein wahrlich heikler Punkt für sie! Sie hatte es bei Kay auch schon mit Zurückhaltung probiert. Einen ganzen Tag lang. Das hatte allerdings lediglich darin bestanden, dass sie sich verboten hatte, unter irgendwelchen Vorwänden in die Grafik zu gehen. Und abends war sie dann absolut unzufrieden und maulig gewesen, weil sie keine Gelegenheit gehabt hatte, sich über den am Computer sitzenden Kay zu beugen und heimlich an seinen Haaren zu schnuppern. Nun ja, Zurückhaltung war noch nie ihre Stärke gewesen. Lisa setzte diese schwierige Tugend auf ihre Liste.

5. Bisweilen unergründlich wirken

Auch das war schwer. Als Lisa kürzlich bei einer gemeinsamen Kaffeepause in der Küche den Blick schicksalsschwer und verloren in die Unendlichkeit hatte schweifen lassen, war Peter hereingekommen und hatte sie gefragt, ob sie ihre Kontaktlinsen verloren habe. Seitdem wusste Kay, dass sie im Grunde blind wie eine Kaulquappe war.

6. Weibliche Fragilität symbolisch umsetzen (zur Not mit Trockenblumen)

Lisa klappte die Zeitschrift zu und warf sie in hohem Bogen auf den Boden. Wie sollte sie sublim verbale Zurückhaltung üben und dabei fragil unergründlich wirken? Und wohin bitte schön sollte sie sich zur Not die Trockenblumen stecken?!?

Sie stand wütend auf und ging im Büro hin und her, kickte dabei unter die Zeitschrift, als die Tür geöffnet wurde und Chefredakteur Olli nur mit Mühe dem papiernen Flugobjekt ausweichen konnte. Er warf einen kurzen Blick auf die Zeitschrift, fand es gut, dass Lisa so respektlos mit den Elaboraten der Konkurrenz umging, aber weniger gut, das Redaktionseigentum dermaßen zu zerfleddern. Nach diesen eingehenden Bemerkungen lobte er sie für die »echt witzige« Aufbereitung des Penisneides in ihrem letzten Artikel, teilte ihr aber mit, dass sich das Diät-Thema doch besser als Titelstory eigne – so als Prophylaxe gegen den drohenden Winterspeck. Und schloss die Tür wieder hinter sich.

Na prima, dachte Lisa. Jetzt bin ich nicht nur privat in einer Sackgasse, sondern verliere auch noch berufliche Reputation – die Titelstory! Den Rest des Tages zog sie sich mit kindlichem Trotz in den Schmollwinkel zurück, verließ ihr Büro nur zu biologisch notwendigen Verrichtungen, machte dabei einen großen Bogen um die Grafik und schnitt auch Peter. Sie arbeitete den ganzen Tag hart an der Konzeptionierung eines neuen Themas. Kurz vor dem allgemein üblichen Büroschluss hatte Lisa die Nase voll. Sie ging zu Olli, legte ihm das Konzept auf den Tisch und verabschiedete sich ins Privatleben.

Hätte ich bloß eins, dachte sie bitter, als sie mit dem Fahrstuhl in Richtung Ausgang fuhr. Marthe war noch nicht von ihrer Kurzreise zurück, und Lisa graute davor, allein und bis zu den Haarwurzeln voller Tristesse, in ihre Wohnung zurückzukehren, um sich mit einer Pizza vor die Glotze zu werfen. Sie beschloss, in der Journalistenkneipe nebenan noch einen kurzen Drink zu nehmen und sich von Luigi, dem attraktiven, italienischen Kellner, anflirten zu lassen.

Luigi hatte seinen freien Tag. Schicksalsergeben setzte sich Lisa in eine der Nischen und bestellte sich einen trockenen Martini – gerührt, nicht geschüttelt.

Der erste Schluck verhalf ihr sofort zu einer gewissen Entspannung. Wohlige Wärme breitete sich in ihrem Körper aus, und nach dem zweiten Martini sah sie die Welt nicht mehr ganz so düster wie vorher: Es war ja auch ein vermessener Wahnsinn, anzunehmen, dass man den Mann der Träume in zwei Wochen erobern konnte. Kay war schließlich nicht irgendein Typ, vor dem man nur mit dem Rocksaum wippen musste, um ihn in die Knie zu zwingen. So einen wollte sie ja gar nicht! Bei dem dritten Martini erinnerte sie sich an die Stimmigkeit althergebrachter Weisheiten: Gut Ding will Weile haben! Was lange währt, wird endlich gut. Immer, wenn du glaubst, es geht nicht mehr ... Je später der Abend ...

Lisa bestellte sich schleunigst einen Kaffee, als sie bemerkte, wie der Martini ihre Denkfähigkeit zersetzte. Danach würde sie nach Hause gehen, schlafen und mit neuem Mut und der Kraft positiver Gedanken den neuen Tag angehen. Jawoll!

2. TEIL

Kerry saß in ihrer Unterwäsche mit gekreuzten Beinen in Peters Bett und schaute ihn feindselig an: »Wieso willst du nicht mit auf die Lofoten?«

Peter stöhnte und kratzte sich in seinem dichten, dunkelblonden Haarschopf. Vor zehn Minuten war noch alles in bester Ordnung gewesen. Er hatte mit Kerry geschlafen, sie hatte diese wundervollen Dinge mit der Zunge gemacht, und jetzt könnten sie in aller Gemütsruhe in ihre Stammkneipe gehen, um den Abend mit einem kühlen Bier zu beschließen. Aber nein, Kerry, die sich ihren recht kargen Lebensunterhalt als freie Fotografin verdiente, hatte nächstes Frühjahr einen Auftrag für eine Reisereportage über die Lofoten und war zutiefst beleidigt, weil er nicht mitwollte.

»Ich habe selbst einen Job und kann nicht kommen und gehen, wie ich will. Außerdem: Du weißt ganz genau, dass dann die Champions League wieder losgeht. Ich habe schon Karten für das Spiel in der AOL-Arena! Was soll ich denn auf den Lofoten? Dir deine Fotokoffer hinterhertragen, oder was? Und wo liegen die überhaupt, die Lofoten?«

Kerry fauchte ihn wütend an: »Und wieso benimmst du dich wie ein Arschloch? Ich komme immer mit dir ins Stadion. Da kannst du auch mal mit mir in Urlaub fahren.«

Peter versuchte, den Abend zu retten, und legte den Arm um Kerrys Schulter: »Urlaub wäre ja okay. Aber du musst arbeiten. Und ich stehe dumm rum.«

»Ich stehe neben dir im Stadion auch immer dumm rum«, lautete Kerrys Antwort. Sie schlug Peters Arm weg.

Peter stand entnervt aus dem Bett auf und zog sich ein Shirt über. »Das ist doch Blödsinn. Du bist selbst St. Pauli-Fan. Du gehst doch nicht meinetwegen zu den Spielen.«

»Aber du profitierst davon. Ich will auch mal von was profitieren!«

Dieser typische Fall von weiblicher Logik ließ Peter erschauern. Er gab aber keine Antwort, um den Streit nicht zum Eskalieren zu bringen. Kerry jedoch ließ nicht locker und fuhr ein neues, schweres Geschütz auf. Sie begann, mädchenhaft zu schmollen.

»Wir sind jetzt schon fast fünf Monate zusammen. Liebst du mich überhaupt? Du hast es jedenfalls noch nie gesagt ...«

Peter witterte die Chance, vielleicht doch noch in die Stammkneipe zu kommen, auch wenn es nun eines erheblichen emotionalen Aufwands bedurfte. Er ging wieder zum Bett und küsste Kerry aufs Haupthaar: »Gesagt nicht. Aber habe ich es dir nicht gerade wieder bewiesen?« Er lächelte sie viel sagend an.

»Das zählt nicht. Vom Sex hast du auch was.«

Peter wurde nun doch ungeduldig: »Ja. Und? Wird als Liebesbeweis von euch Weibern nur opferbereite Selbstlosigkeit akzeptiert? Müssen wir Männer unser eigenes Ich verleugnen, damit ihr uns Gefühle zugesteht?« Er kam in Fahrt und ging nun, dozierend und mit hinter dem Rücken verschränkten Händen, auf und ab. Zwischen seinen Sätzen beugte er sich gelegentlich zu Kerry, um seinen Worten Nachdruck zu verleihen: »Müssen wir im Sitzen pinkeln, um als zivilisierte Menschen akzeptiert zu werden? Ich lege keinen Wert darauf! Müssen wir bei widerlichen, einem die Fußnägel hochrollenden, schmalztriefenden Hollywood-Schmonzetten wie ›Schlaflos in Seattle‹ vor Mitgefühl ins Taschentuch schluchzen, damit ihr uns nicht für Aliens haltet? Ich sage: nein! Müssen wir zwanzig Designer-Tüten mit Designer-Shirts und Designer-Pantoletten beim Shopping hinter euch hertragen, damit ihr euch nicht unterdrückt wie ein devotes Eheweib fühlt? Nein, und nochmals nein!«

Kerry starrte Peter verständnislos an. »Was quatschst du denn da? Ich bin doch überhaupt nicht so!« Wie zur Bekräftigung ließ sie einen deutlichen Rülpser hören.

Peter rollte die Augen: »*So* musst du aber auch nicht sein, okay?«

»Wieso? Du rülpst doch auch manchmal. Dürfen das nur Männer?«, erwiderte Kerry aufmüpfig.

»Jawoll! Das dürfen nur Männer!« Peter war sofort wieder in seinem Element. »Männer rülpsen und furzen, und sie wollen auch von den Socken her mal stinken dürfen. Das sind unsere ureigensten Freiheiten, unsere archaischen Rechte, da müsst ihr euch nicht auch noch draufsetzen. Habt ihr kein eigenes Leben? Keine eigene Identität? Als wärt ihr alle von der Gleichschaltungsstelle, nur mit unterschiedlichen Foltermethoden! Die eine Hälfte von euch versucht, ebenfalls nach Macht zu stinken und aggressiv zu stänkern, am besten bei der Bundeswehr mit der Waffe in der Hand, damit die Emanzipation einen Sinn hat. Und die andere Hälfte nimmt uns unser innerstes Wesen. Unser Mannsein, das ihr Weiber immer mehr einschränkt, damit wir am Ende alle riechen, wie André Rieu aussieht. Und wenn wir dann nach jahrelanger Gehirnwäsche endlich Prada-Sandalen tragen, zur Kosmetikerin gehen und genau wissen, wann ihr eure nächste Menstruation bekommt, dann beschimpft ihr uns als Weicheier!«

Kerry erhob sich und stieg in ihre zerrissenen Camouflage-Jeans und die schweren Stiefel: »Du hast ja einen Vollschuss. Bestimmt, weil du nur mit deiner Emanzen-Mama und deiner intellektuellen Schwester, dieser langweiligen Kuh, aufgewachsen bist.«

Empört und recht lautstark wies Peter jede dumme Bemerkung über seine Schwester zurück. Kerry fing aus lauter Hilflosigkeit an zu weinen, doch das ließ Peter relativ kalt: »Kommt jetzt die Tour? Emotionale

Erpressung! Aber heulende Mädels machen auf mich wenig Eindruck. Du weißt ja, dass ich nur unter Frauen aufgewachsen bin. Wahre Sturzbäche habe ich erlebt. Niagarafälle!«

Kerry schluckte ihre Tränen runter: »Entspann dich, Mann! Ich habe keine Ahnung, wovon du die ganze Zeit redest. Jedenfalls hat es nichts mit uns und nichts mit den Lofoten zu tun.« Sie streifte ihr Shirt über: »Aber eins weiß ich, denn so krachend blöd, wie du immer tust, bin ich nämlich gar nicht: Du willst doch nur deine Gefühle verstecken. Und wenn du nicht mitkommst, dann liebst du mich nicht.« Damit nahm sie ihren Rucksack, zog einen letzten Schmollmund, der im krassen Gegensatz zu ihrem militärisch geprägten Outfit stand, und verließ Türen knallend die Wohnung.

Peter rief ihr noch stimmgewaltig »Logik-Killer! Monster-Tusse! Lofoten-Ziege!« hinterher, doch das hörte sie nicht mehr. Er ließ sich in den Sessel fallen und grübelte über Frauen nach und darüber, warum und vor allem worüber er sich so aufregte. Doch da das Grübeln nicht zu seinen Hobbys allerersten Ranges gehörte, beschloss er, den Ärger mit einem kühlen Bier hinunterzuspülen. Auf Kneipe hatte er jetzt allerdings keinen Bock mehr. Er ging zum Kühlschrank, wurde von dessen Inhalt jedoch schwer enttäuscht. Eine verschimmelte Fleischwurst lachte ihn aus, aber weit und breit war kein Bier zu sehen.

Ein Stockwerk weiter oben schüttete Lisa mal wieder ihr Herz bei Marthe aus. Die zeigte schon erste Symptome von Ungeduld, bemühte sich aber um ernsthafte Anteilnahme im Zeichen der Freundschaft.

»Wieso bitte schön willst du diesen Typen eigentlich unbedingt? Du weißt kaum was von ihm, außer dass er gut aussieht und sich offensichtlich nicht für dich interessiert.«

»*Noch* nicht«, warf Lisa beleidigt ein.

»Ist das der einzige Reiz bei der Sache? Der Jagdinstinkt? Wem willst du was beweisen? Oder gibt es auch charakterliche Qualitäten an diesem Muster von Mann, in die du dich verliebt hast und die dir eine gemeinsame Zukunft oder zumindest einen gemeinsamen Lebensabschnitt mit ihm erstrebenswert erscheinen lassen? Aber das scheint dich ja gar nicht zu interessieren. Worum geht's eigentlich? Mir kommt das ja langsam wie ein schwerer Fall infantiler Regression vor!« Marthe blickte Lisa etwas tadelnd an, reichte ihr aber dennoch versöhnlich einen Schokokuss rüber.

»Nerv jetzt bloß nicht mit deinen Fachtermini aus dem ersten Semester. Sag mir einfach, dass ich mich dämlich wie eine Zwölfjährige benehme«, bemerkte Lisa leicht beleidigt.

»Ich will die Zwölfjährigen nicht beleidigen.«

Marthe und Lisa blickten einander streng an, mussten aber beide lachen.

Es klingelte. Marthe erhob sich und öffnete die Tür. Peter kam herein und ging schnurstracks zum Kühlschrank. Auf dem Weg dahin erledigte er beiläufig die gesellschaftlich notwendigen Floskeln: »Hi, Lisa. Bier da, Marthe?«

Noch bevor Marthe antworten konnte, war Peter fündig geworden, öffnete eine Bierdose und begann zu trinken. Lisa und Marthe beobachteten schweigend, wie Peter sich das Bier mit lauten Schluckbewegungen auf ex reinzog, die Dose dann absetzte und genüsslich rülpste.

»Hat's geschmeckt?«, wollte Marthe süffisant wissen.

Peter ließ sich auf einen Stuhl neben Lisa fallen. »Und ob. Das war jetzt verdammt nötig.«

Lisa wurde hellhörig. »Hast du Stress, oder was ist los?«

Peter nickte. »Kerry will, dass ich mit ihr auf die Lofoten fahre. Sie hat da irgendeinen Fotoauftrag.«

Lisa und Marthe blickten erst einander, dann Peter verständnislos an.

»Und?«, fragte Marthe.

Peter erhob sich und ging wieder zum Kühlschrank, um sich noch ein Bier zu nehmen. »Was weiß ich! Was soll ich auf den Lofoten? Gibt's da überhaupt Gebäude? Fußballstadien? Einheimisches Bier? Dann hat sich das hochgeschaukelt, sie hat meine Familie beleidigt, und ich habe ihr einen Vortrag über Sitzpinkler und die Unterdrückung des Mannes durch die Frau gehalten. Aber diese zugekokste Punkerin versteht ja noch nicht mal die Teletubbies!«

»Kann es sein, dass du von den intellektuellen Fähigkeiten deiner Freundin herzlich wenig hältst? Und wenn ja, wieso bist du dann mit ihr zusammen?«, wollte Lisa wissen.

»Weil sie gut bläst«, erwiderte Peter grinsend.

Lisa wandte sich angewidert an Marthe: »Mir ist echt ein Rätsel, wie deine Mutter so einen Macho großziehen konnte.«

»Der gibt doch nur an, der Kleine«, meinte Marthe lächelnd, und wie zur Belohnung warf sie Peter, der inzwischen auf dem Sofa mit einer neuen Bierdose Platz genommen hatte, einen Schokokuss zu. Peter fing ihn vorsichtig auf und stopfte ihn sich in den Mund.

»Putzig wie ein Hündchen, nicht, Lisa?«, feixte Marthe.

Peter bestätigte die Charakterdeutung seiner Schwester mit einem unterwürfigen: »Vor allem, wenn er mit dem Schwanz wedelt. Wuff.« Er nahm einen kräftigen Schluck Bier. »Und warum hängst *du* schon wieder hier rum?«, wandte er sich danach an Lisa.

»Na ja«, sagte sie zögerlich, »ich hab Marthe erzählt, dass ich mit Kay nicht so richtig vorwärts komme.«

»Mann, was willst du überhaupt von dem Typen?«, wollte Peter genervt wissen.

»Das habe ich sie auch gerade gefragt«, bemerkte Marthe.

»Der ist doch voll der Dünnbrettbohrer«, schob Peter noch nach.

»Ist er nicht!«, widersprach Lisa sauer, »du kannst ihn bloß nicht ausstehen, weil er besser gebaut ist als du, sich besser kleidet und ...«

»... so riecht, wie André Rieu aussieht ...«, warf Peter gelangweilt ein.

»... und dazu noch was im Kopf hat, im Gegensatz zu deiner gepiercten Sexualpartnerin. Die ist doch durchlöchert wie ein Schweizer Käse. Ihr Hirn übrigens auch. Ich frage mich manchmal, wie die den Auslöser an ihrer Kamera findet. Aber ich stelle eben höhere Ansprüche an mein Lebensglück. Du bist doch schon zufrieden, wenn deine Tusse mit ins Stadion kommt, im Bett Kunststücke vollführt und sich danach in eine Pizza verwandelt!«

»Kinder, was seid ihr denn so aggressiv?«, wunderte sich Marthe.

Doch die Kontrahenten aus heiterem Himmel hörten nicht auf sie. Peter erhob sich und baute sich wie eine Drohkulisse vor Lisa auf: »Und du? Du hast einfach deine Muss-sein-Liste befragt und hältst diesen dämlichen Kay deshalb für den perfekten Mann!« Er äffte Lisa nach: »Mindestens ein Meter fünfundachtzig groß, damit ich mir nicht zu wuchtig vorkomme, gepflegtes Äußeres, erfolgreich, teure Marken-Klamotten, ein fettes Angeberauto, einen Waschbrettbauch und noch einen IQ von zweihunderttausend! Du spinnst doch!«

Eine Schrecksekunde lang starrte Lisa ihn verdattert an. Doch dann schoss sie arrogant zurück: »Eine Kreuzung aus Dolph Lundgren und Albert Einstein wäre mir durchaus recht, was dagegen?«

»Den musst du dir aber erst klonen lassen. Und bis der dich dann beglücken kann, gehst du am Krückstock.«

»Mach dir bloß keine Sorgen um mich. Kay kommt der Sache schon verdammt nahe.«

»Kay ist ein geistig minderbemittelter Idiot! Ich würde echt gern mal wissen, wieso ihr Weiber manchmal so verblendet seid!«

Lisa hatte sich nun auch erhoben und knurrte feindselig: »Du bist ja nur neidisch. Kay ist ganz und gar nicht geistig minderbemittelt! Er ist ein Feingeist. Er liebt Jazz, ist bestens informiert über die Geschichte der Emanzipation ...«

Peter lachte laut und bitter auf. »Dass du auf diese blöde Story von mir reingefallen bist! Kay kann Miles Davis nicht vom Camp David unterscheiden, und das Einzige, was er an der Emanzipation prima findet, ist, dass die Frauen beim Sex jetzt auch mal oben liegen wollen!«

Lisa kniff die Augen zusammen. Sie wollte gar nicht glauben, was Peter da gerade gesagt hatte. »*Story?* Story von dir? Du hast mir doch erzählt, dass ... Willst du jetzt etwa behaupten, du hast mir absichtlich Falschinformationen gegeben?«

Plötzlich wurde Peter etwas mulmig zu Mute. Er

nahm noch einen Schluck von seinem Bier, um Zeit zu gewinnen. Ihm war klar, dass es zu spät zum Leugnen war. Instinktiv blickte er zur Wohnungstür hin. Wie viele Sekunden blieben ihm noch für die Flucht, wenn Lisa anfing zu toben? Mit einem Abroller über das Sofa könnte er es schaffen.

Marthe mischte sich nun auch noch ein: »Hast du das wirklich?«

Peter stellte die Dose ab und grinste die beiden Frauen offensiv an. Er wandte sich an Lisa: »War saukomisch, als du Kay beim ersten Mittagessen mit dem Suffragetten-Kram voll gequatscht hast. Und dann noch Wynton Marsalis! Kay wäre bestimmt vor Langeweile abgekratzt, wenn du nicht plötzlich die Spaghetti auf dem Kopf gehabt hättest.«

Lisa schnaubte, und Peter wusste aus jahrelanger Erfahrung, dass das sein Startzeichen war. Während Lisa um den Tisch herumstürzte, um ihn zu packen, setzte er mit einem olympiareifen Doppelaxel über das Sofa. Lisa wollte hinterher, stolperte aber über Marthes Strickwolle-Korb und landete weich in den Sofakissen, während Peter sich an der Wohnungstür noch einmal umdrehte und frech grinste. »Komm gar nicht erst runter, um mich zu skalpieren. Ich mach einfach nicht auf.« Damit verschwand er.

Lisa rappelte sich aus den Sofakissen hoch und blickte Marthe an. In ihren Augen standen Tränen der Wut. »Warum tut der so was?«, wollte sie wissen.

Doch Marthe war selbst unangenehm überrascht

und ziemlich ratlos. Sie schaute auf die geschlossene Wohnungstür, als könnte die ihr Aufschluss geben. »Ich weiß auch nicht, was mit dem los ist.«

Noch während Peter die Treppe zu seiner Wohnung runterlief, verließ ihn der Spaß an dem Chaos, das er angerichtet hatte, und an Lisas Wutanfall. Zu seinem großen Ärger verspürte er sogar ein schlechtes Gewissen. Und kaum hatte er seine Wohnung betreten, überkam ihn echte Reue.

Zornig darüber, bemühte er sich einige Minuten, die moralischen Anwandlungen wegzudiskutieren: blöde Weiber, völlig humorlos, war doch lustig, was regt die sich so auf, früher war sie nicht so zickig, alles wegen dieses Idioten ...

Peter warf sich in seinen Sessel und schrie auf, weil sich der Joystick seiner Spielekonsole dabei in sein Steißbein bohrte. Er nahm das Hartplastikteil unter seinem Allerwertesten hervor, warf es wütend durch die Wohnung und hasste sich plötzlich selbst, als er sah, was noch so alles auf dem Boden und in den Ecken herumlag: Socken, Pullis, Pizzaservice-Bestellzettel, Gummibärchen, CD-ROMs, Zeitschriften, Bücher, Chipstüten ... Energisch erhob er sich wieder und begann aufzuräumen, wobei er die ganze Zeit über den Schweinehaushalt und dessen Vorsteher schimpfte. Er warf weg, stopfte in Tüten, ordnete ins Bücherregal, wischte ab, wienerte, saugte. Nach einer generalstabsmäßigen Säuberungsaktion von einer

Stunde sah zumindest das Wohnzimmer einigermaßen zivilisiert aus. Und Peter gestand sich ein, dass er sich mit dem für seinen Charakter reichlich zwanghaften Putzen nur selbst bestraft hatte – für sein kindisches und rücksichtsloses Verhalten Lisa gegenüber.

Wenige Minuten später stand er bei seiner Schwester vor der Tür und wollte zerknirscht Lisa sprechen. Doch Marthe informierte ihn kühl:

»Die ist gleich nach dir verschwunden. Sie hat geweint, du Arsch.«

Peter nickte schuldbewusst und ging ohne ein weiteres Wort.

Lisa saß mit verquollenen Augen auf ihrem Sofa inmitten nass geweinter Taschentücher, als es klingelte. Sie zögerte. Als es noch einmal nachdrücklich klingelte, schnäuzte sie sich die Nase, wischte sich kurz über die Augen, erhob sich schleppend und öffnete. Vor der Tür stand Peter, das Gesicht hinter einem riesigen, wundervollen Sommerblumenstrauß verborgen.

»Was muss ich tun, damit du mir verzeihst?«, fragte er kleinlaut und schaute sie mit seinen nougatbraunen Augen äußerst betreten an.

Lisa gab keine Antwort, drehte sich um, durchquerte den Flur und ließ sich wieder aufs Sofa fallen. Peter schloss die Tür hinter sich und folgte ihr wortlos in die Wohnung. Er nahm die große Bodenvase, füllte sie mit Wasser und stellte die Blumen hinein. Dann ging er zu Lisa, sammelte die verstreuten Taschentücher ein und warf sie weg.

»Soll ich dir einen Tee kochen?«, bot er mit sanfter Stimme an. Lisa nickte, und Peter hantierte still in der Küche, bis er mit zwei dampfenden Teetassen ins Wohnzimmer kam und sich zu Lisa setzte. »Es tut mir Leid. Das war 'ne total blöde Aktion von mir. Aber ich hatte wirklich keine Ahnung, dass du es so verdammt ernst meinst.«

Lisa nippte an ihrem Tee. Dann blickte sie Peter traurig an. »Marthe hat mich auch schon gefragt, warum ich so fixiert auf Kay bin. Ich weiß, du verstehst das genauso wenig.«

Peter zuckte mit den Schultern: »Na ja, er sieht schon gut aus. Und er ist charmant und so'n Scheiß.«

Lisa seufzte: »Das ist nicht der Punkt. Es geht eigentlich mehr um mich. Du kennst mich schon so lange. Aber, weißt du, als wir klein waren, da hast du einiges nicht mitgekriegt, weil du noch ein Ministöpsel warst. Ich war im Kindergarten schon die Größte. Und in der Schule auch. Und dick war ich. Die doofen Kinder haben mich gehänselt und wollten nicht mit mir spielen. Die netten Kinder – davon gab es ein oder zwei –, die haben immer angenommen, dass ich stark bin, so groß und kräftig wie ich war, und dass mir gar nichts was ausmacht. So war es auf dem Gymnasium auch. So war es immer.«

Lisa trank noch einmal von ihrem Tee und fuhr dann fort:

»Ich habe diese Rolle automatisch übernommen, war stets die Beschützerin, die Toughe mit dem großen Mundwerk. Meine Mutter hat das ja auch von mir erwartet. ›Bloß als Frau nicht klein beigeben. Behaupte dich, wehr dich, sei selbstbewusst!‹ Und das war ich dann.« Lisa fing an zu schluchzen: »Ich hätte so gern mit Barbies gespielt! Aber Mama fand, das sei imperialistisches Teufelszeug, mit dem das weibliche Rollenverhalten eingeübt werde. Und dann habe ich auch noch diesen Riesenbusen gekriegt. Weißt du noch, wie ihr, du und deine blöden Freunde, mich immer gerufen habt?«

Peter schüttelte den Kopf.

»*Mister Titty!* Weil ich so groß war wie ein Mann und ... und ...«

Peter reichte Lisa ein Taschentuch, damit sie sich schnäuzen konnte. Tröstend sagte er: »Wir waren pubertierende, kleine Idioten, das konntest du doch nicht ernst nehmen!«

Lisa putzte sich lautstark die Nase. »Als ich dann studiert habe, gab es nur zwei Kategorien von Typen: Für die einen war ich der Superkumpel, immer gut drauf und total verlässlich. Meinen Busen haben die schlicht ignoriert, so schwierig das bestimmt ist, aber ich hatte manchmal sogar den Eindruck, die fürchteten sich davor. Die haben mir dann immer erzählt, wie heftig sie in meine kleinen, niedlichen Freundinnen verliebt sind – in die Barbies, weißt du? Und ich durfte die Dates arrangieren.«

»Jetzt hör aber mal auf, Lisa! Ich weiß genau, dass du jede Menge heißer Affären an der Uni hattest«, warf Peter protestierend ein.

Lisa nickte heftig. »Ja. Das war die andere Gruppe von Typen. Na ja, ich sag mal Ödipuskomplex. Die wollten alle wieder zurück in Mutters Schoß und haben meinen üppigen Vorbau wohl instinktiv als Fleisch gewordene Metapher des ewig Weiblichen betrachtet.«

»Nun übertreibst du aber völlig! Dieser, wie hieß er noch gleich, der mit euch studiert hat ...«

»Du meinst Ludwig?«, fragte Lisa.

Peter nickte. »Der war doch total verliebt in dich.«

Lisa schüttelte den Kopf: »Nicht mal der. Der stand nur auf Riesenbusen. Wirklich, Peter, glaub mir doch: Ganz viele Typen, mit denen ich geschlafen habe, wollten nur mal wissen, wie sich so was Üppiges anfühlt. Wenn sie es dann herausgefunden hatten, sind die wieder zurück in die mageren Arme ihrer Modelmaß-Mädels geschlichen.«

Peter goss Lisa Tee nach. »Das ist doch vollkommener Quatsch. Du tust ja gerade so, als wärst du die dickste Frau der Welt. Dabei hast du eine prima Figur. Sehr weich und weiblich mit einigen Rundungen, total klasse und sexy. Und erzähl mir nicht, dass du nur aufs Sexobjekt reduziert wirst. Alle Welt liebt dich! Ich weiß gar nicht, was du hast!«

Lisa schaute ihn traurig an. »Du verstehst das nicht. Ich wäre einfach auch gern mal schutzbedürftig, niedlich, hilflos und so. Aber diesen Eindruck erwecken bei Männern immer nur die äußerlich zerbrechlichen Modelle. Ich bin die Walküre. Toll! Jahrelang habe ich mir selbst eingeredet, dass mein Single-Dasein ganz großartig ist und ich es gar nicht anders haben will. Ich bin unabhängig, keiner macht mir Vorschriften, ich muss nie Kompromisse eingehen, Rücksicht nehmen – das habe ich mir immer wieder vorgebetet ... Alles, was mir meine Mutter stets gepredigt hat. Eure übrigens auch.«

»Aber die zwei haben nicht nur rumgequatscht. Unsere Mütter sind wirklich coole Frauen. Und du bist auch eine tolle.«

»Einen Scheiß bin ich!«, widersprach Lisa. »Als allein stehende Frau mit Job, Führerschein und eigener Wohnung ist man noch lange nicht emanzipiert. Das ist lachhaft! Weißt du, was ich wirklich bin? Ich bin *einsam*! Schon immer gewesen, ich wollte es nur nicht wahrhaben. Natürlich hat sich der ein oder andere Mann in mich verliebt. Aber ich habe ja auch meine Ansprüche. Erinnerst du dich an Sven? Der war gerade mal ein Meter siebenundsechzig groß. Also, wenn der nicht seine Komplexe mit einer großen Frau kompensieren wollte! Oder Werner? Der hatte den Rücken mit Pickeln übersät – eklig.«

Peter musste lachen. »Echt? So ein richtig eitriges Mittelgebirge?«

Lisa schrie angewidert auf: »Iiieeh! Hör auf! Genauso war's!« Doch schnell wurde sie wieder ernst. »Oder diese Typen, die ich damals über die Anzeige kennen gelernt habe, als du im Ausland warst. Die meisten davon waren völlig neben der Spur, total verunsichert, ohne jedes Selbstbewusstsein, weil sie doch tatsächlich auf Anzeigen geantwortet hatten. Und ich wusste es sogar im Voraus! Damit kommen Männer im Grunde total schlecht klar, das nagt an ihrem Selbstwertgefühl noch schlimmer als bei Frauen.«

Peter grinste. »Okay, Lisa, das war halt Pech. Aber mit solchen Typen könntest du auch in der freien Wildbahn nicht viel anfangen. Du brauchst keinen komplexbeladenen Heini, sondern einen echten Kerl.«

Lisa nickte. »Einen, der selbst Erfolg hat, damit er sich durch meinen nicht bedroht fühlt. Einen, der größer ist als ich, damit ich mich auch mal beschützt fühlen kann. Einen, der selbstbewusst ist, damit ihn meine große Klappe nicht stört. Und einen, der so sensibel ist, dass er kapiert, dass meine große Klappe nur Tarnung ist.«

»Klingt fast, als bräuchtest du vier verschiedene«, feixte Peter.

»Einer reicht«, meinte Lisa leise, »und Kay passt wirklich gut. Er ist selbstbewusst, groß, gut aussehend und sensibel.«

»Wie kommst du denn auf das schmale Brett?«, warf Peter erstaunt ein.

»Er ist nett zu mir. Noch nie hat er die Kumpelnummer durchgezogen oder mir auf den Busen geglotzt.

Wenn er mich fragt, ob ich nach Büroschluss noch mit den Kollegen einen trinken komme, dann meint er *mich*, nicht meine Oberweite.«

Peter seufzte: »Lisa, es tut mir echt Leid, aber du hast Recht. Der meint tatsächlich dich und nicht deine Oberweite.«

Irritiert schaute Lisa auf. »Das ist doch gut. Oder was willst du mir damit sagen?«

»Kay gehört definitiv zur Barbie-Fraktion – mit einem extrem eingeschränkten Beuteschema: Der steht nur auf Dunkelhaarige, die etwa vier Zentimeter groß sind und drei Gramm wiegen, weißt du, so Fast-Bulimikerinnen, die man sich wie einen Gürtel um die Hüfte wickeln kann. Jennifer Lopez und Salma Hayek beherrschen seine feuchten Träume, also die glutäugige Latino-Variante.«

»Wie Sonya, mit der er im Büro immer flirtet«, flüsterte Lisa.

Peter nickte. »Die trifft seinen Typ ziemlich genau«.

»Aber die Hayek und Jennifer Lopez sind keine Hungerhaken. Die haben Busen und Hüften! Nicht so viel wie ich, aber ...«, versuchte Lisa zu retten, was noch zu retten war.

Peter schwieg.

»Würdest du sagen, dass Kay intelligent ist?«, wollte Lisa wissen.

»Doof ist er bestimmt nicht. Der hat schon was drauf, sonst wäre er gar nicht so weit gekommen«, gab Peter zu.

»Dann wird er auch nicht so dumm sein, eine gute Frau nicht als solche zu erkennen, wenn sie vor ihm steht. Bloß weil die Maße nicht ganz stimmen. Oder?«

Peter seufzte. »Ich weiß nicht, ob das was mit Intelligenz zu tun hat. Du weißt doch selbst, wie rückenmarksgesteuert wir Männer nun mal sind.«

»Ich will es zumindest mal probieren«, gab Lisa kraftlos von sich, »oder soll ich mir weitere zehn Jahre einreden, dass ich gern Single bin?«

»Nein, das sollst du nicht.«

»Hilfst du mir? Diesmal aber richtig, okay?«, forderte Lisa, »das bist du mir nach deiner Sabotage schuldig.«

Peter nickte schicksalsergeben: »Was kann ich denn tun?«

Während Lisa sich mit Peter Sorgen um ihre von Kays Intelligenz abhängige Zukunft machte, spielte Kay mit Sonya aus der Anzeigenabteilung unter Zuhilfenahme von Honig, Erdbeeren und Oliven eine einschlägige Szene aus »9 1/2 Wochen« nach.

Als Sonya seine Wohnung verlassen hatte, duschte er genüsslich in seinem mit Marmormosaik gefliesten Badezimmer und stellte die Sauna an. Irgendwie war er unzufrieden. Befriedigt zwar, aber unzufrieden. Sonya war eine gute Nummer, gewiss, und es war auch geradezu lächerlich leicht gewesen, sie rumzukriegen – noch leichter als diese heißblütige Venezolanerin, die er vorgestern nach einigen enthemmenden Margaritas aus der Salsa-Disco abgeschleppt hatte. Aber trotz seines regelmäßigen erotischen Amüsements fühlte er sich gelangweilt und leer. Beim zweiten Saunagang fragte er sich zum ersten Mal seit seinem fünfzehnten Lebensjahr ernsthaft, ob es nicht langsam an der Zeit sei, sich was Festes zuzulegen. Diese One-Night-Stands erschienen ihm inzwischen so routiniert wie ein allwöchentliches Squash-Spiel: leichte Kleidung, den Schläger in der Hand, etwas Bewegung, damit man ins Schwitzen gerät, und hinterher das altbekannte Gefühl, schon wieder gewonnen zu haben. Einfach unspannend.

In den letzten Wochen hatte sich der Sommer aus Hamburg zur Gänze verabschiedet und war einem tristen Dauerregen gewichen, der mit einem erheblichen Temperatursturz einherging. Bald würden sich die Blätter herbstlich verfärben, die Tage kürzer werden, und Melancholie würde von gefährdeten Großstädtern Besitz ergreifen. Zumindest von den allein stehenden – den allein stehenden Frauen vor allem. Die Männer hatten im Oktober und November ja immerhin noch die Bundesliga und würden nur in den ganz harten Winterpause-Monaten Dezember und Januar selbstmordgefährdet sein. Aber all die Single-Frauen, die hilflos rätselten, warum sie allein durchs Leben gingen, waren gefährdet: jene, die in der Bäckerei immer nur ein halbes Brot kaufen. Jene, die sich beim ersten Anzeichen von Weihnachtsangeboten – also ab September – einen Riesenvorrat an Lebkuchen und Dominosteinen und Marzipankartoffeln zulegen, um sich den Frust der Vereinsamung zu versüßen. Jene, die ganz allein komplette Videotheken über Wasser halten, indem sie sich pro Wochenendtag fünf tragische Filme ausleihen, um endlich mal wieder über fremde Schicksale weinen zu können statt immer nur über das eigene. Jene, die in tiefschwarzen Nächten, wenn die Dominosteine aufgegessen und die Videotheken geschlossen sind, auf die Idee kommen, mal wieder ein Bild zu malen – schließlich hat das früher ja immer solchen Spaß gemacht –, und dann zwei Stunden in der eingemotteten Kinderkiste kramen, um die Wasserfarben doch nicht zu finden und dann wieder über das eigene bittere Schicksal zu weinen.

Lisa grinste bei diesen Gedanken und fühlte sich frech wie ein kleines Mädchen, das der Mutter vorm Backen Zucker und Salz vertauscht. Ihre Mutter Heike jedenfalls würde sich verzweifelt kapitale Erziehungsfehler vorwerfen, wenn sie wüsste, wie klischeehaft Lisa das weibliche Glück von der großzügigen Zuwendung eines Mannes abhängig machte. Heike hatte es gut! Sie war immer selbstbewusst, klug und schön gewesen. Die Männer flogen ihr auch heute noch zu, sie konnte in aller Gemütsruhe aussortieren, zurückweisen oder auch mal gnädig annehmen. Mit solchem Reichtum gesegnet, kann sich jede Frau die Ideologie der freien Selbstbestimmung leisten, fand Lisa. Sie hingegen knabberte seit Jahren am emotionalen Hungertuch und gab sich immerhin alle Mühe, nicht so weit zu verkommen, dass sie verschimmelte Kartoffelschalen vom Müll klaubte, sprich Männer unter ihrem Niveau aus zweifelhaften Diskotheken abschleppte, um sich für ein, zwei Stunden der Illusion von Zweisamkeit hinzugeben.

Lisa öffnete gut gelaunt die Tür zum Pöseldorfer Nobelfriseur. Nach all den Fehlschlägen in den letzten Wochen wollte sie sich richtig was gönnen. Normalerweise ging sie immer zu Rosa, der Friseurin um die Ecke, ließ sich die Spitzen schneiden und verzichtete ansonsten auf größere Eitelkeiten. Aber heute sollte ein neuer Schnitt her – etwas Verwegenes und sehr Kreatives, das dennoch nicht übertrieben wirkte und bei jedem Wetter leicht zu stylen war. Mit diesem komplexen Anforderungsprofil konnte Lisa nicht bei Rosa aufkreuzen, das wusste sie.

Aber hier war sie richtig. Schon beim Öffnen der schweren Glastür schlug ihr ein dezenter Duft von teuren Wässerchen und Pflegemitteln entgegen, nicht der atemraubende Chemieunfall-Gestank des Wasserstoffperoxyds, mit dem Rosa einen Großteil ihrer Kundinnen, vermutlich alles Fußballer-Freundinnen, blondierte. Ein attraktiver junger Mann mit einem Lächeln, so überbordend, dass es sein makelloses Gesicht zu sprengen drohte, kam auf sie zu. »Sie müssen Lisa sein, der Siebzehn-Uhr-Termin. Ich bin Daniel, zu Ihrer Verfügung. Willkommen bei ›Hair is culture‹!«

Lisa reichte dem Angestellten ihre vom Regen feuchte Jacke und fühlte sofort Scham in sich aufsteigen: Oh Gott, ihr Aufhänger war abgerissen und das Innenfutter kaputt! Sie wusste, sie würde in diesem Tempel der gehobenen Dienstleistung sofort auf die schwarze Liste derer kommen, die sich den Besuch hier wahrscheinlich vom Munde abgespart hatten. Doch der dienstbeflissene Daniel war viel zu professionell, um Lisa einen abschätzigen Blick wegen des Innenfutters zuzuwerfen. Im Gegenteil: Er lächelte sie unvermindert freundlich an, wies sie auf die vereinzelten Schuppen auf ihrem dunklen Jackenkragen hin und flüsterte mit verschwörerischer Miene: »Auch dagegen können wir etwas tun.«

Lisa lächelte ebenso freundlich zurück und erwiderte: »Gern. Wenn ich recht gesehen habe, ist gegenüber eine Schnellreinigung. Schreiben Sie's auf die Rechnung.« Das Lächeln in Daniels Gesicht erfror, und Lisa war sehr zufrieden, dass sie ihre Fassung angesichts dieses unverschämten Bengels wiedergewonnen hatte. Sie ließ sich zu ihrem Platz geleiten, lehnte den angebotenen Champagner dankend ab und sah sich um. Geputzte Wände, wenige, aber exotische Pflanzen, dezente Spiegel und, abgesehen von den Hightech-Friseurstühlen, die selbst im Cockpit der »Enterprise« hätten bestehen können, eine spartanisch-stilvolle Einrichtung wie aus dem »Architectural Digest«. Auch die anderen Frauen, die gerade verschönert wurden, genügten höchsten Pöseldorfer Maßstäben: sonnenbankgebräunt, aber nicht zu viel, die Klamotten vermutlich von Jil Sander oder Escada, der Schmuck von Bulgari. Spätestens jetzt ahnte Lisa, dass dieser Coiffeurbesuch sie den Gegenwert eines gebrauchten Kleinwagens kosten würde. Dann stellte sich Kevin bei ihr vor, ihr ganz persönlicher Haarkünstler, und fragte nach ihren Vorstellungen.

Lisa wünschte sich etwas sehr Weibliches, etwas Verführerisches, etwas Glamouröses, das sie zu Hause in drei Minuten nachstylen konnte. Kevin gluckste belustigt und gestand, ein wahrer Spezialist für die Quadratur des Kreises zu sein. Er schlug vor, hier auf jeden Fall eine Menge wegzunehmen, da ein wenig zu fransen, damit der Hinterkopf besser betont werde, dort eine hellere Blocksträhne, und hier wiederum den Wirbel zu betonen, der dem Ganzen dann die natürliche Note gebe. Lisa nickte, ließ sich von einer Auszubildenden die Haare waschen, spülen, waschen und spülen und wunderte sich, dass das Auskämmen auch in einem solchen Nobelladen so wehtat. Während Kevin sein Meisterwerk begann, las Lisa die neue »Vogue«. Natürlich achtete sie in diesem situativen Zusammenhang besonders auf die Frisuren der Models, und dabei fiel ihr eines auf.

»Kevin, sagen Sie mal ... Ist Blond out? Wenn ich hier so blättere, die haben ja alle dunkle Haare!«

Kevin nickte, während er seine Schere schwang. »Es scheint im Moment wirklich ein Trend zu sein. Vielleicht weil man sich an blutleeren Schönheiten wie der Schiffer oder der Auermann satt gesehen hat. Die

Patitz ist auch schon lange out. Schauen Sie doch mal nach Hollywood. Da sind nur noch Cameron Diaz und Gwyneth Paltrow richtig blond.«

»Was heißt hier ›nur noch‹?«, wollte Lisa, persönlich beleidigt, wissen.

Kevin zwirbelte ihre Haare zu dünnen Strähnen und schabte mit offener Schere daran herum. »Eine neue Technik, habe ich bei einem Seminar in Los Angeles gelernt. Julia Roberts war noch nie wirklich blond. Aber die setzt auch keine Trends, höchstens mit ihrer Hochsteckfrisur, die sie bei der letzten Oscar-Verleihung getragen hat. Wissen Sie, was so was kostet? Ich sag Ihnen, Tausende von Dollar hat die bezahlt! Da will ich hinkommen!«

»Da hatte sie die Haare auch ganz dunkel«, sinnierte Lisa, die hochfliegenden Hoffnungen ihres ganz persönlichen Coiffeurs ignorierend.

»Eben. Eine wissenschaftliche Untersuchung hat ergeben, dass Männer mit blonden Haaren Reinheit und Unschuld in Verbindung bringen. Dunkle, vor allem lange dunkle Haare sind für Männer ein Zeichen von Wildheit, Sex und Sünde. Achten Sie mal drauf: Für Waschmittel- und Seifenreklame werden immer Blondinen genommen. So sauber wie früher Doris Day. Aber träumt ein Mann in seinen Nächten von Waschmitteln und Doris Day? Also, ich sowieso nicht. Rock Hudson wäre eher mein Fall gewesen.« Kevin gab ein äußerst tuckiges Lachen von sich und wackelte mit den Hüften.

Lisa blies sich eine abgeschnittene Strähne aus dem Gesicht: »Marilyn Monroe war blond, Marlene Dietrich war blond, Greta Garbo war blond!«

»Ach, Schätzelchen, die sind doch alle schon längst verwest! Catherine Zeta-Jones ist angesagt, auch wenn ich die für vollkommen überschätzt halte. Jennifer Lopez ist angesagt. Salma Hayek, die hat doch Frida Kahlo gespielt, die ist angesagt ...«

Lisa unterbrach Kevin unwirsch: »Hören Sie auf, ich kann diese Namen nicht mehr hören!«

Kevin schwieg beleidigt.

Bis Lisa ihn nach einer Minute grübelnder Selbstbetrachtung im Spiegel anlächelte und meinte: »Kevin, wir färben.«

Lisa schlenderte langsam zum Aufzug. Als sie geparkt und die verlagseigene Tiefgarage gerade hatte verlassen wollen, hatte sie im Augenwinkel gesehen, dass Kay eingefahren war. Sie ging besonders langsam weiter. Er musste jeden Moment hinter ihr ins Gebäudefoyer kommen. Sie rief den Fahrstuhl, trat ein und blockierte die Lichtschranke, um zu warten. Atemlos sprang Peter in den Fahrstuhl.

»Danke, dass du gewartet ...«, begann er seinen Satz, doch dann blickte er Lisa an. Der Mund blieb ihm kurz offen stehen. »Was hast du mit deinen Haaren gemacht?«, entfuhr es ihm entgeistert. Noch bevor Lisa antworten konnte, trat Kay ebenfalls in den Fahrstuhl.

»Moin, Kollegen«, grüßte er fröhlich. Lisa drückte

den Knopf, der Fahrstuhl fuhr an. Kay warf einen Blick auf Lisas Haar.

»Wow, was hast du mit deinen Haaren gemacht?«, fragte er anerkennend.

»Schlammpackung, heißt das, glaube ich«, erwiderte Peter mürrisch.

Kay knuffte Peter in die Seite: »Scherzkeks. Sie sieht doch großartig aus!«

Lisa lächelte ihn zufrieden an. »Findest du?«

»Fünf Jahre älter«, vermeldete Peter.

Lisa trat ihm fest auf den Fuß: »Du kannst einfach nicht mit Frauen umgehen, du Trottel!« Sie warf ihm einen warnenden Blick zu.

Peter verstand, murmelte aber noch ein kurzes: »Ich steh halt mehr auf Blond«.

Kay schüttelte den Kopf. »Mensch, Alter«, wandte er sich an Peter, »du hast doch keinen Schimmer. Du *glaubst* nur, dass du mehr auf Blond stehst.«

Peter tippte sich verächtlich an die Stirn. »Ich weiß doch wohl am besten, was mir gefällt!«

Der Fahrstuhl hielt an, und die drei bewegten sich gemeinsam durch den Flur in Richtung Redaktion.

»Denk doch mal nach: Wenn du Bier trinkst, nimmst du doch meist ein helles, oder?«, fuhr Kay verschmitzt fort.

»Logo, ein kühles Blondes eben«, nickte Peter.

»Aber wenn du mal was Besonderes trinken willst, dann nimmst du ein Dunkles«, schloss Kay seine Beweisführung ab, als die drei an der Tür zur Grafik angekommen waren. »Mir gefällt's«, meinte er charmant zu Lisa, öffnete die Tür und verschwand in seinem Büro.

Lisa grinste Peter triumphierend an. »Ihm gefällt's!«

Peter zuckte genervt mit den Schultern und setzte mit ihr seinen Weg zu den Redaktionsräumen fort. »Wenn du dich gern mit Bier vergleichen lässt, bitte schön.« Er öffnete die Tür zu seinem Büro und knallte sie ohne ein weiteres Wort hinter sich zu.

Lisa streckte ihm die Zunge heraus. Sie war sauer, dass er ihr ihren ersten Erfolg madig machte.

Das hielt allerdings nicht lange an. Zu Beginn der großen Montagskonferenz waren ihre dunkel gefärbten Haare erst einmal Gesprächsthema Nummer eins. Die Meinungen waren zwiespältig. Auffallend war jedenfalls, dass die Frauen fast alle dagegen waren. Sie gaben zu – zum Teil recht unglaubwürdig, wie Lisa fand –, immer schon neidisch auf ihr wundervolles Naturblond gewesen zu sein: Wie konnte sie nur zum gewöhnlichen Straßenköterbraun wechseln? Die neun Männer in der Redaktion teilten sich sehr typisch auf: drei waren für die neue Farbe, drei dagegen, drei gaben sich unentschlossen, das heißt, es war ihnen egal.

Olli beendete die Diskussion durch sein Erscheinen, schlug sich nach einem kurzen Blick auf Lisas Haare auf die Seite der Befürworter, die damit ein knappes Übergewicht bekamen, und eröffnete die Konferenz. Während die Kollegen in der üblichen

Reihenfolge ihre Themenvorschläge anbrachten, linste Lisa immer wieder zu Kay, der ihr direkt gegenübersaß. Er lächelte ihr mehrfach zu, vor allem, wenn Peter seine gewohnt trockenen Witze riss. Es schien Lisa, als nähme Kay sie endlich wahr, zwar noch nicht unbedingt als Objekt der Begierde, aber zumindest schon mal als Frau. Und als Freundin seines Kumpels Peter. Sie mochten Peter schließlich beide, konnten mit ihm lachen und zanken. Der kleine Disput am Morgen im Fahrstuhl war wie ein Band, das über Peter zwischen Kay und ihr geknüpft worden war. Lisa verspürte etwas Vertrautes. Immerhin hatte Kay sich bei der Haarfarben-Diskussion auf ihre Seite gestellt – gegen Peter. Sie waren ab heute Verbündete. Okay, grübelte Lisa, sie sollte das Ganze jetzt nicht überbewerten, aber es war doch schon ...

»Lisa? Bist du noch bei uns?«, weckte Ollis leicht genervte Stimme sie aus ihren Überlegungen, »wenn ja, würde ich nun doch ganz gern erfahren, was du dir fürs nächste Heft ausgedacht hast.«

»Ich will einen durch Umfragen gestützten Artikel schreiben zum Thema ›Das I-Ging der Erotik‹«, begann Lisa sachlich und selbstbewusst.

»Klingt gut«, nickte Olli, »und worum geht's? Auch ein bisschen Kamasutra?«

»Gibt es guten Sex ohne Stellungswechsel?«, fragte Lisa süffisant zurück. Dann fuhr sie fort: »Die Dachzeile sollte so was sein wie ›Sex: eine Frage von Kopf oder Körper‹? Dabei will ich untersuchen, wie das Zusammenspiel oder die Abhängigkeit ist zwischen dem erotischen Kopfkino und den körperlichen Reizauslösern.«

»Das ist mir zu verstiegen formuliert. Denk an unser Zielpublikum!«, forderte Olli mahnend.

Lisa dachte bei sich, dass der so genannte »daL«, der dümmste anzunehmende Leser, für den sie schrieben, leider der Chefredakteur sei. Doch sie ließ sich nichts anmerken. »Im Grunde ist es ganz einfach: Was turnt uns mehr an? Das eigene Kopfkino, also unsere Fantasien, oder der Körper des Gegenübers?«, erklärte sie.

»Mich turnt am meisten der *eigene* Körper an. Es gibt keinen besseren!«, witzelte Torge aus der Sport-Redaktion. Alle lachten, und Olli war zufrieden und meinte:

»Eine sehr gute Idee, Lisa. Vor allem, weil sie noch was Asiatisches im Titel hat. Das klingt im Zusammenhang mit Sex immer sehr gekonnt und gleichzeitig verdorben. Wie wäre es mit der Headline ›Im Reich der Sinne‹?«

Lisa schüttelte den Kopf: »Das geht leider nicht, obwohl es natürlich eine sehr gute Headline ist. Aber die hatten wir schon bei dem Artikel über Ayurveda-Stirngüsse.«

»Und bei den indianischen Schwitzhütten«, vermeldete das Gesundheitsressort.

»Bei den Hochzeitsreisen nach Hawaii«, kam es aus dem Reise-Ressort.

Olli hob protestierend beide Hände: genug!

»Aphrodisiaka«, trug das Ernährungsressort bei.

»Im Sport hatten wir sie noch nicht«, bemerkte Peter, »eigentlich schrecklich, dass wir von dieser hervorragenden Headline erst erfahren, wenn es zu spät ist.« Peter warf einen mahnenden Blick auf die Mitglieder seines Ressorts: »Strengt euch in Zukunft bitte mehr an. Etwas Kreatives im Sport-Ressort wäre auch mal ganz schön!« Während die komplette Redaktion ihr kollektives Grinsen unterdrückte, meinte Olli mürrisch zu Peter:

»Willst du mich verarschen?«

Peter lachte offenherzig. »Quatsch, Olli. Das würdest du doch merken!«

Lisa tauschte einen belustigten Blick mit Kay, als Olli die Redaktionssitzung für beendet erklärte und hinausging.

Peter wandte sich an Lisa: »Gutes Thema, sehr gut verkauft!«

Mit federndem Schritt, die Hände lässig in den Hosentaschen, trat Kay dazu und wiederholte Peters Kompliment charmant. Lisa bemühte sich, nicht rot zu werden, was bekanntermaßen den gegenteiligen Effekt hatte. Doch Kay bemerkte es nicht, denn er hatte sich schon an Peter gewandt: »Mensch, du bist ganz schön frech. Irgendwann schmeißt er dich raus!«

»Und wenn schon«, erwiderte Peter mit einem eindeutigen Seitenblick auf Lisa, »*ich* verbiege mich nicht, um bei einem Idioten Punkte zu machen.«

Nach einem langen, aber erfolgreichen Arbeitstag, an dem Lisa drei Mal gute Gründe hatte, in der Grafik aufzutauchen und ein wenig mit Kay zu plaudern, traf sie sich mit Peter im Stadtpark. Die Dämmerung senkte sich schon langsam über die Baumwipfel, es regnete leicht, war aber nicht kalt. Feuchte Luft waberte über die sattgrünen Wiesen und tauchte den fast menschenleeren Park in eine gespenstische Atmosphäre.

Als Peter in einem altmodischen Jogginganzug und mit Wollschal um den Hals ankam, kontrollierte er zuerst Lisas neue Laufschuhe. Ihre brandneuen Sportklamotten aus neuester Hightech-Faser kommentierte er nicht. »Warst du bei dem Händler, den ich dir genannt habe?«, wollte er streng wissen.

Lisa nickte. »Es war genau, wie du gesagt hast. Ich musste barfuß auf und ab gehen – auf den Zehenspitzen, den Hacken – und dann langsam abrollen. Diese Schuhe hat er mir dann empfohlen. Sind die okay?«

»Wenn Gerd die ausgesucht hat, kannst du sogar über die Geröllfelder auf dem Mond damit laufen. Können wir loslegen?«, gab Peter mürrisch zurück.

Lisa schüttelte den Kopf. »Zuerst verrätst du mir, wieso du so schlechte Laune hast! Nervt es dich, mit mir zu trainieren? Wenn ja, dann lassen wir's lieber, bevor wir überhaupt anfangen!«

Peter hüpfte in seinem Jogginganzug auf und ab, um sich zu lockern. »Nein, das ist schon okay. Mal abgesehen davon, dass du nur laufen willst, um für Kay abzunehmen ...«

»Das stimmt doch gar nicht!«, widersprach Lisa halbherzig, »ich wiege wirklich zu viel. Okay, Kay ist vielleicht ein aktueller Anlass, aber Sport ist voll angesagt für mich. Und ohne dich würde ich die Kurve nicht kriegen. Du hast versprochen, mir zu helfen!«

Peter hörte mit dem Wippen auf. »Mach ich ja, reg dich ab. Bevor du total falsch trainierst, dir eine Zerrung nach der anderen zuziehst, irgendwann am Krückstock gehst und ich schuld bin.« Er verbeugte sich tief und formvollendet. »Zu Diensten: Ich bin ab sofort dein *personal superbody shaper*. Es ist mir eine Ehre!«

Lisa verbeugte sich ebenfalls. »Mir auch. Vielen Dank. Wie lange brauche ich denn für fünfzehn Kilo?«

»Lange«, antwortete Peter ernst, »du weißt, was meine liebe Schwester, die Ex-Ernährungsfachfrau sagt: Wer gesund abnehmen will, sollte sich für jedes Kilo, das er abspecken möchte, genau die Zeit lassen, die er gebraucht hat, um es drauf zu bekommen. Also, wann hast du das letzte Mal fünfzehn Kilo weniger gewogen?«

Lisa schlug sich theatralisch die Hände vors Gesicht und schrie gequält auf. »Oh Gott, oh mein Gott!« Dann lief sie plötzlich los. Peter schaute ihr verblüfft hinterher, bis Lisa sich im Lauf lachend nach ihm umdrehte und ihm zuwinkte. »Schnell, Peter, schnell. *No time to lose!*«

Peter grinste und sprintete hinter ihr her. Als er auf ihrer Höhe war, was insgesamt etwa fünf Sekunden dauerte, ermahnte er sie ernsthaft: »Langsamer, Zuckerschnauze, du musst viel langsamer laufen, sonst brichst du an der nächsten Biegung zusammen.«

»Unterschätz mich nicht«, erwiderte Lisa fröhlich.

An der nächsten Biegung brach sie zusammen. Japsend lag sie im nassen Gras und versuchte zu reden: »Okay, okay, du hast ... hast ... ja ... Recht ... Ich ... bin nich ... so ... in Form!«

Peter zog sie aus dem Gras hoch. »Steh auf, du Schwachmat, du erkältest dich noch. Und von wegen nicht in Form: Deine Lunge kann man zum Lumpensammler geben! Jetzt gehst du ein wenig auf und ab, bis du wieder deinen Ruhepuls hast. Und dann geht's weiter. Und zwar ganz langsam.«

»Wie? Weiter?«, fragte Lisa bestürzt. »Reicht das nicht für den Anfang?«

Peter lachte schallend los: »Das waren höchstens siebenhundert Meter! Fett verbrennst du erst nach einer halben Stunde etwa. Also los, aber zackig!«

Peter trabte langsam an, und nach einem wenig damenhaften Fluch folgte Lisa ihm mühsam.

Nach einer halben Stunde, in der Lisa nach eigenen jammervollen Angaben drei Mal mit Erbrechen, zwei Mal mit einer Ohnmacht und ein Mal mit dem Tod gekämpft hatte, zeigte sich Peter gnädig und erklärte das erste Training für erfolgreich beendet. Er zeigte nicht das geringste Zeichen von Anstrengung, unterließ es aber zu Lisas großem Erstaunen, sich über ihren Zustand am Rande des Kollapses lustig zu machen. Im Gegenteil, er lobte sie ernsthaft für ihre Leistung. Erfahrungsgemäß überstünden die meisten Menschen, die jahrelang keinen Sport getrieben haben, kaum die ersten zehn Minuten. Er schlug vor, in der ersten Woche die halbe Stunde als Limit beizubehalten und dann alle drei Tage fünf Minuten dranzuhängen.

Lisa nickte erschöpft, aber stolz. »Ich fühle mich prima, Peter. Echt!«

»Das sind vermutlich die Endorphine. Die werden zwar normalerweise erst viel später ausgeschüttet, doch bei dir läuft ja eh nichts normal«, lächelte Peter. Er wusste nicht genau, wieso, irgendwie machte es auch ihn froh, wie Lisa da vor ihm stand, verschwitzt, fertig, aber über beide Backen strahlend.

»Das Blöde ist nur«, fügte Lisa, inzwischen wieder zu Atem gekommen, hinzu, »ich habe einen Schweinehunger!«

»Das ist okay. Wir fahren jetzt beide nach Hause, duschen und treffen uns dann im ›R&B‹ auf einen Rucola-Salat mit Lammfleisch, okay?«

»Kann ich nicht Pommes dazu haben? Oder Rösti? Nudeln? Reis? Ne Tüte Chio Chips?«, flehte Lisa verzweifelt.

Peter grinste jedoch nur gemein.

Zur gleichen Zeit, als Lisa sich im Stadtpark mit Grauen auf Peters strenge Ernährungsdirektiven einließ, kam Marthe aus ihrem Büro nach Hause. Konrad war schon da. Er saß gemütlich auf dem Sofa und blätterte in einem Buch über Thonet-Stühle. Marthe zog an der Garderobe ihre nasse Jacke und die Schuhe aus, ging auf Socken zu Konrad und küsste ihn liebevoll auf die Stirn. »Na, wie war dein Tag?«

»Wie immer. Holzwürmer, Holzspäne, Holzöle. Und deiner?«

Marthe ließ sich auf dem anderen Ende des Sofas nieder und legte die Füße in Konrads Schoß, der sofort begann, sie zu massieren.

»Hmmmm«, stöhnte Marthe wohlig, »auch wie immer. Sublimierte Neurosen, Frustration und Aggression im altbekannten Wechselspiel.«

»Was macht deine neurotische Zählerin?«, wollte Konrad neugierig wissen.

Marthe zog ihre Füße zurück und setzte sich auf. »Du weißt, dass ich dir nichts erzählen darf.«

»Nur ein kleiner Hinweis, ach, komm! Ich sag's ja auch nicht weiter. Ich weiß doch nicht mal, wer sie ist.«

Marthe erhob sich, zog die Socken aus und ließ sie fallen. »Ich geh duschen.« Während sie in Richtung Badezimmer lief, zog sie sich den Pulli über den Kopf.

»Nicht mal ein kleiner Tipp aus der Welt der seelischen Irrungen und Wirrungen?«, rief Konrad ihr neugierig hinterher.

Marthe blieb stehen: »Okay, aber mehr verrate ich

bestimmt nicht: Die sittenstrenge Zählerin hat gesündigt.«

»Yo, das regt doch die Fantasie an«, freute sich Konrad.

»Bloß nicht! Ich bin heute sehr müde«, erwiderte Marthe und zog die Badezimmertür hinter sich zu. Sie entkleidete sich und dachte lächelnd über ihre Patientin nach, die sich doch tatsächlich vom Joch der Moral befreit hatte, und zwar auf einen Schlag. Heute war sie glücklich strahlend bei Marthe angekommen und hatte berichtet, dass sie, die über Fünfzigjährige, den Bäckerlehrling verführt hatte – frühmorgens in der aufgeheizten Backstube, als ihr Gatte zum Arzt gefahren war, weil er sich beim Verfertigen von Franzbrötchen in den Finger geschnitten hatte. Die Zählerin war ein wenig errötet, als sie Marthe mit verlegener Begeisterung erzählt hatte, wie der Lehrling ihren üppigen Busen mit Mehl bestäubt, dann mit Milch beträufelt und schließlich das Gesamtkunstwerk kraftvoll gewalkt und geknetet hatte. Aber abgesehen von diesem einmaligen erotischen Höhepunkt in ihrem nicht mehr ganz jungen Leben freute sie sich besonders über die innere Gewissheit, dass ihr Zählzwang der Vergangenheit angehörte.

Marthe band sich die Haare hoch, legte ein frisches Handtuch bereit und schlüpfte in die Dusche. Das lauwarme Wasser perlte angenehm über ihre Haut, und sie sinnierte, wann sie das letzte Mal ein außergewöhnliches erotisches Erlebnis gehabt hatte. Sicher, der Sex mit Konrad war gut, aber im Grunde war er eher häufig zu nennen als außergewöhnlich. Im Bett, im Bad und auf dem Sofa, ein Mal täglich. Und wie aufs Stichwort, Marthe hatte sich gerade einshampooniert, wurde die Duschtür geöffnet, und der nackte Konrad schickte sich an, zu ihr zu schlüpfen.

»Nein, Konrad, nicht! Ich will ein Mal in Ruhe duschen, okay?«

Doch Konrad ließ sich nicht beirren. Er trat in die Duschkabine und verschloss Marthes protestierenden Mund mit seinen Lippen. Gleichzeitig ließ er etwas zusätzliches Duschgel ihren Rücken hinunterfließen und stellte das Wasser noch heißer. Das Gel schäumte er mit versierten Händen auf Marthes Körper auf. Ihr Widerstand schwand.

Das »R&B« war seit Jahren Peters Stammkneipe in der Weidenallee, schräg gegenüber von dem Haus, in dem Marthe, Konrad und er wohnten. Peter erschien es mehr als angenehm, neben seiner St. Pauli-Fankneipe auf dem Kiez auch noch in unmittelbarer Nachbarschaft zu seinem Bett eine zweite Heimat zu haben. Er kannte alle Barmänner, die durchweg überaus ansehnlichen weiblichen Bedienungen an den Tischen, die Stammgäste und sogar deren Hunde. Und alle kannten ihn. Sie wussten, wie er hieß, welchem Beruf er nachging und, vor allem, was er trinken wollte.

Als Peter an diesem Abend das »R&B« betrat, bot

sich ihm das übliche Bild. Der Filmjournalist mit dem geheimnisvollen Spitznamen Mai Cats saß wie jeden Tag auf seinem angestammten Hocker als gewichtiger Fels in der Brandung der anderen, häufig wechselnden Gäste. Zwischen den scharrenden Füßen der an der Theke Sitzenden wuselte der hässliche, aber nette Terrier eines älteren Stammgastes hin und her; hinter der Bar stand Mikel, der Peter gewohnt cool mit einer Kopfbewegung begrüßte und gleich ein großes Bier anzapfte.

Peter sah sich um, aber wie erwartet war Lisa noch nicht da – Zeit für ein Schwätzchen mit den Jungs an der Bar. Peter platzierte sich neben Mai, der ihn mit einem jovialen Klopfen auf die Schulter willkommen hieß. Nachdem die ersten männlichen Floskeln ausgetauscht waren, wandten sich Peter und Mai ihrem journalistischen Zynismen-Wettbewerb über das politische Tagesgeschehen zu. Die neuesten Bush-Witze wurden ausgetauscht, über den vor zwei Tagen im Vollrausch vom Hocker gekippten Kneipen-Kumpel wurde freundlich gelästert und der Hüftschwung der jüngsten Bedienung beim Tragen von drei Tellern gleichzeitig kommentiert. Doch noch bevor die optische Leibesvisitation der Bedienung ins definitiv Sexistische abrutschen konnte, betrat Lisa die Gaststätte.

Sie war zwar nicht so häufig hier wie Peter, aber oft genug, um ebenfalls freundlich begrüßt zu werden. Unter Peters Kopfschütteln nahm sie einige flüchtige

Komplimente zu ihrer neuen Haarfarbe entgegen und verzog sich dann mit Peter und dessen Bier an einen der Tische. Sofort griff sie zur Speisekarte und las genüsslich die Angebote, während sie mit dem Oberkörper zur erlesenen Rhythm 'n' Blues-Mucke wippte, die der Kneipe ihren Namen gab. Als die Bedienung an den Tisch kam, die die dunklen Haare zunächst einmal bedauernd kommentierte, bestellte Lisa sich das Wildrahmgulasch mit Spätzle und Preiselbeeren, dazu ein Bier, doch unter Peters mahnendem Blick nahm sie ihren kulinarischen Herzenswunsch schnell wieder zurück und verlegte sich auf den Rucola-Salat mit Lamm, dazu ein Mineralwasser. Gemeinerweise entschied sich Peter für das Wildrahmgulasch.

»Du bist echt fies«, fand Lisa und nahm einen Schluck von Peters Bier.

Peter nahm ihr das Glas weg. »Ich kann es mir leisten. Oder will ich bis zur Unkenntlichkeit abmagern?«

Lisa verspürte keine Lust, das Thema Kay schon wieder mit Peter zu diskutieren, also lenkte sie ihn ab: »Habt ihr, Kerry und du, euch wieder eingekriegt? Oder gibt's immer noch Stress wegen der Lofoten?«

»Im Grunde geht's doch gar nicht um die Lofoten. Ich habe gar nichts gegen diese Lofoten. Wie heißen eigentlich die Menschen, die auf den Lofoten leben? Lofoten? Lofotaner? Lofotiten?«

»Lenk nicht ab«, forderte Lisa amüsiert.

Peter nahm einen letzten Schluck von seinem Bier und bestellte ein neues. Halb ernst, halb scherzhaft begann er, Lisa seine Beziehung zu Kerry zu erklären: »Wie ich schon einmal erwähnt habe, bläst sie gut ...«

Lisa bewarf Peter mit einem Brotstückchen. Doch Peter fuhr ungerührt fort: »Das ist zwar viel, aber schließlich nicht alles, denn auch innere Werte zählen in einer echten, zwischenmenschlichen Beziehung. Das hat mir meine kluge Schwester beigebracht. Und sie hat Recht. Also habe ich mal einen Blick in Kerry hineingeworfen. Und weißt du, was mich da ehrlich verblüfft hat? Innerlich ist sie gar nicht so tätowiert wie äußerlich.«

Noch ein Brotstückchen flog durch die Luft.

»Nee, jetzt mal im Ernst: Kerry ist schon okay. Aber ich weiß nicht, was sie will. Mal macht sie einen auf total coole Braut, die sich für nichts interessiert als Fotografieren, Fußball, Nächtedurchzechen und ein bisschen Sex ohne Wenn und Aber. Dann kommt sie einem plötzlich mit ›Wenn du nicht mitfährst, liebst du mich nicht. Du hast es mir noch nie gesagt ...‹ Ich komme nicht damit klar, wenn Tattoo- und Piercing-Kerry einen auf Schmollmündchen macht und von mir solche Liebesbeweise einfordert wie in einer festen Beziehung.«

»Aber ihr habt doch eine feste Beziehung«, stellte Lisa verwundert fest.

»Ach was, bloß weil ich mich schon seit einigen Monaten ausschließlich mit ihr zeige?«

»Was soll das denn heißen? Hast du denn noch was anderes nebenher laufen?«

Peter konnte nicht sofort antworten, weil das Essen serviert wurde. Lisa bezähmte ihren Heißhunger und blickte Peter erwartungsvoll an, nachdem sie ihm Serviette und Besteck aus dem Brotkorb gereicht hatte.

»Ich nicht. Aber sie.« Peter stocherte in seinem Gulasch.

»Im Ernst? Und das machst du mit?«

Er lachte. »Nun guck nicht so entsetzt. Iss lieber deinen Salat, bevor er kalt wird.«

Lisa gehorchte und nahm genüsslich den ersten Bissen Lammfleisch zu sich.

»Ein Finne. Netter Kerl.«

»Du kennst ihn?«, murmelte Lisa mit vollem Mund.

»Aus dem Stadion. Wir waren auch schon ein paar Mal zu dritt einen trinken.«

Lisa schüttelte fassungslos den Kopf: »Ja, aber ... Aber bist du überhaupt nicht eifersüchtig? Ich meine, wenn deine Freundin noch mit einem anderen schläft? Also, wenn ihr zu dritt ausgeht, musst du dir dann nicht immer vorstellen, wie die beiden ... Also, ehrlich mal.«

»Ich habe anscheinend kein Eifersuchtsmodul. Mir macht das echt nichts aus, glaube mir. Außerdem, was heißt das schon: ›meine Freundin‹? Ist das nur durch die Ausschließlichkeit des einen Sexualpartners definiert?«

Lisa ließ die Gabel sinken und überlegte. »Normalerweise schon. Also zumindest am Anfang halten es die meisten so.«

»Und dann wird betrogen. Jeder steigt munter mit

jemand anderen ins Bett, und solange keiner was erfährt, ist die Beziehung in Ordnung. Hör mir doch auf mit diesem bürgerlichen Quatsch!«

»Was du redest, ist Kommunenquatsch aus den Sechzigern. Ich denke, wir sind da heute durchaus ein Stück weiter. Das Modell der Zweierbeziehung hat sich nämlich noch nicht überlebt, trotz aller intellektueller Interventionen, und zwar, weil es in unserer Natur liegt«, argumentierte Lisa.

»Wie bei den Schwänen?«, feixte Peter, »ich glaube das nicht. Meiner Meinung nach ist vielmehr der mittelalterliche Minnesang schuld an unseren romantischen Vorstellungen von der Liebe bis zum Tod – am besten noch einer unerfüllten, dann lässt es sich besser leiden. Mein Ding ist das keinesfalls.«

»Was ist denn dein Ding?«, wollte Lisa zwischen zwei Bissen wissen.

Peter ließ seine Gabel sinken. »Na ja, ich weiß auch nicht so genau. Eine Partnerschaft, in der jeder den anderen so akzeptiert, wie er ist, mit allen Macken und Fehlern. In der man Respekt vor dem Charakter des anderen und seinen Wünschen hat.«

»Super«, meinte Lisa spöttisch, »das klingt wie aus'm Lehrbuch. Oder wie von Marthe. Oder Fromm.«

»Das sind kluge Menschen«, warf Peter ein.

»Ohne Zweifel«, nickte Lisa, »aber das ist doch alles Theorie. Der Geist ist Widersacher der Seele. Man kann sich das alles ja vornehmen, was du gesagt hast. Doch wenn ich richtig verliebt bin, dann helfen mir all diese schönen Konstrukte nicht weiter. Dann will ich den geliebten Menschen für mich haben, für mich ganz allein. Natürlich will ich, dass er mich so akzeptiert, wie ich bin. Aber ob das auch in jedem kleinen Punkt im Alltag klappt? Muss ich wirklich all seine Wünsche respektieren? Was ist, wenn er morgens gern frische Leber isst, mir von dem Geruch aber schlecht wird? Muss man nicht auf jeden Fall immer Kompromisse eingehen?«

»Du fängst ja mit den Kompromissen schon an, bevor die Beziehung überhaupt existiert. Oder wieso hast du dir die Haare gefärbt?«, spöttelte Peter.

»Ganz einfach«, erwiderte Lisa ernsthaft, »früher waren diese Kompromisse immer mein Lieblingsargument gegen eine Beziehung. Ich habe gedacht, dass man automatisch seine Freiheit aufgibt. Doch Freiheit aufgeben bedeutet ja lediglich, Dinge gezwungenermaßen, also nicht freiwillig zu tun. Aber wenn ich wirklich verliebt bin, ist mir der andere so wichtig, dass ich Kompromisse eingehe – und zwar mit meinem freien Willen. Ergo: keine Einschränkung meiner Freiheit.«

»Klingt auch ziemlich gestelzt und theoretisch«, fand Peter.

Lisa zuckte traurig mit den Schultern. »Ich weiß. Ich hab's ja noch nie probiert. Aber ich will mich jetzt endlich mal darauf einlassen. Bevor ich noch schrulliger und einsamer werde. Und wer was will, muss was tun. Also tue ich was.«

»Hoffentlich tust du das Richtige«, brummte Peter.

»Garantiert nicht!«

Lisa und Peter blickten erstaunt hoch. Neben ihnen am Tisch standen Marthe und Konrad. Marthe schaute vorwurfsvoll auf Lisas gefärbte Haare. »Sag bloß, du hast diesen Scheiß für diesen Kay gemacht? Bist du noch zu retten?«

»Hallo, Schwesterlein«, mischte sich Peter ein, »hi, Konrad, wollt ihr euch nicht zu uns setzen und uns mit eurer miesen Laune das Essen verderben?«

Konrad setzte sich grinsend neben Peter. »Ich bin bestens gelaunt.« Er wandte sich an Marthe: »Komm, setz dich. Wo liegt das Problem? Lisa sieht doch super aus!«

Lisa bedankte sich bei Konrad für das Kompliment und rückte ein Stück zur Seite, damit Marthe sich setzen konnte.

»Darum geht es doch gar nicht«, maulte sie, während sie Platz nahm.

»Für mich schon«, beharrte Lisa.

»Aber bloß, weil dieser Kay auf Dunkelhaarige steht, wie auch mir inzwischen kolportiert wurde. Du biederst dich an, du verrätst dich, du verkaufst deine Seele ... du ...« Marthe fehlten vor Empörung die Worte, was selten vorkam.

Peter schob seinen inzwischen leer gegessenen Teller von sich und grinste Konrad an. »Was hältst du davon, wenn wir an der Theke ein Bierchen trinken? Hier ist, glaube ich, ein ernsthaftes Weibergespräch angesagt.«

Konrad nickte, und die beiden Männer erhoben sich.

»Ja, ja, haut nur ab, wenn es ans Eingemachte geht, ihr Drückeberger!«, schimpfte Marthe hinter ihnen her. Sie erhob sich und setzte sich auf Peters Stuhl, damit sie Lisa besser fixieren konnte. Lisa hielt dem Blick stand. Es dauerte fast eine Minute, bis Marthe die Diskussion eröffnete: »Also: Was soll das? Hast du dich so minderwertig in deiner Haut gefühlt, sprich: unter deinem honigfarbenen Blondschopf?«

Lisa schüttelte den Kopf. »Nö. Aber ich habe ehrlich keine Lust, das jetzt zu psychologisieren, okay?«

»Ich brauche nicht ein einziges Quäntchen Psychologie, um zu schnallen, was du da machst.«

Nun wurde Lisa langsam auch angriffslustig. Sie lehnte sich in ihrem Stuhl zurück, verschränkte die Arme und starrte Marthe auffordernd an. »Und? Was mache ich? Mich verleugnen, verraten, verkaufen? Marthe, ich habe mir nur *die Haare gefärbt*! Und ich gehe mit Peter ab sofort jeden Tag laufen, damit ich ein paar Kilo abnehme.«

»Lobenswert.« Auch Marthe lehnte sich zurück und verschränkte die Arme. Die beiden maßen sich mit Blicken wie zwei Helden in einem Billigwestern kurz vor dem alles entscheidenden Duell. »Du machst dich zur hohlen Mogelpackung. Du änderst dein Aussehen, aber, noch schlimmer, als zweiten Schritt womöglich auch deine Gesinnung, damit ein Typ auf dich abfährt.«

»Stimmt. Ich bin jetzt nicht nur dunkelhaarig und werde schlank. Ich stehe ab sofort auch auf die Musik von Jennifer Lopez, interessiere mich für amerikanische Wagen der Sechziger und Siebziger und lerne Salsa tanzen. Und ich will mir auf dem Weg zum Glück keine feministischen Knüppel zwischen die Beine werfen lassen.« Lisa schenkte Marthe einen provozierenden Blick.

»Faust! Verkauft Seele an Teufel und hat dann nur Ärger mit Gretchen.«

»Wir werden sehen!«

»Komm aber nicht bei mir angekrochen, wenn es dir scheiße geht!«

»Doch – wozu hab ich dich?«

»Okay. Dumme Kuh.«

»Selber.«

Die Männer an der Theke beobachteten erleichtert, wie sich Marthe und Lisa angrinsten.

Peter und Lisa waren in den letzten Wochen dazu übergegangen, sich schon frühmorgens zum Joggen zu treffen, da es abends nach Büroschluss bereits schnell dunkelte. Es war inzwischen Oktober, und zu ihrer eigenen großen Überraschung spürte Lisa mit den sich verfärbenden Blättern und den kürzer werdenden Tagen nicht die übliche Herbstdepression herannahen. Sie fühlte sich gut, nein sie fühlte sich großartig! Ganz abgesehen davon, dass der regelmäßige Sport und die umgestellte Ernährung ihre Pfunde purzeln ließen, war auch die psychologische Wirkung der Bewegung und des neuen, bewussteren Körpergefühls nicht zu unterschätzen.

In den ersten beiden Wochen war sie täglich gelaufen und hatte fünf Kilo verloren. Dann hatte Peter überraschend das Training auf jeden zweiten Tag beschränkt, woraufhin Lisa sich für zu Hause ein Ergometer gekauft hatte, auf dem sie die joggingfreien Tage lustvoll zu laut aufgedrehter Musik strampelte.

Inzwischen ging es mit dem Abnehmen ein wenig langsamer voran. Aber immerhin hatte Lisa schon neun Kilo abgespeckt, und ihr Umfang war somit von Kleidergröße zweiundvierzig auf Größe vierzig geschrumpft. Und die Kleidergröße achtunddreißig war bald in Sicht! Sicher fiel es ihr mitunter schwer, voller Todesverachtung an den wie Pilze aus dem Boden schießenden amerikanischen Coffeeshops mit den leckeren Fudge-Brownies vorbeizugehen, aber sie fand ein gutes, wenn auch kostspieliges Ersatzvergnügen: Shoppen. Da ihr die alten Klamotten zu weit waren, hatte sie ein gutes Argument, neue zu kaufen. Und weil sie sich weitaus wohler in ihrem nunmehr schon fast richtig schlanken Körper fühlte, änderte sie auch ihren Stil. War früher ihr erotisches Outfit durch einen sehr kurzen Rock und einen langen, weiten Pulli definiert gewesen, damit man zwar ihre hervorragenden Beine sehen konnte, die darüber liegenden Speckrollen jedoch verborgen blieben, wagte sie sich nun an komplett körperbetonte Ware heran und präsentierte sogar ihr Dekolletee weitaus selbstbewusster als früher.

Natürlich blieben all diese Veränderungen nicht unbemerkt, doch war die erste Aufregung um Lisas dunkle Haare einer gewissen Gewöhnung an ihre grundsätzliche Veränderung gewichen. Die Frauen in ihrer Umgebung machten, je nach dem Grad ihrer Sympathie, freundliche oder neidvolle, mit missgünstigem Unterton gefärbte Bemerkungen. Die meisten Männer hielten sich nach anfänglichen Begeisterungsstürmen inzwischen zurück und äußerten sich nur noch über verstohlene Blicke von anerkennend bis begehrlich. Zu Lisas großer Freude gehörte Kay dazu. Auch ihm war ihre Metamorphose nicht entgangen, und er ließ sich in letzter Zeit auffallend häufig zu kleinen Komplimenten und eindeutig schmeichelhaften Blicken hinreißen. Lisa fühlte sich rundum auf der Straße der Gewinner, was sie in ihrem Training geradezu beflügelte.

»Und gestern hat er mir ganz tief in die Augen geschaut und daran erinnert, dass er vor längerem schon mal gesagt hat ... Das war im ›Luxor‹, weißt du, als ich mit Marthe dort essen war, an seinem ersten Tag bei uns, da haben wir ihn ja zufällig getroffen, das habe ich dir doch erzählt?«

»Hast du.« Peter trottete neben Lisa her. Es war ihm sowieso zu früh für ein Gespräch, und er hatte kaum geschlafen, da er mit Kerry bis spät in die Nacht unterwegs gewesen war. Die Sache mit Kerry war schon länger wieder in Ordnung, sozusagen durch Ignorieren des Lofoten-Problems in Balance gebracht worden. Aber Peter wusste, der geheime Status der Angelegenheit war: auf Wiedervorlage.

»Jedenfalls meinte Kay gestern, dass wir doch mal zu dritt essen gehen sollen ... oder zu viert, also mit dir natürlich. Weil ... Er würde ja auch ganz gern mal deine Schwester kennen lernen, wo du doch so ein alter Kumpel von ihm bist und er dir den Job bei uns zu verdanken hat. Was hältst'n davon?«

»Wenn's sein muss«, erwiderte Peter mürrisch.

»Mann, das meine ich doch gar nicht«, ereiferte sich Lisa, »klar, gehen wir essen! Aber das war ja nur 'ne Finte, dass er Marthe kennen lernen will, glaubst du nicht? So ein familiärer Typ, das nehme ich ihm nicht ab. Nö, das war nur ein Vorwand, um mal abends was mit mir zu unternehmen, ohne dass es allzu sehr auffällt.«

»Wenn du meinst.«

»Klar! Er ist halt noch nicht so weit, dass er mich offen anbaggert. Wahrscheinlich weiß er selbst noch nicht, dass er inzwischen auf mich abfährt. Weil das ja bei seinem Beuteschema von vor einigen Wochen noch voll absurd gewesen wäre. Das muss erst mal in sein Hirn sickern.«

»Eher in seine Samenstränge, da hat er rein von der Masse her mehr als im Hirn.« Peter wusste nicht, wieso, aber in letzter Zeit ging ihm Lisas unaufhörliches Geplapper über Supermann Kay mächtig auf den Zeiger. Vor allem deswegen hatte er das tägliche Training reduziert, sein Zeitmangel war nur eine Ausrede gewesen.

Die ersten beiden Wochen hatte er viel Spaß mit Lisa gehabt. Sie hatten in den Trainingspausen über alles Mögliche geredet, über ihre Kindheit, den gemeinsamen Job, über Marthe und Konrad, über die Spielregeln beim Fußball. Lisa war sogar ein Mal mit ins Stadion gekommen und hatte sich köstlich über die bekloppten St. Pauli-Fans amüsiert, die ihre Kicker begeistert feierten, selbst wenn sie eine derbe Niederlage einfuhren. An dem Tag war Kerry verdammt sauer gewesen. Damit, dass eine andere Frau an Peters Seite in ihr Hoheitsgebiet, das Stadion, eindringen würde, hatte sie nicht gerechnet. Aber Peter konnte ihr begreiflich machen, dass Lisa so etwas wie eine Schwester für ihn war, also keinerlei Gefahr für Kerrys Revier darstellte. Kerry war jedoch erst ruhig gestellt, als er sie darauf hinwies, dass sie wahrlich keinen Alleinanspruch geltend machen könnte. Da Lisas Stadionbesuch aber sowieso eine einmalige Angelegenheit geblieben war, hatte sich Kerrys ungerechtfertigte Eifersucht längst in Wohlgefallen aufgelöst.

Und inzwischen war auch der Riesenspaß, den er anfangs mit Lisa empfunden hatte, gegessen. Kay hier, Kay da. Es war ja nicht auszuhalten.

»Meinst du nicht auch, dass ich's bald geschafft habe? Vielleicht sollte ich Kay nun etwas deutlicher signalisieren, dass ich auf ihn abfahre?«, fragte Lisa arglos in Peters Gedanken hinein.

»Weißt du was, Lisa? Am Anfang, als du beim Laufen noch so rumgekrebst bist, dass du kaum Luft zum Überleben, geschweige denn zum Quatschen hattest, warst du mir lieber!« Peter würdigte Lisa keines Blickes und zog plötzlich das Tempo scharf an. Doch sie lachte einfach und hielt mühelos mit.

Als Lisa anderthalb Stunden später, nach einer heißkalten Dusche und sorgfältigem Styling, den Aufzug zur Redaktion betrat, traf sie auf Kay. Sofort flatterten ihre Magennerven.

»Du siehst ja mal wieder frisch und lecker aus«, bemerkte er mit maliziösem Lächeln und drückte auf den Etagenknopf. Der Aufzug setzte sich mit einem kleinen Ruck in Bewegung.

»Frühsport macht gute Laune«, erwiderte Lisa fröhlich.

»Und eine gute Figur!« Kays Blick glitt über Lisas Körper. »Du trainierst doch mit Peter, oder?«

Lisa nickte.

Kay sah ihr tief in die Augen. »Entschuldige bitte, wenn ich das frage, es geht mich ja nichts an. Aber läuft da was zwischen Peter und dir?«

Lisa lachte auf. »Das geht dich tatsächlich nichts an. Aber wenn es so wäre, würde es dich stören? Immerhin ist er dein Freund!«

Der Aufzug ruckte zum zweiten Mal und stoppte

dann. Die Tür öffnete sich, und die beiden traten auf den Flur. Kay schenkte Lisa einen letzten Blick und meinte: »Unter gewissen Umständen bin ich ein gnadenloser Egoist.« Mit diesen Worten und einem Augenzwinkern verschwand er in der Grafik.

Lisa klopfte das Herz bis zum Hals: Wenn das mal nicht deutlich gewesen war! Beschwingt lief sie über den Flur zu ihrem Büro. Ihre Laune verschlechterte sich erst, als sie Sonya sah, die die Treppe von der Anzeigenabteilung im darüber liegenden Stockwerk herunterkam – in roten Pumps, einer knallengen Hüfthose und einem tief ausgeschnittenen Top darüber, auf dem in roten Lettern *Nachtschwester* stand – wie witzig! Lisa hatte nichts gegen Sonya, aber sie hatte auch nichts für sie. Man kannte sich, arbeitete im selben Haus, hatte aber meist herzlich wenig miteinander zu tun, abgesehen von den Verlagspartys und einem gelegentlichen Umtrunk in der Redaktion am Freitagabend, zu denen auch dann und wann Leute aus den anderen Abteilungen stießen. Lisa hatte Sonya bislang wenig Beachtung geschenkt. Erst seit sie bemerkt hatte, wie Sonya um Kays Aufmerksamkeit buhlte, und das nicht ohne Erfolg, war ihr die Anzeigenmaus ein Dorn im Auge.

Sonya kam mit schwingenden Hüften unter einer extrem schmalen Taille auf Lisa zu, das lange, dunkelbraune Haar wallte fast bis zum Hintern. Lisa konnte diese Ally-McBeal-Mischung nicht ausstehen: das klassische Mädchenschema, niedlich, hilfsbedürftig und mit dem kleinen Hauch Verruchtheit im Augenaufschlag. Lisa war sicher, dass selbst das »y« in Sonyas Namen nicht echt war. Als Sonya Lisa fast erreicht hatte, zauberte sie ein Lächeln auf ihren breiten Mund – die Lippen wirkten wie von einer Unterspritzung mit Bienengift geschwollen – und fragte Lisa: »Hi. Hast du Kay heute Morgen schon gesehen?«

Lisa lächelte ebenso übertrieben zurück: »Warum? Willst du eine Kontaktanzeige bei ihm aufgeben?«

Sonya erstarrte. Es dauerte eine kurze Weile, bis ihr die passende Bemerkung einfiel: »Stutenbissige Kuh!« Doch da war Lisa längst in ihrem Büro.

Zwei Stunden später rief Olli die Redaktion zu einer kurzen Sitzung zusammen. Lisa saß wie immer neben Peter; Kay hatte auf der gegenüberliegenden Seite des Tisches Platz genommen. Während Olli erst einmal unwichtige Dinge vor sich hin brabbelte, suchten und fanden Kay und Lisa häufigen Blickkontakt, was Peter nicht entging.

Lisa begann zu träumen. Von Kays Huskie-Augen, die selbst Paul Newmans Blau in den Schatten stellten. Von seinen schlanken Händen mit den gepflegten Fingernägeln. Von seinen sanften, dunklen Locken, die stets dufteten wie ein Heuhaufen, nur viel teurer ... Lisa musste über den Schwachsinn grinsen, den die Hormonwallungen in ihrem Hirn auslösten. Sie versuchte, sich auf das offizielle Geschehen zu konzentrieren.

»... hat sich die Verlagsleitung diesmal was anderes einfallen lassen. Es ist zwar noch ein wenig früh, aber früh geplant hat nie gereut.« Olli war der Einzige, der über diesen müden Kalauer lachte. Als er die mangelnde Anteilnahme an seinem Esprit bemerkte, räusperte er sich und fuhr fort: »Wir werden diesmal nicht, wie sonst üblich, in den einzelnen Redaktionen unseres Mutterhauses getrennte intime Weihnachtsfeiern veranstalten, so ganz unter uns, sondern im Zuge einer kleinen Globalisierung ...«, wieder unterbrach er sich selbst durch ein einsames Kichern, »... eine Feier für das gesamte Verlagshaus veranstalten. Also eine richtig aufwändige Party voller Exzesse und Ekstasen. Partner dürfen dieses Jahr auch mitgebracht werden. Wir lassen es krachen. Wer also vor dieser Feier seinen Weihnachtsurlaub einreicht und nach Dänemark oder Kapstadt fährt oder egal, wohin, der verpasst das Beste.«

Bemüht beifälliges Gemurmel.

»Außerdem habe ich noch etwas sehr Erfreuliches zu berichten, was ausschließlich unsere Redaktion betrifft und mich ganz besonders mit Stolz erfüllt: Wie ihr alle wisst, reicht auch unser Verlag jedes Jahr einen herausragenden Artikel aus unserem Hause bei dem Wettbewerb um den Hamburger Journalistenpreis ein. Ich bin über die diesjährige verlagsinterne Wahl besonders glücklich, habe ich doch die betreffende Autorin jederzeit unterstützt und auch mit gelegentlichen Ermahnungen zu der Höchstleistung angetrieben, die sie uns nunmehr vorgelegt hat.«

Olli blickte Lisa an, die ihrerseits wieder in Kays Anblick versunken war. Peter versetzte Lisa unter dem Tisch einen Tritt, sodass sie zusammenzuckte.

»Lisa, die Wahl ist auf deinen Artikel über das ›I-Ging der Erotik‹ gefallen. Du hast auf sehr schöne Art und Weise deine Theorien mit Umfrageergebnisse untermauert, dabei eine moderne und ganzheitliche Synthese von der Bedeutung vom Zusammenspiel von Kopf und Körper beim Sexleben in unserem Jahrtausend erstellt. Wir drücken dir und unserem Verlag die Daumen. Und du weißt, wer diesen Preis gewinnt, hat eine glänzende Zukunft vor sich.«

Die Kollegen beglückwünschten Lisa entsprechend ihrer allgemeinen Beliebtheit ohne Neid zu ihrem Artikel und der Wettbewerbsteilnahme. Lisa war vollkommen verdattert, denn sie hatte mitnichten an eine Einreichung gedacht. Nach der ersten Überraschungssekunde sprang sie auf und hüpfte wie ein kleines Mädchen auf und ab. Peter ließ sich von ihrer kindlichen Freude sofort anstecken, nahm sie in die Arme und drückte sie herzlich.

»Super, Zuckerschnauze! Ich wusste immer, du hast es drauf!«

Lisa gab Peter einen feuchten Schmatzer auf die Wange. Dann wanderte ihr Blick zu Kay, der souverän auf seinem Stuhl saß und ihr mit einer angedeuteten respektvollen Verbeugung stilvoll Beifall zollte.

Obwohl Lisa es völlig übertrieben fand, bestand Marthe darauf, aus Freude über Lisas Teilnahme an der Journalistenpreis-Ausschreibung ein kleines Festessen zu geben. Lisa ließ sich erst überreden, als Marthe augenzwinkernd ankündigte, über Peter auch Kay einzuladen, der ja immerhin mal geäußert hatte, die Schwester seines alten Kumpels kennen lernen zu wollen. Diese Idee nun fand Lisa prächtig – vor allem, wenn sie sich vorstellte, dass Peter mit Kerry kommen würde, Marthe natürlich mit Konrad anwesend sein und sie selbst dann, allein schon aufgrund der mathematischen und räumlichen Aufteilung, Kays »Tischdame« sein würde. Eine Chance auf private Annäherung, die sie sich nicht entgehen lassen wollte.

Und so war sie dann auch an dem betreffenden Abend schon eine Stunde, bevor die anderen Gäste erscheinen würden, bei Marthe und Konrad, stellte ihre zu Hause vorbereitete Mousse au chocolat in den Kühlschrank und half Marthe bei den letzten notwendigen Handgriffen. Marthe hatte wegen der zeitlichen Nähe zum traditionellen Erntedank eine Ente im Backofen, die langsam ihren leckeren Bratenduft verbreitete. Die gemütliche, große Wohnküche war aufgeheizt, der Tisch herbstlich gedeckt und mit braunen Kerzen, Nüssen, Äpfeln und einigen losen Ähren Weizen geschmückt. Kurz bevor die Gäste kamen, verzogen sich Marthe und Lisa gemeinsam ins Badezimmer, um die Lippen noch einmal nachzuziehen und die T-Zone zu pudern.

»Lässt du mich vielleicht auch mal vor den Spiegel?«, murrte Lisa gespielt sauer.

Marthe lachte: »Das ist ein Gemaule wie früher in unserer Studentenbude mit dem winzigen Bad. Und du hast immer viel länger gebraucht als ich!«

»Bei mir ist ja auch alles viel größer: die Augen, die Lippen, da muss ich einfach mehr malen, so rein quadratmetermäßig. Dafür durftest du aber immer meine Schminksachen benutzen!«

Marthe lehnte sich gegen die Wand und betrachtete Lisa lächelnd. Ganz wie in alten Zeiten war sie mit ihrem Make-up fertig und schaute Lisa zu, die erst jetzt kunstvoll begann, sich mehrere aufeinander abgestimmte Farben auf die Lider zu pinseln. »Inzwischen ist bei dir gar nicht mehr alles viel größer! Du hast echt schon tierisch abgenommen. Siehst großartig aus!«

Lisa drehte sich stolz vor dem Spiegel. »Ich fühle mich auch super. Du siehst aber ebenfalls toll aus.«

»Danke.« Marthe hatte ihre grauen Haare wie so oft kunstvoll hochgesteckt und trug ein langes rostbraunes Kleid, das ihre Figur umschmeichelte. Ihr Teint sah wie immer so rein und frisch aus, dass sie trotz der grauen Haarpracht sehr jung wirkte. Der einzige Schmuck, den sie trug, bestand aus einer schweren langen Bernsteinkette, die sehr schön mit ihrem unauffälligen Lippenstift korrespondierte. Alles an Marthe machte einen harmonischen, ausgeglichenen und stilvollen Eindruck, sodass man sich bei ihrem Anblick automatisch wohlig und beruhigt fühlte. Ganz anders Lisa. Sie hatte sich an diesem Abend, wie so oft in letzter Zeit, für ein eher anregendes Outfit entschieden. Das Schwarz ihrer schmalen Hüfthose wurde durch das Korallenrot ihres engen Shirts noch vertieft. Nägel und Mund waren im gleichen Rot angemalt, und von ihren Ohren baumelten sehr große, schwarze Perlen. Lisa war erotische Signalwirkung pur, was von Kay bei seinem Eintreffen wohlwollend kommentiert wurde. Doch auch zu Marthe war er äußerst charmant. Er bedankte sich für die Einladung und verwickelte dann gleich den ihm bislang unbekannten Konrad in ein fröhliches Gespräch über die neuesten Bundesliga-Ergebnisse.

Marthe tauschte einen anerkennenden Blick mit Lisa, der besagen sollte, dass Kay sich durchaus geschickt einführte. Lisa lächelte ein beseeltes Lächeln zurück.

Peter und Kerry tauchten erst auf, als der erste Aperitif schon genommen und die Stimmung gelöst war. Peter begrüßte Marthe und Lisa mit einem Wangenkuss, Konrad mit einem jovialen Klopfer auf die Schulter. Kay nickte er freundlich zu. Nachdem man Kerry und Kay einander vorgestellt hatte, bat Marthe zu Tisch. Zu ihrer großen Freude zeigte sich Kerry, zu der Marthe in den letzten Monaten wirklich kein inniges Verhältnis hatte entwickeln können, sehr begeistert von der Tischdekoration. Ein Food-Stylist hätte das nicht besser machen können, fand sie.

Durchaus geschmeichelt erinnerte Marthe an ihre früheren Zeiten als Food-Redakteurin, wo sie eine Menge Erfahrung auch in der Präsentation von Nahrungsmitteln hatte sammeln können. Kay als Art Director indes lobte Kerrys geschultes Auge, erfuhr, dass sie Fotografin war, und so entspann sich schon bei der Vorspeise – ein saisonaler Salat mit Orangenschnitzen – ein angeregtes Gespräch über Ästhetik im Allgemeinen und Fotografie im Speziellen. Kay outete sich schnell als Fan von Peter Lindberg und Helmut Newton.

»Weil die die geilsten Weiber vor der Linse haben, und meist auch noch nackig«, degradierte Peter Kays Wahl.

»Auch wenn die Fotos erotisch sind, sind sie deswegen nicht weniger künstlerisch«, erwiderte Kay souverän, blickte zu Lisa hin und fuhr fort: »Außerdem spricht doch nichts dagegen, mit Genuss schöne Frauen zu betrachten.« Er drehte sich zu Konrad. »Oder wie siehst du das?«

Konrad legte den Arm um Marthes Nacken und stimmte Kay lachend zu: »Vor allem, wenn sie nackt sind!«

Marthe schüttelte seinen Arm lächelnd ab. »Sexistisches Pack. Das wart ihr, seid ihr, und das werdet ihr immer sein!«

»Ich fürchte, mit Themen wie ›die Emanzipation der Frau‹ werden wir einige Gäste hier am Tisch gleich zum Einschlafen bringen. Ich hatte da meine vergeblichen Versuche schon gestartet«, meinte Lisa mit einem tadelnden Seitenblick auf Peter.

»Stimmt, du interessierst dich doch brennend für die Geschichte der Suffragetten, nicht?«, hakte Kay arglos nach.

»Das war nur eine kurze Phase der Verirrung, da stand ich unter schlechtem Einfluss«, gab Lisa betont gleichmütig zurück, »im Grunde finde ich andere Dinge viel spannender.«

Marthe war plötzlich von Lisas anbiedernder Art leicht genervt. Sie reichte ihr den Brotkorb und lächelte zuckersüß: »Stehst du nicht neuerdings auf US-Autos der Sechziger- und Siebzigerjahre? Wie kommst du bloß auf so was? Hier, nimm noch Brot. Früher hast du doch auch mehr gegessen!«

Zwischen den beiden Freundinnen wechselte ein wütender Blick hin und her. Lisa hatte verstanden.

Kay hingegen waren die Zwischentöne völlig verborgen geblieben. Er beugte sich überrascht zu Lisa. »Du stehst auf Oldtimer? Im Ernst? Ich kenne keine Frau, die sich bei Ami-Schlitten auskennt. Außerdem ist es in Deutschland in den selbst ernannten intellektuellen Kreisen schick, wenn schon über Autos, dann nur über alte Briten zu reden – Aston Martin und so. Ami-Schlitten sind prollig und bäh!«

Lisa war in Zugzwang: »Na ja, dass ich mich richtig auskenne, kann man nicht sagen. Ich habe bloß kürzlich so einen ... einen ... Was war das denn noch, Peter?«

»Eine Corvette Stingray«, half Peter der verlegenen Lisa aus der Patsche.

»... auf der Straße gesehen. Den fand ich ganz toll. Und auch den in der Werbung, den Steve McQueen fährt«, fischte Lisa im Trüben.

»Einen alten Mustang«, rief Kay begeistert, »scharfes Geschoss, das stimmt. Egal, lass uns die anderen mit dem Blech nicht quälen. Aber weißt du was? Du kannst mal gucken kommen, ich habe nämlich zu Hause tatsächlich eine Sammlung von Matchbox-Autos, fast komplett die Zweiundsechziger und Dreiundsechziger ...«

Kay unterbrach seinen Satz, denn alle um ihn herum lachten lauthals. Zuerst wurde er ein wenig rot, was Lisa extrem verblüffte und ihre Verliebtheit nur noch steigerte, dann lachte er mit. »Stimmt, das klingt reichlich pubertär: Komm mal mit zu mir, ich zeige dir mein Spielzeug!« Er wandte sich an Lisa, nahm ihre Hand und küsste sie. »Sorry, so plump war das nicht gemeint, das musst du mir glauben. Aber wenn es um meine Matchbox-Autos geht, na ja, das Kind im Manne, verstehst du ...?«

»Ich finds ganz süß, wenn Männer verspielt sind, obwohl ich sonst mehr so auf die toughen Kerle stehe«, warf Kerry leicht beschwipst ein. »Vor einem Jahr, da war ich mal total verknallt in einen, der hat zu Hause mit Zinnsoldaten gespielt.«

»Ach, wie putzig«, entfuhr es Marthe bissig.

»Dann musste er aber mit den Blauhelmen in den

Kosovo oder sonst wohin. Guckt mal!« Kerry erhob sich, öffnete den Reißverschluss ihrer Jeans, drehte sich um und zeigte der staunenden Menge ihre linke Pobacke: »Ich habe mir zum Andenken an ihn einen Schlumpf tätowieren lassen. Schlumpf, Blauhelm, versteht ihr?«

Das nun folgende schallende Gelächter verbuchte Kerry in ihrer dumpfen Unschuld als großen Erfolg ihres vermeintlichen Esprits. Peters missmutiges Augenrollen fiel ihr gar nicht auf.

Nach der Vorspeise und einer angemessenen Trinkpause zogen sich Marthe und Lisa unter einem Vorwand kurz ins Bad zurück. Innerhalb von zwei Minuten beschwerte sich Lisa bei Marthe über deren blöde Bemerkungen zu Autos und ihrem Brotverzehr, Marthe schoss zurück wegen Verrats an der Sache der Frauen, dann gab sie jedoch dem Drängen Lisas nach und gestand ihr zu, dass Kay schon ganz hinreißend und auch durchaus amüsant sei.

»Hast du gesehen, dass er rot geworden ist?«, fragte Lisa begeistert.

Marthe nickte. »Ja, ein bedingter Reflex, der, wie du weißt ...«, begann Marthe scherzhaft zu dozieren.

»Ach, komm, hör auf! Er ist einfach schnuckelig«, kürzte Lisa den zu erwartenden Vortrag ab.

Marthe lächelte. »Okay, so könnte man auch sagen.«

Als die beiden wieder zurück in die Küche kamen, tranchierten Peter und Konrad gerade die Ente, die zu rahmigem Kartoffelgratin und Brokkoli gereicht wurde. Kerry erzählte Kay gerade von ihrem geplanten Fototrip auf die Lofoten. Sie hatte den Auftrag, eine neue fotografische Interpretation der landschaftlichen Schönheit der Kaiserroute vorzulegen, und wollte wissen, ob ein solches Thema nicht auch gut in das grafische Konzept seiner Zeitschrift passe.

Kay nickte. Er konnte sich gut vorstellen, beim Chefredakteur die Lofoten einzubringen, immerhin war es ein außergewöhnliches Reiseziel, und davon gab es nicht mehr allzu viele.

Kerry wandte sich rechthaberisch an Peter: »Siehst du! Ich habe doch gesagt, du als Sport-Ressort-Leiter kannst mitfahren und einen Bericht über Trekking entlang der Kaiserroute verfassen – mit meinen Fotos.«

»Ist doch eine tolle Idee«, fand Kay.

Peter verteilte die Ente auf die Teller und stellte Kay den seinen recht unwirsch vor die Nase. »Könntet ihr bitte alle aufhören, euch in mein Ressort einzumischen?«

Marthe merkte, dass ihr Bruder kurz vorm Platzen war, also lenkte sie Kerry ab und fragte nach ihren Ideen für den Auftrag. »Ich kann mir das nicht vorstellen: neue fotografische Auslegung«, meinte sie, »diese Landschaft ist einfach alt, ehrwürdig und schön. Was gibt es da neu zu interpretieren?«

»Jedes Foto interpretiert neu«, gab Kerry zu bedenken, »aber das ist inzwischen schon eine Binsenweisheit. Und mit ’ner alten, ehrwürdigen Landschaft holst du heute niemanden mehr hinter dem Ofen hervor ...«

»Mich schon«, warf Konrad ein.

»Du weißt eben nicht, was hip ist«, lachte Kerry, »das liegt wohl an deinen alten Möbeln. Nee, im Ernst, ich habe den Auftrag von so 'ner abgefahrenen Zeitschrift gekriegt, da kann man ein Reisethema nicht traditionell anpacken. Erinnert ihr euch an diesen Franzmann-Film ›Amélie‹? Da hat doch die Stewardess überall einen Gartenzwerg mit hingenommen und Polas davon nach Paris geschickt.«

Alle nickten und äußerten ihre Begeisterung über den Film, bis auf Peter, der »die Ische voll doof und nervig fand«.

Kerry kehrte zum eigentlichen Thema zurück. »Ich dachte mir, für die Lofoten mach ich was Ähnliches. Ich montiere in jedes Bild ein rosa Känguru, und in seinen Beutel setze ich Kaiser Wilhelm II. Nach dem ist der Kaiserweg nämlich benannt.«

»Sehr originell«, kommentierte Marthe sarkastisch. Lisa hingegen wollte wissen, ob Kerry unter diesen Umständen nicht das Gefühl habe, die Idee von »Amélie« zu klauen.

»Und wenn schon«, fand diese, »›Amélie‹ hat das doch selbst geklaut. Die Idee mit dem Gartenzwerg, der durch die Welt reist, war schon Jahre vorher mit Polaroids in einer Zeitschrift veröffentlicht.«

Konrad bot den Gästen noch einmal Brokkoli und Gratin an. Lisa lehnte dankend ab, während die anderen gern noch einen Nachschlag nahmen, voll des Lobes für die Köchin.

»Und wenn ich mit meinem rosa Känguru Glück habe und die Kunst Pech, dann bekomme ich sogar einen Preis für die Fotos«, fügte Kerry hinzu.

»Sie hat mal einen Preis bekommen für ihre postmodernen Ansichten der deutschen Mittelgebirge, die sie – wie der Laudator sagte – ›aus dem Mief deutscher Spießbürgerlichkeit herauskatapultierte ins Bewusstsein der Jugend‹«, erklärte Peter.

»Meine Fresse, wie hast du das denn gemacht?«, wollte Kay wirklich neugierig wissen.

Kerry freute sich, im Mittelpunkt zu stehen. »Ganz einfach: Ich habe die sprichwörtliche Baggerfahrt in die Eifel fotografiert. Und vorne in der riesigen Schaufel hatte ich ein paar Raver beim Bodypainting sitzen, die Mädels natürlich mit nackten Titten.«

»Sag mal, aber so richtig ernst nimmst du deine ... äh ... Kunst nicht, oder?«, wollte Konrad vorsichtig wissen.

Kerry lachte schallend auf. »Wer seinen Job heutzutage ernst nimmt, macht keinen Schnitt und kommt schlecht drauf.«

»Ich will mich nicht beklagen«, wehrte sich Marthe etwas spitz gegen Kerrys Demontage ihrer Werte.

Peter zog die kurz aufkeimende Spannung ins Humorvolle: »Kerry äußert diese coole Leckt-mich-am-Arsch-Attitüde am liebsten öffentlich und wird dafür in der Szene angehimmelt. Sie ist so was wie der Dieter Bohlen der jungen Fotografen: Sie macht ihre Liebhaberei, die Fotografie in diesem Fall, zur Sau und sich damit bekannt.«

»Die Masche ist verkaufsträchtig, das glaube ich gern«, bemerkte Kay anerkennend.

Kerry schüttelte lachend den Kopf. »Das ist keine Masche. Ich seh das echt so.«

Marthe verging langsam die Lust, über Kerrys Rosa-Känguru-Kunstauffassung zu philosophieren. Sie lenkte das Gespräch in eine andere Richtung und schwenkte elegant zur Literatur, wohl wissend, dass Kerry da erst mal Sendepause hatte. Peter warf ihr einen dankbaren Blick zu.

Und so wurden mit dem Rest der Ente auch die literarischen Vorlieben eines jeden Einzelnen zerlegt, wobei sich Marthe zu dem psychologischen Romanwerk Dostojewskis bekannte, Konrad sich als Fan des Zwerchfell zerreißend komischen Autors David Sedaris outete, Lisa hingegen mehr auf Stephen Fry stand, obwohl eine Liga mit Sedaris, dann aber auch Harry Mulisch hervorhob, den wiederum Peter viel zu selbstverliebt fand und stattdessen ein Loblied auf den anderen großen Holländer Maarten 't Hart sang, der seiner Meinung nach einer der größten Schriftsteller unserer Zeit sei.

»Und ich dachte immer, du liest nur das St. Pauli-Fan-Magazin«, neckte Lisa ihn.

»Ihr Weiber seid einfach schon immer total ignorant meinen grenzenlosen Möglichkeiten und ausufernden

Fähigkeiten gegenüber gewesen«, urteilte Peter mit vollem Mund.

Während Marthe, Konrad, Kay, Lisa und Peter sich amüsiert weiterunterhielten und von der Literatur zum besten Dauerkabarett des Jahres wechselten, nämlich zur Bundestagswahl nebst vorbereitender TV-Diskussionen und anschließendem Tohuwabohu, wer denn nun alles gewonnen hatte, schloss sich Kerry immer mehr aus und verstummte müde hinter ihrem Teller. In der sich dem Hauptgang anschließenden Trink- und Verdauungspause verschwand sie zuerst auf dem Balkon, um eine zu rauchen und dann im Badezimmer. Als sie zurückkam, wirkte sie plötzlich wieder frisch und munter, riss das Gespräch an sich und lenkte die Anwesenden von ihren gepflegten Sarkasmen weg zu leicht goutierbaren Albernheiten.

Als Lisa die Mousse au chocolat auftrug, erzählte Kerry gerade begeistert von einer »megacoolen Sendung auf MTV«, die unter den jungen Leuten der »absolute Abräumer« sei, natürlich nur bei den abgefahren Hipstern, nicht bei den langweiligen »Friends«-Guckern. Bei diesem neuen Kult handelte es sich um eine mehrwöchig ausgestrahlte Miniserie namens »Jackass«, die Kerry zu wahren Begeisterungsstürmen verleitete und von der sie wusste, dass sogar demnächst »Jackass, the Movie« den Kultstatus in Deutschland erhöhen würde.

»Das sind ein paar Jungs, weiß auch nicht, die machen nur durchgeknallte Sachen. Mal schrauben sie an ihren Skateboards die Räder ab und rutschen dann so die Treppen runter, oder sie laden einen von ihrer Truppe in so 'n Einkaufswagen und donnern ihn voll gegen die Wand, echt durchgeknallt.«

Peter warf Konrad einen bedeutungsvollen Blick zu und tippte sich an die Nase. Er versuchte, Kerry in ihrem Enthusiasmus zu bremsen, doch die war in ihrem, wie Peter im Stillen vermutete, durch Koks verursachten Element:

»Oder einer läuft in so 'ner Werwolf-Maske durch die Londoner U-Bahn und erschreckt die Leute. Die meisten müssen aber lachen.«

»Im Gegensatz zu uns«, kommentierte Peter schlecht gelaunt.

»Nun sei doch nicht so eine Spaßbremse«, wies Kay ihn zurecht.

»Genau«, nickte Kerry, »sag ich doch auch immer. Weshalb ich überhaupt auf die komme, das ist wegen Kays Matchbox-Autos: Einer von der ›Jackass‹-Truppe hat sich nämlich mal eins in den Arsch geschoben und sich dann röntgen lassen. Das sah vielleicht irre komisch aus! Aber die allergeilste Nummer von ›Jackass‹ war ...«

Peter schüttelte den Kopf. »Kerry, das muss jetzt echt nicht sein, oder? Wir essen!«

Marthe jedoch wollte nun auch wissen, was die allergeilste Nummer von ›Jackass‹ gewesen war. Peter zuckte mit den Schultern und löffelte weiter seine

Mousse, während Kerry sich in ihrer detaillierten Schilderung erging:

»Also, einmal, da haben sie Abführmittel eingenommen. Und dann sind sie in so 'ne Bar aufs Klo, wisst ihr, wo diese Hygieneautomaten drin sind. Da drückt man auf einen Knopf, und dann rutscht automatisch so eine Plastikfolie über den Klodeckelrand, und dann ist alles wieder sauber und desinfiziert. Na ja, und da haben sie dann drauf gestratzt, um nicht zu sagen ›geschissen‹, und die Plastikhülle lief rund und rund, aber das war nicht mehr sauber zu kriegen, sondern verschmierte immer mehr. Halt Durchfall, klar?«

Während Kerry sich vor Lachen ausschüttete, warfen Lisa und Marthe synchron ihre Löffel in die Mousse au chocolat und schoben die Teller von sich. Konrad und Kay grinsten.

Nur Peter aß ungerührt weiter. »Ich hatte euch gewarnt!«, brummte er.

Kurz darauf fing Kerry wieder an, mit Peter über die Lofoten zu diskutieren, woraufhin er sie nach einem wenig sensiblen Wortwechsel einfach in ihre Jacke packte und sich mit ihr verabschiedete.

Der Morgen danach: Peter und Lisa liefen wieder. Lisa, die am Stadtpark wohnte, hatte Peter kurz zuvor mit ihrem Wagen abgeholt, da seiner nicht angesprungen war. Es war eine ungewöhnlich schweigsame Fahrt gewesen. Und auch die erste halbe Stunde liefen sie wortlos nebeneinander her. Bis Peter das Schweigen brach und betont freundlich fragte:

»Na, wie war das für dich, gestern Abend mit Kay? Hat er dir unter dem Tisch seine Hand auf den Oberschenkel gelegt? Oder ein unsittliches Angebot gemacht? Ihr habt euch doch bestimmt zusammen abgesetzt.«

»Du warst kaum mit Kerry weg, da ist auch Kay gegangen. Es ist also nichts passiert – außer einem erotischen Abschiedskuss in die Innenfläche meiner Hand«, erwiderte Lisa, auf Peters zynischen Unterton nicht eingehend. »Aber das reicht mir ja auch. Politik der kleinen Schritte, du verstehst? Geduld ist die Tugend des Jägers.«

Schweigen, für mindestens fünfhundert Meter.

»Sag mal, was ist eigentlich mit dir und Kerry los?«, eröffnete Lisa die Konversation erneut.

»Wieso?«

»Na ja, du warst nicht gerade nett zu ihr.«

»Sie hat sich ja auch wie ein Einzeller auf Ecstasy benommen«, knurrte Peter.

»Na ja, stellenweise geschmacklich schon grenzwertig, aber insgesamt nicht *so* schlimm. Hast du dich etwa ihretwegen geschämt?«, wollte Lisa überrascht wissen.

»Ich will nicht darüber reden, okay?«

Lisa schwieg. Etwa weitere fünfhundert Meter.

»Sonst bist du doch auch nicht so spießig.« Lisa kicherte. »Nur die Geschichte mit dem Abführmittel ... und das ausgerechnet bei der Mousse au chocolat! Kay hat seine auch nicht mehr aufgegessen. Dabei hatte ich mir solche Mühe gegeben.«

Peter gab keine Antwort.

»Hast du dich dann mit Kerry wieder vertragen? Ich meine, als ihr nach unten gegangen seid? Eine kleine Versöhnungsnummer?«

»Ich habe sie nach Hause geschickt. Hatte keinen Bock auf sie«, gab Peter gleichmütig zur Antwort.

»Echt? Einfach so?«

Peter blieb stehen und schaute Lisa wütend an. »Ja, einfach so. Kerry ist mir im Grunde nämlich total schnuppe. Hast du das jetzt geschnallt?«

Auch Lisa war stehen geblieben und schaute Peter ob der Heftigkeit seiner Aussage überrascht an. Vor lauter Verblüffung sagte sie kein Wort. Peter schien selbst überrascht zu sein. Die beiden standen sich ganz dicht gegenüber, in der Kälte der Morgenluft vermischten sich ihre Atemsäulen zu einer kleinen Nebelschwade zwischen ihren Gesichtern.

Zum ersten Mal in ihrem Leben wurde Lisa bewusst, dass Peter einige erhebliche Zentimeter größer war als sie. Und dass er breite Schultern hatte. Und schmale Hüften. Lisa fand das komisch: Peter war doch Marthes kleiner Bruder! Da hatte er auch gefälligst kleiner als sie zu sein! Also nicht kleiner als Marthe, das war für einen Mann – außer Prince, Napoleon und Oskar Lafontaine – kaum möglich. Aber kleiner als sie! Peter sah ihr unverwandt in die Augen.

Lange. Ruhig. Ihr wurde plötzlich heiß. Sie roch auf einmal sehr intensiv den schweren Duft des nassen Waldbodens. Sie hörte die Stille. Und musste sie einfach durchbrechen, um das in diesem unerwarteten Paralleluniversum aufkommende Schwindelgefühl zu vertreiben.

»Warum bist du dann mit ihr zusammen? Weil sie gut bläst?« Lisa bemühte sich um einen beiläufigen Tonfall und trabte wieder an.

Peter jedoch blieb stehen. Er starrte abwesend in die Leere vor sich, wo Lisa noch vor einer Sekunde gestanden hatte, und beobachtete seine sich weißgrau kräuselnde Atemluft.

Ein paar Tage lang hatte Peter sich mit einer Erkältung krankgemeldet und war der Arbeit ferngeblieben. Lisa besuchte ihn und brachte ihm frisch gepressten Orangensaft und ein neues Buch von Maarten 't Hart, was ihn sehr freute. Dennoch stand ihm der Sinn offensichtlich nicht nach Gesellschaft, und Lisa verabschiedete sich auf sein Drängen hin schnell wieder.

Als er an diesem Morgen zum ersten Mal wieder in der Redaktion auftauchte, kam als Erster Kay in sein Büro und setzte sich auf den Besucherstuhl.

»Hi, Alter. Wieder fit?«, eröffnete er das Gespräch.

Peter nickte nur und schaltete seinen Computer ein, um ihn hochzufahren.

»Du hast heute bestimmt 'ne Menge zu tun, und ich will dich nicht von der Arbeit abhalten, aber ich wollte dich mal was fragen, so von Mann zu Mann«, fuhr Kay fort.

»Schieß los.«

»Deine alte Freundin Lisa ... die fährt total auf mich ab, oder?«

Peter blickte Kay an, um eventuell an seinem Gesicht abzulesen, wie er am besten auf die Frage reagieren sollte. Jedenfalls war ihm Kays arrogante Formulierung zuwider. Er entschied sich vorsichtig für eine Gegenfrage: »Wieso? Willst du sie dir abgreifen?«

Kay zuckte mit den Schulterm: »Weiß noch nicht. Am Anfang fand ich sie ja total indiskutabel, eine echte Wuchtbrumme. Und zu groß ist sie für meinen Geschmack immer noch. Aber inzwischen hat sie ja eine ganz leckere Figur. Und die dunklen Haare kommen auch viel besser. Ich steh zwar nicht auf so große Busen, aber was soll's? Ich könnte es ja mal probieren ...«

Langsam, aber deutlich spürte Peter, wie Wut in ihm hochstieg, doch er versuchte, sich zu beherrschen.

»Lisa ist eine prima Frau. Die ist zu gut für deine Scheiß-Spielereien«, war das Äußerste, was sich Peter als Warnung gestattete.

Kay grinste nur. »Wär mal was Neues: 'ne Frau, die zu gut für mich ist. Hattest du mal was mit ihr?«

Peter zeigte Kay einen Vogel und wandte sich seinem Computer zu.

Kay erhob sich. »Ich seh schon, mit dir kann man heute nicht reden. Bist wohl noch rekonvaleszent.«

Kaum war Kay unter Peters wütendem Blick nach draußen gegangen, stand Lisa in seinem Büro. Nach dem ersten Geplänkel über seine erfreuliche Genesung trug sie ein wenig verlegen eine Bitte vor:

»Du, Peter? Ich komme mit Kay nicht so richtig weiter. Also, ich habe schon das Gefühl, dass ich Fortschritte mache. Aber ich werde langsam ungeduldig, verstehst du?«

Peter sortierte die Post, die in den Tagen seiner Krankheit angefallen war. Er wirkte recht reserviert. »Und? Was kann ich da tun?«, fragte er knapp.

Lisa setzte sich auf seinen Schreibtisch und spielte mit ihren Haaren. »Du könntest doch mal ganz subtil bei ihm nachhaken. Wie er mich findet ... So ein Gespräch unter Männern ... Ihr seid doch Kumpel!«

»Abgelehnt.«

»Aber wieso denn?«, wollte Lisa überrascht wissen.

Peter blickte zu ihr hoch. »Wenn er mir sagt, dass er nicht auf dich anspringt, bin ich der Überbringer schlechter Nachrichten. Und die werden der Tradition nach geköpft oder Ähnliches.«

»Aber wenn er auf mich steht?«

Peter erhob sich und öffnete seine Bürotür. »Das kriegst du dann schon selbst mit. Und jetzt entschuldige mich bitte, ich muss was tun.«

Lisa stand auf und ging murrend hinaus. »Mann, bist du mies drauf!«

Den ganzen Tag über sah sie Peter nur mal kurz auf dem Flur. Auch Kay war sehr beschäftigt, stand doch der Redaktionsschluss vor der Tür. Lisa hingegen hatte wenig zu tun. Sie hatte ihre Beiträge abgegeben und verspürte keine Eile mit den Konzepten fürs nächste Heft. Also nahm sie sich vor, früher zu gehen, und freute sich auf einen Saunabesuch im »Meridian«. Hoffentlich kam nichts dazwischen.

Peter jedenfalls machte Überstunden, es war tatsächlich viel Arbeit liegen geblieben. Er musste jede Menge Korrespondenz beantworten, die keinen Aufschub duldete, und noch das Vorwort für die aktuellen Sportseiten schreiben. Als er endlich damit fertig war, schien die Redaktion verwaist zu sein. Er nahm seine Jacke, löschte das Licht und ging in Richtung Aufzug. Auf dem Weg dorthin kam er an der angelehnten Tür zur Grafik vorbei und sah noch ein schwaches Licht brennen. Peter öffnete die Tür, um die Lichtquelle ausfindig zu machen und auszuschalten, als er plötzlich ein leises Stöhnen hörte. Dann ein lauteres und noch eins. Das Stöhnen wurde rhythmisch, und Peter begriff: ein Schäferstündchen im Grafikraum. Diskret wollte er die Tür wieder hinter sich zuziehen, doch irgendwas hielt ihn davon ab. Er war instinktiv sicher, dass Kay sich da nach offiziellem Büroschluss vergnügte, das passte zu ihm. Aber mit wem?

Ärgerlich entschloss Peter sich zu gehen. Schließlich konnte ihm das ja egal sein.

Aber er ging nicht. Was, wenn Kays Sexopfer nun Lisa war?

»Es war nicht Lisa«, sagte Peter zu Konrad, mit dem er etwa eine Stunde später im »R&B« an der Theke stand. Peter hatte sich in der Redaktion nicht beherrschen können und war in den Raum geschlichen, um den Sündenfall zu begutachten. Danach war er direkt zu Marthe gegangen und hatte Konrad ohne Umschweife zu einem Bier aufgefordert.

»Wer denn dann?«, wollte Konrad neugierig wissen.

»So 'ne kleine Schlampe aus der Anzeigenabteilung, die alles anbaggert, was einen dickeren Wagen fährt als du und ich. Sonya mit ›y‹.« Peter stürzte sein Bier hinunter und bestellte ein neues.

»Blöd für Lisa. Oder meinst du, das war nur ein One-Night-Stand?«

»Kay hat nur One-Night-Stands, das habe ich Lisa von Anfang an gesagt. Was will sie bloß von so einem Typen? Der ist doch ein Totalausfall!«

Konrad schnorrte sich bei einem der Gäste eine Zigarette.

»Ich dachte, du hast mit dem Rauchen aufgehört«, wunderte sich Peter.

»Hab ich auch. Nur ab und zu gönn ich mir mal eine. Sag bloß Marthe nichts! Die reißt mir den Kopf ab.«

Peter nickte und nahm sein nächstes Bier vom Barmann in Empfang. Er trank einen kräftigen Zug und wandte sich dann wieder an Konrad: »Meinst du, ich soll das Lisa stecken? Vielleicht rafft sie dann, dass der Typ 'ne Niete ist.«

Konrad inhalierte tief und genüsslich den Rauch seiner Zigarette. »Na ja, der ist doch nicht sofort 'ne Niete, weil er sich mit 'ner scharfen Maus auf dem Leuchttisch vergnügt. Bei unserem Essen fand ich ihn ganz nett. Und er war sehr charmant zu Lisa. Vielleicht hat sie ja 'ne Chance, dass er sich auf sie einlässt.«

Peter schnaubte wütend. »Ja, seid ihr denn alle mit dem Klammerbeutel gepudert? Ich raff das nicht! Bloß weil der Kerl auf gepflegte Art und Weise Konversation treibt und nach Armani stinkt? Der ist ein Charakter-Eunuch! Der wird Lisa voll in die Pfanne hauen, nachdem er sie flachgelegt hat! Was glaubst du, was der mit ihr macht? Wham, bam, thank you, Ma'am! Sonst nichts!«

»Vielleicht reicht ihr das ja. Die hat es doch im Augenblick nötig«, fand Konrad lapidar.

»Wenn man dir zuhört, könnte man dich auch für ein Riesenarschloch halten.«

Konrad drückte die Zigarette aus und bestellte noch zwei Bier. Er nickte. »Du hast ja Recht. Lisa träumt vom großen Glück.«

In einem Zug trank Peter sein Bier aus, bevor das neue serviert wurde. Langsam spürte er die Entspannung durch den Alkohol. »Im Moment habe ich das Gefühl, dass ich überhaupt nichts mehr verstehe. Ich kenne Lisa so lange, sie war immer ein feiner Kerl. Und jetzt kommt so ein Idiot daher, und sie färbt sich die Haare, nimmt ab wie blöd, obwohl sie immer eine sexy Figur gehabt hat, redet nur noch dummes Zeug und guckt wie eine Milka-Kuh in die Gegend.«

Mit scharfem Blick fixierte Konrad seinen Freund. »Und das beleidigt dich persönlich, oder was?«

»So meine ich das doch gar nicht«, gab Peter erschöpft zurück, »ich mache mir halt Sorgen. Immerhin ist Lisa so was wie 'ne Schwester für mich.«

Das nächste Bier wurde vor sie hingestellt, und die beiden Männer prosteten einander zu. Nach den ersten Schlucken leckte sich Konrad den Schaum von den Lippen und fragte beiläufig: »Schwester? Wie 'ne Schwester?«

»Logo«, nickte Peter und schaute in sein Bierglas, als wunderte er sich über den plötzlichen Flüssigkeitsschwund.

Konrad grinste. »Nee, Alter, nee, nee.«

»Was laberst du 'n da?«, wollte Peter wissen. Er prostete Konrad zu, und die beiden nahmen noch einen Zug.

»Da stimmt doch was nicht. Sonst hältst du dich immer aus allem raus. Und jetzt? Du flippst ja fast aus!« Konrad knuffte Peter in die Seite. »Gib's doch zu!«

»Was 'n, Mann?« Peter schüttelte den Kopf und nahm einen letzten Schluck. Dann bestellte er zwei neue, diesmal aber große, damit sie länger hielten.

»Na, dassu auf Lisa stehst. Dassu in sie verknallt bist«, formulierte Konrad mit nicht mehr ganz so wendiger Zunge.

»Quatsch!«

»Kein Quatsch!«

»Wie kommst 'n auf so 'n Mist?«

»Na, guck dich doch mal an. Du regst dich nur noch auf, über alles. Du bist supermies gelaunt. Mann, du bist verliebt.«

Die beiden Männer schwiegen und schauten in stiller Eintracht zu, wie Mikel ihnen ein neues Bier zapfte.

»Sieben Minuten dauert das jetzt«, bedauerte Peter.

»Ach was, Mikel ist schneller«, wusste Konrad ihn zu beruhigen. Nach einer weiteren meditativen Schweigeminute, in der sich die Männer voll auf das Laufen des Bieres aus dem Zapfhahn konzentrierten, meinte Peter plötzlich:

»Vor ein paar Tagen, im Stadtpark, da hab ich plötzlich Lust gehabt, sie zu küssen. Beknackt, nicht?«

»Wieso? Normal, du bist halt verliebt!«

»Bin ich nicht, es war nur so ... so ... eine Schnapsidee ...«

»Hassu?«

»Was?«

»Na, sie geküsst?«

»Bist du bekloppt?«

»Wieso?«

»Na, weil ... weil ...« Peter schwieg, denn ihm fiel keine zündende Begründung ein.

»Dann mach doch einfach mal! Sie küssen, meine ich«, fand Konrad nach kurzem Nachdenken.

»Die scheuert mir eine. Oder beißt mir in den Hintern, wie damals in St. Peter-Ording.«

»Sie hat dir in den Hintern gebissen? Na, wenn das kein Liebesbeweis ist!« Konrad klopfte Peter auf die Schulter, doch der tippte sich an die Stirn.

»Da war sie dreizehn, und ich ein blöder Pimpf von zehn!«

Mikel stellte zwei große Bier vor den beiden auf die Theke.

Peter griff gierig zu und drückte auch Konrad ein Glas in die Hand. »Auf dein Wohl«, wünschte er.

»Auf deins. Und Lisas«, gab Konrad grinsend zurück.

»Halt bloß deine Klappe, okay?«

Wie bei einer richtigen Männerfreundschaft, die an der Theke ihre besondere Spielwiese findet, trat nach diesem erschöpfenden Dialog wieder eine längere Pause ein, die mit konzentriertem Bierschlucken, leisem, nachdenklichen Brummen und wortlosem Beobachten des Barmanns verziert wurde.

»Mikel hat einen guten Arsch«, bemerkte Peter plötzlich.

»Willste jetzt schwul werden?« Konrad grinste ihn an.

»So wie die Weiber nerven, keine schlechte Idee.«

Einvernehmliche Schweigeminute. Bierschlucken. Brummen.

»Was 'n mit Kerry?«, nahm Konrad den Faden wieder auf.

»Ich hab Schluss gemacht.«

»Echt? Wann?«

»Weiß nicht. Vor 'n paar Tagen.«

Bierschlucken. Schweigen.

»Warum? Wegen der Dünnpfiff-Geschichte von ›Jackass‹?« Konrad begann zu kichern.

»Blödsinn.«

Konrad nickte. »Logisch. Wegen Lisa natürlich. Stimmt's?«

Peter zuckte mit den Schultern: »Was weiß ich! Aber kein Wort! Klar?«

Konrad nickte.

Schlucken. Brummen.

Nach einer Minute räusperte sich Konrad: »Was willsen jetz machen? Wegen Lisa, mein ich?«

»Nix. Soll sie doch ihren Kay kriegen. Ich misch misch nisch ein.«

»Vielleicht blitzt sie ja bei ihm ab!«

»So blöd isser nich. Lisa is ein extra für ihn zurechtgestylter Köder. Hoffentlich verschluckt er sich dran.«

»Dann denkssu also, dass er zuschnappt. Unn dann? Was machssu dann?«

»Dann issie selbs schuld. Dann issie mich nich wert.«

Schweigen. Schlucken. Brummen.

Es war ein früher Sonntagabend, und St. Pauli hatte wieder einmal verloren. Nun drohte der Abstieg in die Regionalliga, eine Schande ohnegleichen, waren doch vor einem guten Jahr nach dem furiosen Sieg gegen die Bayern die glücklichen St. Paulianer noch mit würdevollen »Pokalsieger-Besieger«-Shirts rumgelaufen. Und jetzt das!

Peter und Konrad schlurften geknickt von den Stadionrängen und überlegten, wo sie den Kummer über das Debakel herunterspülen konnten. Peter hatte keine Lust, in die Fankneipe zu gehen und sich den geballten Ärger der Fans über die mangelnde Leistung ihrer Heroen anzuhören und den immer lauter werdenden Ruf nach einem Kopfball-Ungeheuer für die Mannschaft, wobei schließlich doch das ganze Salbadern in einem feuchtfröhlichen Abfeiern enden würde. Konrad war einverstanden mit einem kleinen, gepflegten Bierchen zum Abschluss des Tages. Er musste am nächsten Morgen früh raus und in Elmshorn bei einem Kunden einen Art-déco-Schreibtisch zum Restaurieren abholen.

»Wahrscheinlich gehen sie nach dem Spiel noch in die Fankneipe, ziehen sich zehn bis zwanzig Bier rein und heulen ein bisschen, weil St. Pauli garantiert wieder verloren hat. Und Konrad verpennt morgen seinen Termin, den er sowieso längst vergessen hat«, sinnierte Marthe. Sie saß mit Lisa auf dem Sofa, beide trugen bequeme Kleidung, dicke Wollsocken und hatten eine riesige Kuscheldecke über sich ausgebreitet.

»Schön warm hier bei euch«, freute sich Lisa, »ich kann überhaupt nicht verstehen, wie man sich bei dieser Kälte draußen in ein Stadion stellen kann.«

»Das tun sie garantiert nur, damit ein letztes Rätsel an ihnen haftet«, kicherte Marthe, »ansonsten wären sie einfach komplett zu durchschauen.«

»Stimmt. Vor allem Peter«, nickte Lisa, »seit er mit Kerry Schluss gemacht hat, ist er nur noch mies drauf. Besonders beim Joggen. Er redet kaum noch ein Wort. Macht überhaupt keinen Spaß mehr. Aber er will nicht zugeben, dass ihm die kleine Punkerin fehlt.«

»Das gesteht er sich ja nicht mal selbst ein«, bestätigte Marthe.

Beim Verlassen des Stadions trafen Peter und Konrad im Gewühl auf Kerry, die mit ein paar Freunden aus der gleichen Fankurve kam. Peter wechselte einige Worte mit ihr und stieg dann zu Konrad ins Auto. Sie standen etwa eine Viertelstunde im Stau, der sich um das Stadion herum gebildet hatte, bevor sie sich in den fließenden Verkehr einfädeln konnten. Es war draußen kalt und grau, und ein leichter Nieselregen setzte ein.

»Fehlt dir Kerry?«, wollte Konrad wissen.

Peter schüttelte den Kopf: »Null. Das ist schon okay so, wie es ist.«

»Du weißt, dass sich Marthe und Lisa Sorgen um dich machen? Sie haben das Gefühl, dass du unter der Trennung leidest.«

»Weiber! Dass die nie was schnallen! Aber vor allem geht mir auf den Sack, dass sie mich aufmuntern wollen. Lisa versucht beim Joggen andauernd, mir gaaaanz subtil auf den Zahn zu fühlen: Warum ich mit Kerry Schluss gemacht habe ... Was ich denn eigentlich für sie empfunden habe ... Wie das so plötzlich aufhören kann ... Wie ich mit der ungewohnten Leere umgehe und so. Aber wie gesagt, wahnsinnig subtil. Das nervt wie die Hölle!«

Konrad bedankte sich bei einer Autofahrerin, die ihn vorgelassen hatte. »Dass Lisa nicht merkt, dass du in sie verliebt bist, kann ich ja noch verstehen. Die ist mit dem Kopf ganz woanders. Leider, Kumpel. Aber was ich seltsam finde, ist, dass Marthe noch nichts gerafft hat. Sie ist deine Schwester. Und sie ist Psychologin.«

»Das disqualifiziert sie doch komplett«, lachte Peter.

Marthe holte eine Schachtel Schokoküsse und bot Lisa davon an. Doch die lehnte dankend ab, immerhin hatte sie inzwischen ihre Traummaße erreicht und wollte diese nicht gefährden.

»Am Anfang hatte ich das Gefühl, dass Kay nicht in diese durchsichtige Kategorie Mann gehört. Ich habe es zumindest gehofft. Aber im Grunde funktioniert er genau wie alle anderen«, erklärte Lisa und schaute dabei sehnsüchtig zu, wie Marthe ihre Schokoküsse lutschte. »Ich will damit nicht sagen, dass er keinerlei Tiefgang hat, aber seien wir mal ehrlich: Ich färbe mir die Haare, nehme fünfzehn Kilo ab und benehme mich pflegeleicht statt kratzbürstig. Und je tiefer das Dekolletee und je höher der Rocksaum, desto intensiver seine Blicke.«

»Männer sind wirklich mit extrem primitiven Mitteln an die erotische Kette zu legen«, stimmte Marthe zu. »Bist du jetzt enttäuscht von ihm?«

»Warum sollte ich? Mir war ja von Anfang an klar, dass ich ihn erobern muss, wenn ich ihn haben will. Natürlich wäre es schön, mal von einem Mann erobert zu werden, aber, na ja, das steht wohl nicht in meiner Sternenkonstellation.«

»Oh Mann, hör bloß auf mit diesem Mist!«, stöhnte Marthe auf.

Lisa grinste. »Ich finds total komisch, dass man dich und Peter mit Astrologie sofort auf die Palme bringen kann. Dabei müsstet ihr inzwischen doch genau wissen, dass ich das nicht wirklich ernst meine!«

»Vorgestern hat sie mir beim Joggen erklärt, dass Kerry und ich eigentlich sehr gut zusammenpassen würden, zumindest vom Horoskop her. Weil mein Pluto an Kerrys Hydranten pinkelt ... vorm dritten Hochhaus oder so. Wenn sie so einen Mist redet, denke ich mir jedes Mal, die hat sie doch nicht alle. Alle Weiber haben sie nicht alle!« Peter schlug einen zusammengerollten *Kicker* im Takt zur Musik auf den Oberschenkel. Bei seiner letzten allgemeinen Frauenbeschimpfung hatte er etwas heftiger zugeschlagen.

Konrad nahm ihm den *Kicker* aus der Hand. »Den will ich noch lesen, Mann. Ich bin heilfroh, dass Marthe nicht auch von diesem Sternenquatsch infiziert ist.«

»Das kannst du laut sagen«, bestätigte Peter. »Weißt du, ich habe mir schon oft gedacht, wenn ich in einer Kneipe stehe und eine Braut anquatsche – oder sie mich – und es noch ein einziges Mal eine von der Sorte ist, deren zweiter Satz lautet: ›Was für ein Sternzeichen bist du?‹, dann werfe ich sie aus dem Fenster!«

»Wahrscheinlich passt du gar nicht zu Lisa«, überlegte Konrad.

Peter schlug mit der Faust aufs Armaturenbrett. »Natürlich nicht! Überhaupt nicht! Und jetzt frag mich mal, was mir diese Erkenntnis nützt!«

»Gar nichts?«, vermutete Konrad vorsichtig.

»Genau.«

Lisa gestattete sich nun doch einen Schokokuss. »Mir ist schon klar, dass ich – falls es denn klappt – Kay einhole wie der Angler seinen Hecht. Köder an den Haken, Leine auswerfen, Geduld, Geduld, und schließlich zappelt der Fisch an der Angel. Eigentlich hat er keine Chance, oder?«

»Wenn du glaubst, dass Kays Hirn nicht mehr Kapazität hat als ein gemeiner Fischkopp ...«

»Sie sagen doch sogar immer von sich selbst, was sie für tolle Hechte sind!«, lachte Lisa.

»Wieso geben wir uns eigentlich damit zufrieden?«, wollte Marthe wissen.

Lisa quiekte mit hoher Stimme: »›Mein Mann ist ein Schwein!‹, beschwert sich die Sau!«

»Schönen Dank«, lachte Marthe, »aber wo hast du

denn diese profunde Weisheit her? Aus einem Glückskeks?«

Peter und Konrad fuhren mit dem Wagen ins heimische Eimsbüttel ein. »›R&B‹?«, fragte Konrad.

»Schon wieder? Können wir nicht mal woanders hingehen?«

Konrad lächelte nur und bog kurz darauf in die Weidenallee ein. Seit ein paar Monaten hatte er in einem der Hinterhöfe einen Parkplatz angemietet. »Immerhin habe ich hier einen Parkplatz«, klärte er Peter mal wieder über den angeblichen Hauptgrund für die ständigen »R&B«-Besuche auf. Und ich muss hinterher nicht mehr fahren, wenn ich was getrunken habe.«

»Is ja okay. Aber wir könnten genauso gut ins ›Machwitz‹ gehen und noch ein wenig kickern.«

Das »Machwitz« lag höchstens fünfzig Meter weiter, eine ziemliche Siffkneipe direkt am Drogenumschlagplatz Schanzenstraße, aber mit zwei Kickern und einem sehr guten Flipper bestückt.

Marthe stand gerade am Fenster und sah, wie Peter und Konrad aus dem Hinterhof kamen. Schau mal, unsere Jungs! Wetten, dass sie noch ins ›R&B‹ gehen?«

Lisa erhob sich und kam auch zum Fenster. »Die sehen geknickt aus. Haben wohl verloren.«

»Ich fasse es nicht, die gehen am ›R&B‹ vorbei! Das gibt's doch gar nicht!«, wunderte sich Marthe. »Na ja, dann checken sie bestimmt im ›Machwitz‹, ob ein Kicker frei ist.«

Die beiden kuschelten sich wieder aufs Sofa.

»Komisch, dass die meisten Männer einen so kleinen Radius haben. Sie brauchen ihre Stammkneipe, wo man weiß, wie sie heißen und was sie trinken, und ihre Welt ist in Ordnung«, sinnierte Marthe nachdenklich. »Manchmal muss ich echt meine ganze Überzeugungskraft aufbringen, um Konrad mal in ein gutes Restaurant zu schleppen. Das Wiener Schnitzel von gegenüber reicht ihm, meint er. Mir aber nicht!«

»Ich bin ganz froh, dass Kay da anders ist. Vermute ich zumindest. Er sieht einfach nicht nach drei Mal pro Woche Holzfällersteak aus. Eher nach Sushi.« Lisa erhob sich und ging zur Küche. »Ich koch uns einen Kakao, okay?«

Marthe folgte Lisa in die Küche und reichte ihr einen Kochtopf. Lisa nahm die Milch aus dem Kühlschrank.

»Auf der anderen Seite würde ich aber keinen Typen wollen, der atemlos jedem Trend hinterherrennt und kein eigenes Ich mehr hat, weil er sich aus Marken-Versatzstücken zusammensetzt: die Schuhe von Prada, die Brille von Armani, der kulinarische Geschmack von Bocuse, die politische Überzeugung aus dem *Spiegel-Leitartikel* der letzten Woche. Ich weiß nicht.«

»Wenn er gut aussieht«, lachte Lisa.

Marthe, die die langsam heiß werdende Milch umrührte, schlug Lisa mit dem Kochlöffel leicht auf den Hintern. »Oberflächliche Ziege!«

Peter und Konrad schossen als einzige Gäste im Hinterzimmer mit ihren kleinen bunten Männchen an der Eisenstange wild und begeistert den kleinen Ball hin und her, in Richtung gegnerisches Tor. Es krachte und knallte. Zwischen ihren Flüchen und gegenseitigen Beschimpfungen, verbalen Drohgebärden und Selbstanfeuerungen fanden sie jedoch weiterhin noch genug Atem für die Analyse des Geschlechterkampfes.

»Was mir an den Frauen am meisten auf den Zeiger geht, ist, dass sie immer glauben, sie seien die besseren Menschen«, bemerkte Konrad.

»Es stimmt aber doch«, fand Peter.

Die recht attraktive weibliche Bedienung kam herein und stellte zwei Bier auf das Regal an der Wand. Erfreut unterbrachen die beiden Männer ihr Spiel, um zu trinken.

»Das schon. Aber muss man immer drüber reden, mein Gott? Sie haben einen höheren emotionalen Quotienten, einen besseren Geschmack, sind nicht so oberflächlich und sexbesessen ...« Konrad schaute der Bedienung, die gerade wieder nach vorne ging, auf den ansehnlichen Hintern.

»Konrad ist sexbesessen«, sagte Marthe plötzlich zwischen zwei Schlucken Kakao. Die beiden saßen nun in der Wohnküche am alten Holztisch.

»Hast du es gut!«, war Lisas lapidarer Kommentar. Marthe gab keine Antwort, was Lisa stutzig machte. Sie stellte ihre Tasse ab und schaute ihre Freundin ernst an. »Mal im Ernst, habt ihr Stress?«

Marthe bemühte sich um ein Lächeln, was ihr allerdings nur halbwegs gelang. »Wir nicht. Aber ich.« Als sie in Lisas besorgtes Gesicht sah, schwächte sie ihre Aussage ab: »Stress ist übertrieben. Im Grunde ist alles in Ordnung. Nur, ich habe einfach nicht so oft Lust auf Sex wie er.«

»Wie oft? Ich meine, von wie oft sprechen wir, wenn wir von sexbesessen reden?«, wollte Lisa definiert haben.

»Täglich? Manchmal mehrmals täglich«, war Marthes zaghafte Antwort.

Lisa wiegte den Kopf hin und her. »Nicht schlecht. Auf jeden Fall weit über dem Durchschnitt. Vor allem in einer langjährigen Beziehung. Und warum sagst du's ihm nicht einfach?«

Marthe nippte an ihrem Kakao. »Weil das eben nicht so einfach ist. Ich liebe ihn, und ich will ihn nicht zurückweisen. In der Therapie wird zwar meistens das offene Gespräch empfohlen, aber privat finde ich das beim Thema Sex oft falsch. Man muss nicht immer alles zerreden.«

»Und immer müssen sie alles zerreden«, beschwerte sich Peter. »Bei Kerry habe ich zuerst gedacht, die ist nicht so. Aber dann ging's los: ›Warum fährst du nicht mit? Du liebst mich nicht! Wieso bist du nie eifersüchtig ...?‹ Ätzend, dieses Gequatsche.« Peter schoss ein Tor, warf neu ein und sprach weiter. »Du hast es mit meiner Schwester doch bestimmt besonders schwer. Ne emanzipierte Psychologin! Analysiert die dich morgens nach der Farbwahl deiner Socken?«

Konrad lachte und versenkte einen Elfmeter. »So schlimm ist sie nicht. Und wenn sie auf den Trip kommt, zerre ich sie einfach ins Bett. Und zaubere ihr ein glückliches Lächeln aufs Gesicht.«

»Hör bloß auf, das will ich nicht hören! Schwestern, Mütter und andere Königinnen haben keinen Sex!«

»Wenn ich das Thema anschneide, zerrt er mich erst recht in die Lotterlaken, weil er glaubt, es geht um Sex. Geht es ja auch, aber nicht als Aufforderung zum Tanz!«

Lisa wunderte sich. »Und du kannst dich da nicht durchsetzen? *Du?* Das gibt's doch gar nicht!«

»Wenn wir dann dabei sind, macht's ja auch Spaß«, gab Marthe zu.

Lisa stellte die leeren Tassen in die Spüle. »Dann ist doch alles in Ordnung.«

Auch Marthe erhob sich. »Wahrscheinlich hast du Recht. Gehen wir wieder ins Wohnzimmer?«

»Wahrscheinlich sitzen sie jetzt im Wohnzimmer und schauen sich zum zehnten Mal irgendeinen Schmalzfilm an«, überlegte Peter.

»Sollen wir nach Hause gehen und mitgucken? Du hast doch Sehnsucht nach Lisa, oder?« Konrad unterbrach schmunzelnd das Spiel und griff nach seinem Bier.

Peter warf noch einen Euro in den Kicker und drückte neue Bälle heraus. »So weit kommt's noch.« Er griff ebenfalls zu seinem Bier.

Konrad stellte sein Glas aufs Regal und schaute Peter ernst an: »Willst du wirklich tatenlos zusehen, wie dieser Kay sich Lisa schnappt? Also, ich an deiner Stelle würde in die Offensive gehen und zupacken, bevor er zum Zuge kommt.«

Peter warf den ersten Ball ein. »Meinst du? Ich weiß nicht. Die nimmt mich doch als Mann überhaupt nicht wahr.«

Konrad nahm den Ball aus dem Spiel. »Ich hätte da eine Idee.« Verärgert über die freche Spielunterbrechung nahm Peter ihm den Ball aus der Hand und warf ihn wieder ein. Konrad grinste und ließ Peter ohne Gegenwehr sein Tor schießen.

»Was soll das denn, du Nulpe?«, schimpfte sein Gegner.

»Jetzt hör mir doch mal zu«, bat Konrad, »du sagst, Lisa nimmt dich als Mann überhaupt nicht wahr. Dann erklär ihr doch, dass sie Kay deiner Meinung nach fast so weit hat, der brauche nur noch einen kleinen Schubser.«

»Toll. Will ich das?«, erwiderte Peter trocken.

»Und dann erklärst du ihr, dass der beste Schubser

für einen Mann im Hahnenkampf die Konkurrenz ist. Und du stellst dich zur Verfügung, um Kay eifersüchtig zu machen! Und dann zeigst du ihr, wer du bist und was du drauf hast.«

Völlig konsterniert über diese Idee schaute Peter seinen Freund an. »Du hast sie doch nicht mehr alle. Lisa wird mich auslachen. Das nimmt uns kein Schwein ab, das weiß sie genau.«

Die Decke wieder fest um ihre vier Beine geschlungen und jeweils einen Schokokuss-Rest in der Hand, ließen sich Marthe und Lisa in den wohligen Frauenabend sinken.

Lisa stopfte sich den Boden des Schokokusses in den Mund und nahm sich noch einen. »Die beste Ersatzbefriedigung, die es gibt. Tja, die einen haben zu viel Sex, die anderen gar keinen. Wieso ist in der Welt immer alles so ungerecht verteilt?«

Marthe nahm sich auch noch einen Schokokuss. »Damit die wenigstens gerecht verteilt sind!«

»Immerhin nimmt er mich als Frau inzwischen wahr«, erklärte Lisa ihre Fortschritte bei Kay. »Ich habe das Gefühl, es fehlt nur noch ein kleiner Schubser, und dann habe ich ihn. Und weißt du, was ich mir als kleinen Schubser ausgedacht habe?«

»Sag schon«, forderte Marthe.

»Eifersucht!«

Marthe nickte. »Nicht originell, aber altbewährt. Doch mit wem willst du ihn eifersüchtig machen?«

Lisa grinste nur.

Marthe überlegte kurz, dann fiel bei ihr der Groschen. »Mit Peter? Du bist bescheuert. Ich bezweifele, dass er da mitmacht. Aber mal ganz abgesehen davon: Das nimmt euch kein Schwein ab!«

»Peter?«

»Hm?«

Peter und Lisa standen im Stadtpark, stützten sich beide gegen einen Baum und zogen die Fersen mit der Hand hinten an die Oberschenkel, um nach ihrem eineinhalbstündigen Dauerlauf die Muskulatur zu dehnen. Es war kurz vor neun Uhr, und ein trüber Novembermorgen mühte sich langsam kriechend aus der kalten Nacht heraus. Lisa und Peter waren durchnässt, das Haar klebte ihnen am Kopf, die Joggingkleidung hing schwer herab. Lisa war beim Laufen im Schlamm ausgerutscht und hatte sich der Länge nach hingelegt, aber glücklicherweise nicht verletzt. Nur schmutzig war sie geworden, und seit sie mit den schlammigen Händen ihre nassen Haare aus dem Gesicht gestrichen hatte, zierte ein schwarzer Schmutzbalken ihre Stirn. Peter sagte es ihr nicht, denn sie sah irgendwie niedlich damit aus.

»Findest du mich eigentlich attraktiv?«, fragte Lisa beiläufig und wechselte das zu dehnende Bein, während Peter nicht nur innerlich das Gleichgewicht verlor. Auf einem Bein stehend, stolperte er gegen Lisa, fing sich aber gleich wieder.

»Was ist denn das für eine blöde Frage?«, stotterte er, um Zeit zu gewinnen.

Lisa beugte sich mit durchgedrückten Knien zum Boden, bis sie ihre Hände ins Gras legen konnte.

»Ich meine, ob du mich irgendwie eklig findest? Oder ganz okay, also ganz gut, so als Frau, weißt du?«

Auch Peter verlegte sich nun auf Dehnungsübungen, die es ihm ermöglichten, seinen verwirrten Gesichtsausdruck vor Lisa zu verbergen.

»Nein, ich weiß nicht. Keine Ahnung, was du redest. Aber eher ganz okay als eklig. Worauf willst du hinaus?«

Lisa machte mit dem rechten Bein einen Ausfallschritt nach vorne und dehnte den hinteren Oberschenkel.

»Könntest du dir vorstellen, mich anzubaggern? Also, mit mir zu flirten?«

»Äh, ich weiß nicht, was meinst du denn?« Peter hörte mit den Übungen auf und blickte Lisa misstrauisch an. In seinem Kopf und in seinem ganzen Körper erzeugten die kühnsten Vermutungen, Ängste und Hoffnungen wilde Turbulenzen, sodass er das Gefühl hatte, ihm müsse gleich total übel werden. Hatte Lisa was gemerkt? Wollte sie ihm auf den Zahn fühlen? Oder wollte sie ihn etwa anflirten? Hatte sie sich gar in ihn ...? Nein, Blödsinn, das konnte nicht sein! Aber sie sah ihn so komisch an, so verlegen. Halt, nein, jetzt wurde ihr Ausdruck eher zornig. Ein milder Zorn,

Alarmstufe zwei, wenn man Lisas Möglichkeiten auf einer Skala von eins bis zehn zu Grunde legte.

»Stell dich nicht blöd, Peter. Du bist doch sonst nicht so schwer von Begriff.«

»Und du drückst dich sonst nicht so unklar aus!« Peter war heilfroh, dass er mit einem Gegenangriff zu seiner zwischenmenschlichen Normalität zurückgefunden hatte.

»Also, pass mal auf: Es geht um Kay ...«

Als Peter den Namen hörte, schaltete er enttäuscht ab. Er wollte Lisa durchaus zuhören, aber die rasenden Turbulenzen in ihm hatten eine derart heftige Vollbremsung hingelegt, dass ihm all das Blut, das so wild in Wallung geraten war, erst einmal gegen die Schädeldecke zu prallen schien und dann wie ein Fahrstuhl, der von seinen Haltekabeln getrennt worden war, in die Tiefe sauste und sich komplett in seine beiden großen Zehen verkroch. Dadurch stellten nicht nur seine Ohren, sondern der komplette Peter-Mechanismus für einige Sekunden ihren Betrieb ein.

»Was ist mit dir? Du wirst ja ganz käsig?«, hörte er Lisas Stimme wie durch einen Kubikmeter Badewasser.

Er atmete tief und langsam durch, spürte, wie sein Blutdruck die Arbeit wieder aufnahm. »Schon okay, mir ist nur kurz der Kreislauf abgesackt. Hab noch keinen Kaffee getrunken.«

Lisa packte Peter am Arm und schritt mit ihm in gemäßigtem Tempo aus. »Lass uns zurück zum Auto gehen, ganz langsam, nicht, dass du mir aus den Latschen kippst. Mensch, du Loser, ich bin ja inzwischen fitter als du!«

Peter ließ sich willenlos von Lisa auf den Beifahrersitz bugsieren. Seit sein Auto irreparabel vor sich hin rostete, holte Lisa ihn ab und fuhr ihn nach dem Joggen wieder zurück, um dann selbst zum Duschen und Umziehen nach Hause zu fahren.

Unterwegs knüpfte sie an ihren Monolog vor Peters Aussetzer an: »Du hast mir keine Antwort gegeben.« Er war immer noch etwas fahrig und gestand, ihr nicht richtig zugehört zu haben. »Ich wollte nur wissen, ob du mir helfen würdest, Kay eifersüchtig zu machen. Der braucht nur noch einen kleinen Schubser, damit er anbeißt. Und ich habe doch sonst niemanden, den ich fragen kann.«

Peter lehnte sich im Autositz zurück und schloss die Augen. *Das* war es also! Na toll! Als Konrad ihm mit dieser Idee gekommen war, hatte er es kategorisch abgelehnt, und nun war Lisa der gleiche Schwachsinn eingefallen. Nur hatte sie ein ganz anderes Ziel vor Augen. Leider.

»Frag doch Konrad.« Peter war ein wenig sauer. Auf sich selbst, weil er sich eine Millisekunde lang Hoffnungen gemacht hatte. Und auf Konrad, der ihm diesen Quatsch in den Kopf gesetzt hatte, der ihm seit Tagen den Schlaf raubte. Jede Nacht stellte er sich vor dem Einschlafen vor, wie es wäre, wenn ... Wenn *er* Lisa diesen absurden Vorschlag unterbreiten würde ... Und sie küssen könnte ... Und sie dabei so in seinen Kuss versinken würde, dass er weiter und weiter gehen und nie aufhören würde ... Peter wurde jedes Mal so wütend wegen seiner romantischen Visionen, dass er stundenlang kein Auge zubekam und sich nächtliche Übertragungen von alten Zweitligaspielen reinziehen musste.

»... darauf fällt der nie rein. Kay kann sich doch denken, dass ich niemals mit dem Macker meiner besten Freundin ...«, drang Lisas Stimme in Peters Bewusstsein.

»Okay«, hörte er sich plötzlich selbst sagen, »okay. Wir machen das. Aber nicht im Büro, klar?«

Lisa zwickte ihn dankbar in den Oberschenkel. »Klar. Du bist ein echter Freund, Peter!«

Er gab jedoch keine Antwort mehr. Innerlich schüttelte er den Kopf über sich: Wie konnte er sich auf so ein Scheißspiel einlassen? Vermutlich war er am Ende der Dumme. Mit Sicherheit sogar.

Der zarte Duft von Rosenöl stieg aus dem heißen Badewasser und hüllte Lisas Sinne in eine wohlige Vorfreude. An die zwanzig Kerzen, die um den Wannenrand herum aufgestellt waren, verbreiteten ihren warmen Schimmer. Bis zur Weihnachtsfeier hatte sie noch zwei Stunden Zeit. Lisa gönnte sich eine letzte Entspannung mit luxuriöser Körperpflege, bevor sie zum *Final Countdown* schritt. Heute musste es klappen, heute *würde* es klappen.

Bislang hatte sie ihren Plan, Kay über die Eifersuchtsschiene einen letzten Stoß in ihre Arme zu versetzen, nicht verwirklichen können. Sie gab Peter zwar Recht, dass diese Angelegenheit im Büro nur zur Verwirrung unter den Kollegen führen würde. Aber dass er die letzten drei Wochen jede private Verabredung, zu der man auch Kay irgendwie hätte locken können, sabotiert hatte – damit war nicht zu rechnen gewesen. Ständig hatte Peter was anderes vor. Es war wie verhext: Wenn er einen Termin anbot, um die geplante Attacke auf Kays Rudelführerverhalten zu starten, konnte Lisa inzwischen mit Sicherheit davon ausgehen, dass Kay nicht zur Verfügung stand. Sie hatte sich das wahrlich einfacher vorgestellt: abchecken, wann Kay in welcher Kneipe ist, »zufällig« mit Peter dort auftauchen, mit ihm flirten, sich dadurch als begehrte Beute präsentieren und somit bei Kay den jedem Alpha-Männchen innewohnenden Jagdinstinkt wecken. Tja, der schöne Plan war bislang aus Mangel an Gelegenheit gescheitert.

Egal, heute war der Tag, heute war die Nacht! Die Weihnachtsfeier war perfekt. Es würde nicht übertrieben wirken, wenn sie in extravagant aufregendem Outfit auflief, der äußere Rahmen war sicher entsprechend festlich – da ließ sich der Verlag selten lumpen –, und alle Akteure waren für das »Endspiel« anwesend. Sogar Marthe und Konrad kamen, als Partner von Peter und Lisa. Peter hatte sich allerdings theatralisch geweigert, Marthe als seine Partnerin auszugeben, da er angeblich Getuschel wegen Inzests fürchtete. Marthe hatte bei der anschließenden, nicht ganz ernst geführten Diskussion daran erinnert, dass es für Peter auf dem Gymnasium die größte Schmach gewesen war, auf den ersten beiden Schulbällen in Begleitung seiner Schwester aufzukreuzen, da er kein Mädchen gefunden hatte, das mit ihm hatte hingehen wollen. Nachdem sich Lisa, Marthe und Konrad ausgiebig über diese Geschichte amüsiert hatten, hatte Peter zerknirscht zugegeben:

»Ja. Ich heiße Peter M. Ich bin anonymer Loser. Aber ich werde nie wieder mit meiner Schwester auf einer Party auflaufen. Dann denken doch alle, ich hätte mit Mitte dreißig immer noch keine Sexualpartnerin!« Viel lieber sei ihm da noch, mit Konrad am Arm zu erscheinen. »Lieber schwul als einsam, Schwucken sind im Moment sowieso schwer hip.«

Also hatte sich Lisa lachend darauf festgelegt, als Teilzeitlesbe mit »Partnerin« Marthe zu erscheinen. Peter musste ihr nur versprechen, im Saal dann schleunigst einen Partnertausch vorzunehmen und kräftig mit Lisa zu flirten – sobald Kay in Sichtweite war.

Peter versprach.

Die vier waren für acht Uhr vor dem Festsaal verabredet, den der Verlag für die Weihnachtsfeier angemietet hatte. Lisa kam wie immer ein wenig zu spät, wunderte sich aber nicht, dass die anderen nicht auf sie gewartet hatten; es war draußen einfach viel zu kalt. Der

Gedanke, dass Peter nun doch mit seiner Schwester angekommen war, ließ Lisa schmunzeln. Sie nahm die Stola von ihrem Haar, drapierte sie damenhaft über ihre Schultern und schritt durch die Eingangstür, die von zwei riesigen, mit Tausenden von kleinen Lichtern übersäten Tannen gesäumt wurde.

An der Garderobe traf sie auf die anderen drei, die gerade ihre Mäntel abgegeben hatten. Marthe war wie immer dezent, aber an diesem Abend ungewohnt elegant gekleidet, selbst Konrad hatte auf sein kariertes Baumwollhemd verzichtet und sich in einen sandfarbenen Leinenanzug geworfen. »Leinen knittert edel«, meinte er grinsend, als Lisa ihn für die Anstrengung lobte. Die große Überraschung jedoch war Peter. Er trug einen sehr gut geschnittenen dunkelbraunen Nadelstreifenanzug mit einem braun-schwarzen St. Pauli-Shirt darunter und sah damit absolut hervorragend aus.

»Hey, Peter, ich habe dich noch nie im Anzug gesehen! Du machst echt was her mit dieser geilen Mischung aus Klassisch und Cool!«, fand Lisa.

Peter verbeugte sich formvollendet, nahm Lisa die Stola von den Schultern und half ihr aus dem Mantel. »Wow, und du siehst aus wie eine Göttin der Sünde«, entfuhr es ihm. Lisa trug ein dunkelrotes, besticktes Bustier und einen langen hellroten Rock, der vorne zwei so hohe Schlitze besaß, dass ihre Beine bei jedem Schritt bis zum Anschlag Furore machten.

»Spar dir die Kräfte und die Komplimente. Kay ist

noch nicht in Sicht«, gab Lisa lächelnd zur Antwort. Dann wandte sie sich Marthe zu, wodurch ihr Peters Betroffenheit über ihre Bemerkung entging.

Die beiden Damen schritten voran, dem Festsaal entgegen. Einen Meter hinter ihnen klopfte Konrad Peter tröstend auf die Schulter. »Du wirst sie heute Abend schon noch in Wallung bringen.« Peters Blick jedoch drückte große Zweifel aus.

Der Saal war sehr schön und mit erheblichem Aufwand geschmückt worden; vorne gab es eine kleine Bühne, auf der später eine Band spielen sollte, und an den Seiten befanden sich Ausgänge zu kleineren Räumen, in denen Bars zu unterschiedlichen Themen untergebracht waren: In der »karibischen Weihnacht« gab es Cocktails unter Plastikpalmen; die »finnische Weihnacht« lockte mit Wodka und auf riesigen Plastik-»Eiswürfeln« ausgebreiteten Rentierfellen; in der »bayrischen Weihnacht« wurden zehn Sorten Bier ausgeschenkt, in der »christlichen Weihnacht« dominierten Krippenfiguren zwischen künstlichem Schnee, Tannenzweigen und -zapfen, das Ganze mit dem intensiven Duft von Zimt und Glühwein garniert.

Die »orientalische Weihnacht« mit dem plakatierten Zusatz »Ja, auch im Orient gibt es Christen!« überzeugte Lisa am meisten: einladend gepolsterte Sitzecken, einschmeichelndes Licht aus unchristlichen Moscheelampen und leise, erotische Musik, die sofort den Unterleib in Bewegung versetzte. Dieser Ort aus *Tau-*

sendundeiner Nacht erschien Lisa am besten geeignet für die geplante Entfaltung ihrer Verführungskünste am Lebendobjekt Kay. »Total sinnlich hier«, flüsterte sie Marthe augenzwinkernd zu. Marthe und Lisa waren begeistert von der optischen Vielfalt und der liebevoll detaillierten Ausstattung der Festivität, während sich Konrad und Peter anerkennend über die Auswahl der Freigetränke äußerten. Doch ein Räuspern über Mikrofon rief alle Umherschlendernden erst einmal zurück in den großen Saal.

Der Verleger hielt eine kurze Ansprache, in der er Lisas Artikel und ihre Teilnahme am Journalisten-Wettbewerb lobend erwähnte, was ihr einen Applaus von den ungefähr vierhundert Gästen einbrachte. Lisa freute sich zwar darüber und nahm auch dankbar alle Glückwünsche an, die ihr per Händedruck oder Zuruf von den Umstehenden entgegengebracht wurden, aber sie war viel zu nervös, um sich entspannt im Licht der kurzen Aufmerksamkeit zu sonnen.

»Hast du Kay irgendwo gesehen?«, fragte sie Peter.

»Der wird schon noch kommen, mach dir nicht in den Rock«, war die unsensible Antwort.

Nach der Ansprache eröffnete der Verleger das Büfett, das an drei Seiten des Saales aufgebaut war, damit es nicht zu allzu großen Staus kam. Lisa war so aufgeregt, dass sie fürchtete, keinen Bissen herunterzubekommen, doch Marthe ermahnte sie:

»Verschaff dir 'ne kleine Basis. Das wird eine lange Nacht werden, und wenn du nichts isst, bist du um

Mitternacht so betrunken, dass wir dich ins Taxi setzen müssen!«

Das Argument leuchtete Lisa ein, also stellte sie sich auch in die Schlange. Nach dem Essen entschuldigte sie sich bei den anderen, um schnell mal allein einen Sondierungsrundgang zu unternehmen.

»Sie sucht ihn«, bemerkte Peter später zu Konrad, als Marthe neue Getränke in der »Karibik« holte, »hoffentlich bricht er sich auf dem Weg hierher den Hals!«

Lisa kehrte unverrichteter Dinge zurück und bedankte sich bei Marthe für die mitgebrachte Margarita. »Was mache ich, wenn er gar nicht kommt?«, jammerte sie.

»Dann amüsierst du dich mit uns! Wir sind ja schließlich auch noch da, oder?« Marthe warf Lisa einen tadelnden Blick zu, dem diese auswich, indem sie sich suchend umschaute.

Doch Lisa vergaß tatsächlich für eine Weile ihre Ungeduld, denn alle paar Minuten kamen Kollegen vorbei, man begrüßte und freute sich, spöttelte, lachte und trank. Der Abend entwickelte sich langsam, allein Kay fehlte ihr noch zu ihrem Glück.

Nachdem das Büfett abgegessen und abgeräumt worden war, sagte der Verleger eine Boyband an, die er zu Gunsten seiner weiblichen Angestellten engagiert hatte: »Wie oft, meine Damen, haben Sie sich schon bei mir beschwert, dass wir auf den Titeln unserer Magazine fast nur leicht bekleidete Frauen präsentieren? Und ich muss Ihnen immer antworten:

›Weil Frauen einfach besser aussehen!‹ Um diese zum Himmel schreiende Ungerechtigkeit aber wenigstens heute Abend einmal auszugleichen, kommen nun ein paar echt heiße Jungs auf die Bühne. Und ich verspreche, spätestens um Mitternacht werden sie euch mit freiem Oberkörper einheizen!«

Die weiblichen Verlagsangestellten tobten zum Großteil vor Begeisterung, während die männlichen entrüstet protestierten.

»Typisch«, meinte Marthe, »der denkt doch tatsächlich, dass Frauen sich nur über sexistische Titel beschweren, weil sie nicht genug nackte Männer zu sehen bekommen.«

»Ist es nicht so?«, fragte Konrad amüsiert.

Die Jungs von der Band sprangen auf die Bühne und schlugen die ersten Takte an.

Marthe begann laut zu lachen. »Na ja, wenn das die nackten Männer sind, dann gute Nacht!«

Auch Lisa musste lachen. Diese Kerle hatten ein Durchschnittsalter von etwa siebzehn, die Jeans hingen vorschriftsmäßig in den Kniekehlen, sodass zumindest die obere Hälfte der Boxershorts herauslugte, und von ernst zu nehmendem Bartwuchs konnte noch keine Rede sein. Dennoch verbreiteten sie gute Stimmung. Als Erstes spielten sie eine herzzerreißend schlechte Punk-Version von *Jingle Bells*, dann rockten sie sich mit dem Drei-Akkord-System querfeldein durch die Charts der letzten Dekaden Musikgeschichte. Während Konrad und Peter sich für den Getränkenachschub zuständig erklärten, überließen sich Marthe und Lisa dem musikalisch zweifelhaften, aber hochamüsanten Boyband-Vergnügen.

Plötzlich legten sich zwei Hände von hinten um Lisas Taille, und sie wusste sofort: Das ist *er*!

»Na, schöne Frau, schon in Stimmung?«, raunte Kay ihr ins Ohr. Ihre leichte Zittrigkeit überspielend, drehte sie sich um. Da stand er, so schön wie Sean Connery in seinem ersten »Bond«-Auftritt, so strahlend wie Paul Newman in »Ein langer, heißer Sommer«, so männlich wie George Clooney in »Out of sight«!

»Jetzt erst recht«, antwortete sie verführerisch und küsste ihn zur Begrüßung rechts und links auf die Wange.

Mit einer eleganten Verbeugung und einem angedeuteten Handkuss begrüßte er Marthe und machte ihr Komplimente zu ihrem Aussehen. Dann fragte er, was die beiden trinken wollten.

»Scheiße, er ist da«, fluchte Peter, als er mit Konrad und den Getränken aus der Bar in den Saal trat, »siehst du, wie sie ihn anhimmelt? Das ist doch zum Kotzen!«

»Der geht ja schon wieder von den beiden weg«, stellte Konrad verblüfft fest. Während Peter und Konrad sich näherten, beschwerte sich Lisa bei Marthe:

»Musst du so gut aussehen? Wieso macht er dir Komplimente und nicht mir? Kannst du dir nicht eine Plastiktüte über den Kopf ziehen, bitte?« Doch Marthe lachte nur. Sie nahm von Konrad ihren Cocktail entgegen. Lisa zog Peter auf die Seite. »Er ist da!«

»Hab ich gesehen. Na und? Er ist doch schon wieder weg. Oder willst du ihm jetzt den ganzen Abend hinterherlaufen?«

Lisa lächelte siegessicher: »Muss ich gar nicht. Er holt sich nur was zu trinken und kommt dann gleich wieder. Und du denkst an unsere Abmachung und bist ganz charmant zu mir, klar? Konkurrenz belebt das Geschäft!«

Peter nickte so mürrisch, dass Konrad ihn wütend auf die Seite zog.

»Mensch, so wird das nichts! Willst du sie dem Kerl kampflos überlassen?«

Peter schüttelte den Kopf und wirkte dabei so niedlich hilflos, dass Konrad lachen musste.

»Dann zieh nicht so eine Fresse, das turnt ab. Frauen muss man zum Lachen bringen, das finden sie sexy!«

Peter nickte. »Das kann ich gut: Frauen lachen immer über mich!« Dieses selbstmitleidige Gejammer brachte ihm einen kräftigen Schlag ins Kreuz ein. Also riss er sich zusammen, trank sein Bier aus, zwinkerte Konrad zu, stellte sich neben Lisa und küsste sie auf den Hals: »Dann wollen wir mal, meine Schöne. Ich werde diesen Bastard so eifersüchtig machen, dass er nicht mehr weiß, ob er Männlein oder Weiblein ist!«

Lisa war bei Peters Kuss unwillkürlich zurückgezuckt. Sie schaute ihn eine Sekunde lang überrascht an, fing sich dann wieder und lächelte ihn dankbar an. »Das, bitte schön, sollte Kay noch wissen. Also, übertreib es nicht!«

Als Kay zu der Truppe zurückkam, begrüßte Peter ihn bemüht kumpelhaft: »Na, Alter, hast du dich schon umgesehen? Du weißt es ja nicht, aber traditionell werden neun Monate nach unseren Weihnachtsfeiern immer eine Menge Babys geboren. Schon was Passendes entdeckt?«

Mit eindeutigem Blick in Lisas Augen antwortete Kay: »Es sind durchaus schöne Frauen hier.«

Peter entging dieser Blick nicht, und er legte sofort seinen Arm um Lisas Taille: »Zum Glück habe ich auf die Schönste ein Gewohnheitsrecht aus uralten Zeiten.«

Die Boyband stimmte gerade die in falscher Tonart vorgetragenen »Nights in White Satin« an. Mit einer gekonnten Bewegung drehte Kay Lisa aus Peters Arm heraus. »Uralt? Wie uncharmant! Außerdem: Das ist keine Party für Sandkastenspiele, mein Lieber«, meinte er spielerisch zu Peter, »jetzt wird's ernst!« Er zog die kaum widerstrebende Lisa auf die Tanzfläche.

»Du willst also nicht spielen?«, fragte sie ihn dort kokett, als er sie an sich zog.

»Kommt drauf an«, gab er zurück.

Lisa schmiegte sich an ihn. Ihr war ganz heiß, und sie fühlte sich immer noch ein wenig zittrig in den Knien.

»Worauf?« Genüsslich sog sie den Duft seines Rasierwassers ein.

»Ich mag komplizierte Spielregeln nicht«, sagte er, »können wir nicht erst mal ein wenig improvisieren?«

Lisa lächelte ihr geheimnisvollstes Lächeln, so wie sie es in dieser Frauenzeitschrift gelesen hatte, und ließ sich führen. Sie hatte das gute Gefühl, auf dem rechten Weg zu sein.

Im Gegensatz zu Peter.

Marthe versuchte gerade zu ergründen, warum er so muffelig war, doch Konrad lenkte sie von ihm ab. Glücklicherweise kam ihm dabei eine frühere Kollegin Marthes zu Hilfe, die diese in ein total ödes Karrieregespräch verwickelte. Als Lisa mit Kay von der Tanzfläche zurückkam, verzog sich Peter in die »finnische Weihnacht«. Ihn beschlich das untrügliche Gefühl, dass er ab sofort ein Finne sein wollte: wortkarg und sturzbesoffen. Nachdem er schon etwa eine halbe Stunde, sprich drei Wodka, an dieser Metamorphose gearbeitet hatte, kam Lisa zu ihm.

»Was machst du hier?«, fragte sie vorwurfsvoll.

»Ich will Finne werden. Und du? So ganz ohne Supermann?«

»Kaum waren wir von der Tanzfläche zurück, kam diese blöde Sonya angestöckelt, hat sich ihm an den Hals geworfen und ihn weggezerrt. Angeblich, weil er ihr versprochen hat, was mit ihr zu trinken – in der ›christlichen Weihnacht‹ unterm Mistelzweig! Kann mir schon denken, was die Schlampe will!«

»Jetzt werd bloß nicht ungerecht. Schließlich willst du das Gleiche, oder? Außerdem hat sie vielleicht Gewohnheitsrechte.« Peter war kurz versucht, Lisa zu erzählen, dass Kay Sonya auf dem Leuchttisch in der Redaktion flachgelegt hatte. Doch als er ihren waidwunden Blick sah, als sie ihn fragte: »Meinst du, da läuft was?«, brachte er es nicht übers Herz und erging sich in Ausreden.

Lisa setzte sich zu ihm und bestellte sich ebenfalls einen Wodka. »Ich trinke mir jetzt Mut an. Man darf nicht so schnell die Flinte ins Korn werfen«, sagte sie optimistisch. Doch Peter seufzte nur. Nach dem zweiten Wodka besserte sich Lisas Laune, und es gelang ihr sogar, Peter damit anzustecken. »Ein alter Kumpel von mir, der ist ein paar Mal auf dem Filmfest in Sodankylää gewesen, weißt du, in Nordfinnland, wo die Lappen leben. Das veranstalten die Kaurismäki-Brüder. Aber eigentlich ist das kein Filmfest, sondern ein andauernder Rausch, bis der Arzt kommt. Der hat mir Sachen erzählt, was da abgeht ...«

Während Lisa immer gelöster plauderte, bekam Peter das Gefühl, sie hätte Kay vergessen. Er hörte ihr zu, er sah sie an, und plötzlich wusste er, warum er sich so unvermutet in sie verliebt hatte: Lisa war spannend. Sie hatte es nicht nötig, ihre Ohr- oder Nasenlöcher mit zehn Ringen zu durchbohren oder besonders rotzig daherzureden. Sie war spannend. Natürlich. Witzig. Schön. Herzensgut. Liebenswert. Er schaute sie an, er erhob sich langsam von seinem Hocker, schaute sie an, näherte sich ihr, hob ihr Gesicht dem seinen entgegen, blickte in ihre irritierten Augen und küsste sie. Und küsste sie. Küsste sie.

Und sie küsste ihn. Als er sie wieder losließ, schaute sie ihn mit offenem Mund an. Er wollte es nicht, aber er musste laut loslachen. Weil er schon leicht angetrunken war. Weil er sich unglaublich befreit fühlte. Und weil er noch niemals ein so dummes Gesicht gesehen hatte.

»Du hast mich noch nie so dumm angeguckt«, prustete er vergnügt los.

Lisa wusste nicht so recht, wie sie darauf reagieren sollte. Sie wusste in dieser Sekunde überhaupt nichts mehr. Als Peter sie geküsst hatte, hatte sie unwillkürlich die Augen geschlossen und war versunken, einfach so. Sie hatte nicht an Kay gedacht, aber es war unglaublich schön gewesen. Und jetzt stand Peter da vor ihr und lachte.

»Warum hast du das gemacht?«, fragte sie leise.

»Das würde ich auch gern mal wissen! Ist das eins von euren Sandkastenspielen? Sah nicht ganz jugendfrei aus«, schmunzelte Kay, der neben ihnen aus dem Nichts aufgetaucht war.

»Wo ist Sonya?«, erkundigte Lisa sich, um ihre Verwirrung zu überspielen.

»Die habe ich bei Konrad abgestellt. Trinkt ihr was mit mir, oder störe ich?«

Bevor Peter bejahen konnte, hatte Lisa schon geantwortet: »Natürlich nicht. Holst du mir ein Wasser? Ich glaube, ich habe genug Wodka.«

Als Kay sich durch die Menschenmenge zur Theke durchkämpfte, wollte Peter ihr alles erklären. Doch wieder kam ihm Lisa zuvor: »Ich habe Kay gar nicht reinkommen sehen. Aber du hast ja schnell geschaltet. Ich habe zwar nicht mit so viel Einsatz von dir gerechnet, doch wenn das bei Kay zieht, umso besser.«

Peter wurde schlagartig klar, dass Lisa den Kuss für eine Finte in ihrem Spiel für Kay hielt. Diese Erkenntnis zog ihm so den Boden unter den Füßen weg, dass er sich hinsetzte, stumm auf sein leeres Glas blickte, sich dann sofort wieder erhob und die Bar wortlos verließ.

»Peter!«, rief Lisa ihm verwundert hinterher. Doch bevor sie dem Impuls, Peter zu folgen und Kay an der Theke stehen zu lassen, nachgeben konnte, war Kay an ihrer Seite und lächelte sie an. Er nahm ihre Hand, küsste ihre Fingerspitzen, und Lisa schüttelte Peters Kuss von sich ab und konzentrierte sich wieder auf ihr Ziel.

Als Peter in den Saal trat, sah er in einiger Entfernung Marthe plaudernd in einer kleinen Gruppe stehen. Konrad unterhielt sich ein paar Meter weiter angeregt mit Sonya. Ein wenig verloren lief Peter durch die Menge und überlegte, ob er gehen oder bleiben sollte. Einige seiner Kollegen sprachen ihn an, doch weiter als über das übliche Zwei-Satz-Party-Geplänkel ging es nicht hinaus. Er setzte sich in eine Ecke und schmeckte dem Kuss nach. Irgendwie war er sich sicher, dass da was gewesen war, auch von Lisas Seite. Sie hatte ihn auch geküsst, und zwar sehr innig und verlangend, da täuschte er sich gewiss nicht – obwohl sie Kay nicht gesehen hatte. Warum hatte er bloß so blöd gelacht? Und warum war ausgerechnet in diesem Moment der Idiot aufgetaucht?

Es dauerte eine Viertelstunde, bis Peter sich entschloss, zu Lisa zu gehen, sie von Kay weg und vor die Tür oder sonst wohin zu zerren und noch einmal zu küssen. Doch just in dem Augenblick, als er sich erhob, um sie zu suchen, sah er sie strahlend und Hand in Hand mit Kay in der »orientalischen Weihnacht« verschwinden. Er ging hinterher, doch nur, um zu sehen, wie die beiden sich in die Sitzkissen fallen ließen und Kay seine Hand auf Lisas Oberschenkel legte. Peter zog sich zurück und haderte mit dem Schicksal: Gab es noch eine Chance, dazwischen zu funken? Er beobachtete den Ausgang der Bar.

Es dauerte fast eine Stunde, bis die beiden wieder herauskamen. Inzwischen hatte die Boyband ihre musikalische Metzelei beendet, und ein DJ legte auf. Kay und Lisa tanzten. Lisa sah so glücklich aus. Nach dem Tanz gingen die beiden zur Garderobe, um ihre Mäntel zu holen.

Lisa verabschiedete sich nicht von Marthe, sie bemerkte nicht einmal, dass Peter jeden ihrer Schritte beobachtete. Sie schwamm im Glück. Jetzt. Jetzt würde sie mit Kay nach Hause gehen. Und sie wusste, es war nicht nur für eine Nacht. Er hatte ihr gesagt, dass er nicht mehr spielen wollte. Dass er der Spiele überdrüssig sei. Und er war sehr ernst dabei gewesen.

Peter war am Boden zerstört, als er sah, wie die beiden den Veranstaltungssaal verließen. Er ging zu Konrad zurück und stellte sich neben ihn. Konrad, der immer noch mit Sonya quatschte, bemerkte die Niedergeschlagenheit seines Freundes und nahm ihn beiseite.

»Was ist denn mit dir los?«, fragte er besorgt. »Und wo ist Lisa?«

»Weg. Mit Kay. Sie hat's geschafft.«

3. TEIL

Liebe Marthe,
du kannst dir nicht vorstellen, wie gut es mir geht. Nach dem Luxusflug nun Ankunft in Tokyo. Sehr glücklich die erste Nacht mit Kay verbracht, also kaum geschlafen (du weißt, was ich meine! Zweifacher Orgasmus!). Inzwischen bin ich aber auch etwas müde, erschöpft und erschlagen von der asiatischen Fremdartigkeit. Vieles ist schon sehr merkwürdig. Dauernd muss man die Schuhe aus- und irgendwelche öffentlichen Schlappen anziehen, auf dem Weg zur Toilette dann noch mal ... Alle Frauen gehen komisch, stöckeln unbeholfen durch die Gegend. Man sagt, japanische Männer finden das sexy. Alle Restaurants stellen ihre Speisen in Form von Plastik-Plagiaten im Schaufenster aus. Sehr trashig, das. Aber das Essen ist trotzdem super! Außerdem spricht man hier ungefähr eine Oktave höher. Du merkst also: ein Land, das man bereisen muss. Ich weiß zwar nicht genau, warum Kay unbedingt so viel von der Welt sehen will, wo er doch mich angucken kann, aber na ja ... Bin jedenfalls sehr ge-

spannt auf das, was noch kommt und kommt und kommt ...
Lisa

Zweifacher Orgasmus? Warum nur zwei?
Marthe

Liebe Angeberin,
heute Lektion zwei: In Japan ist nicht nur alles seltsam, sondern auch andersrum. Die Autos fahren links. Das heißt, man guckt grundsätzlich auf die falsche Seite und wird beim Überqueren der Straße jedes Mal beinahe überfahren. (Zum Glück passt mein Galan auf mich auf. Als hilfloses Weibchen kann ich nun mal nicht allein über die Straße gehen, schon gar nicht in Japan.) Aber weiter im Text: Die Schlüssel schließen andersrum, die Reißverschlüsse gehen nach oben auf.
Ansonsten haben die Japaner viele grüne Berge mit Baumpuscheln drauf und gestalten die Natur sehr ordentlich.
Liebe Grüße, Lisa
(Tatsächlich: Drei gehen auch!)

Liebe Lisa,
du lügst doch!
Marthe
P. S.: Mehr von Japan!

Liebste Marthe,
okay, ich lüge.

Okay, mehr von Japan: Heute möchte ich über menschliche Exkremente berichten. Die gibt es nämlich hier in Japan nicht. Nicht auf der Straße in Form von Hundehaufen, auch nicht in Bedürfnisanstalten. Zumindest wird so getan. Denn sich zu entleeren, ist für den Japaner ungemein peinlich. Es darf nicht riechen, es muss geräuschlos sein und absolut antibakteriell verrichtet werden.

Unsere Hoteltoilette mit dem hübschen Namen »Washlet Toto« hat sage und schreibe fünf Funktionen. Die für Japaner wichtigste ist die Pinkelgeräusch-Übertön-Funktion. Das funktioniert, indem das Teil sofort anfängt zu spülen, sobald du dich drauf niederlässt. Die umweltfreundlichere Variante ist die, dass du auf eine Taste drücken kannst und künstliche Spülgeräusche vom Band erklingen. Ich vergesse dabei immer, selbst zu pinkeln ... Stufe zwei ist die Spray-Funktion. Betätigt man sie, bekommt man einen lauwarmen Wasserstrahl genau in die Poritze (woher wissen die, wo sich meine Poritze befindet!?). Bei Stufe drei und vier (Bidet und Deo) bin ich ausgestiegen. Zu riskant!!!

Liebe Grüße aus dem Land der ferngesteuerten Toiletten, Lisa

P. S.: Heute nur einen Orgasmus. Lässt die Leidenschaft nach? Und wie geht's dir eigentlich?

2. 1. 03
Liebste Lisa,
wie's mir geht? Ich bin total neidisch auf deine kleine Weltreise, deine zahllosen Orgasmen, die Schmetterlinge im Bauch, die Hummeln im Hintern, das Spray auf der Po ..., nee, darauf nicht, aber auf das Meeresrauschen in der Hoteltoilette, die nach oben zu öffnenden Reißverschlüsse und ... Bei mir läuft's anders: zwei neue Bulimiker, ein Kleptomane, eine histrionische Persönlichkeit mit hoher Suizidgefährdung ... Man macht sich im Studium gar nicht so klar, dass man als Therapeutin mehrere Stunden pro Tag die Ohren voll geheult bekommt. Ich glaube, der finanzielle Aufwand für meinen praxisinternen Papiertaschentuchverbrauch ist inzwischen größer als die Monatsmiete. Werde ich irgendwann selbst depressiv? Muss ich mal wieder zum Supervising? Soll ich mehr Schokolade essen? Warum kommt eigentlich nie jemand zu mir, der vor Glück platzen möchte? Aber du bist ja bald wieder da!
Silvester haben wir übrigens zu zweit gefeiert – mit Sekt, Sex und Sinfonien. Gibt also nichts Aufregendes zu berichten.
Gruß und Kuss, auch an Kay (aber nur der Gruß!)
Marthe

Lieber Neidhammel!

Wir haben uns gestritten! Zum ersten Mal! Am Nebentisch in dem (super Luxus-Schickimicki-)Restaurant am Silvesterabend und nachher auch in der (super Luxus-Schickimicki-)Disco war so eine eurasische Schönheit, weißt du? Wie diese Gazelle aus »Emanuelle 10 oder 12«, keine Ahnung. Natürlich musste Kay mit der flirten; er kann einfach nicht anders, daran muss ich mich wohl gewöhnen. Doch zum großen Pech für seine männliche Eitelkeit stellte sich die Frau als Lesbe heraus. Sie flog auf mich und nicht auf Kay! Ist mir noch nie passiert, aber das nur am Rande. Ich habe mich natürlich über Kays dummes Gesicht kaputtgelacht. Doch dann wollte dieser nimmersatte Kerl, dass ich mit der Frau ins Bett steige und er zugucken kann! Also, ich fand das ganz schön daneben. Er hat überhaupt nicht verstanden, wieso. Seiner männlichen Logik nach würde er damit ja nicht mich betrügen, sondern ich ihn, und er würde sich großzügig erweisen! Ich dachte, ich spinne! Wir haben uns total gefetzt. Aber jetzt geht's wieder. Er hat sich entschuldigt ... na ja, sagen wir mal so: Er hat eingesehen, dass er keine erotischen Abenteuer einklagen kann, die mir keinen Spaß machen.

Morgen geht's weiter nach Hawaii. Vielleicht schlage ich ihm da mal einen Dreier vor: Wenn wir Magnum treffen, hi, hi ... Obwohl der inzwischen bestimmt längst jenseits von gut und böse ist.

Liebe Grüße an dich, an Peter (was treibt der denn so?), an Konrad und an die Bulimiker, Kleptomanen und Histrioniker dieser Welt, deine Lisa.
P.S.: Euer Sex ist nicht aufregend? Oh weh!

Liebe Lisa,
grundsätzlich ist ja alles erlaubt, findet auch Konrad. Aber lass dich nicht bloß per Dekret vom Supermann in Betten legen, in denen du möglicherweise falsch liegst. Es sei denn, du willst es selbst mal testen, dann jedoch ohne nutznießende Zuschauer,. oder?
Liebe Grüße, Marthe
P.S.: Unser Sex ist voll okay. Er weiß, wie's geht, ich weiß, wie's geht ... Also geht's.
P.P.S.: Keine Ahnung, was Peter treibt, der lässt sich im Moment nicht viel blicken. Schläft sich durch ein paar Betten, um Kerry endgültig zu vergessen, glaube ich.
P.P.P.S.: Ist Tom Selleck nicht schwul?

Hey, Alter,
ich muss mich ja jetzt doch mal bei dir melden. Schließlich bist du indirekt schuld an allem: dass ich wieder in Hamburg arbeite, dass ich dadurch Lisa kennen gelernt habe und jetzt mit ihr durch die Welt gondele. Mensch, wer hätte das gedacht? Schon vier Wochen mit nur einer Frau! Vielleicht werde ich jetzt wirklich sesshaft. Aber Lisa liegt vergleichs-

weise weit vorne, so vom Charakter her. Hoffe, du hast auch Spaß mit der holden Weiblichkeit.
Wenn ich zurück bin, gebe ich einen aus.
Greetings, Kay
P.S.: Hätte nie gedacht, dass man mit Riesendudeln so schön spielen kann!

Halloah, Marthe,
Palmen, weiße Sandstrände und sattgrüne Urwälder im Hinterland – Hawaii sieht tatsächlich so aus, wie in den Reiseführern abgebildet! Und unglaubliches Licht, besonders morgens und abends.
Der Lifestyle ist allerdings wenig ethno, mehr so american like: riesige Shoppingmalls, an jeder Ecke Wendy's-, Kimo-, Jack in the Box- und Burger-Läden, jede Menge fetter, aufgemotzter Pick-ups mit Surfboards auf der Ladefläche und ewig grinsenden Beachboys/-girls hinterm Steuer.
Die Strände werden von den Amis als Fitness-Studio missbraucht: Mit speziellen Wasserhanteln an den Armen wird gekrault, am Strand laufen paarweise durchtrainierte Mädels im superanstrengenden Spezialschritt, will sagen, bei jedem Schritt gehen sie voll in die Knie, was aussieht wie in Monthy Pythons »Ministry of Silly Walk«, und angealterte, völlig verbrannte Männer joggen in der Mittagshitze (!) am Strand entlang und braten sich ihre restlichen zwei Hirnzellen.
Unser Apartment ist klasse, Supersize-Doppelbett (das

brauchen wir auch) und Hightech-Küche. Tropischer Garten mit Außendusche und minimalem Oceanview.
Noch ein Satz zum American Lifestyle: Auf Bohnendosen steht eine genaue Anleitung, wie man sie erwärmen soll, als handele es sich um ein kulinarisches Highlight, außerdem stehen überall Frischgewischt-Schilder herum, und wenn du einen lassen willst, musst du vorher ein Formular ausfüllen, dass es auf eigene Gefahr geschieht ... Sonst ist es aber wirklich wunderbar hier im Aloha-Paradies!
Fazit also:
nicht ganz so exotisch wie Japan – aber fast!!!
Vorgestern haben wir die rechte Hälfte von zwei aneinander gekoppelten Vulkanen umrundet. Von oben sieht Maui aus wie ein BH für zwei unterschiedlich große Brüste. Das hat Kay gleich auf ein paar Ideen gebracht. Dem muss ich mich jetzt stellen! Oder legen ...
Kuss, Lisa

Hier alles beim Alten. Ich auch. Marthe

Meine Alte,
Neues aus dem Land der unbegrenzten Schadensersatzklagen:
Wir sind heute im »Kahala Mandarin Oriental« eingecheckt, und es ist genauso super, wie es klingt! Unser Hotel wird vorzugsweise von Japanern be-

sucht. Wir sind erst vierundzwanzig Stunden hier und haben bestimmt schon acht bis zwölf japanische Hochzeitspaare gesehen. Super-Stretch-Limousinen halten reihenweise vor dem Hotel, aus denen das perfekt gestylte Paar nebst Hochzeitsgesellschaft schwebt – alle aus dem Land des Lächelns. Absolutes Muss: das Kamerateam, bestehend aus zwei bis dreizehn Leuten, die jeden Trippelschritt festhalten. Das Ganze folgt einem akribisch festgelegten Plan. Das Paar wird bei gnadenloser Hitze am Pool, am Strand, auf dem Balkon, in der Lobby usw. gefilmt und fotografiert. Das Geschäft mit den Wedding-Specials scheint in Japan zu boomen. Und Kohle scheinen die auch jede Menge zu haben. Die spinnen, die Japaner ...

Aber ohne den oben beschriebenen Umstand hätte das Hotel sicher nicht ein so hervorragendes japanisches Restaurant, in dem wir gestern Abend köstlich diniert haben. Und dann haben wir »Im Reich der Sinne« nachgespielt, ohne den Schluss natürlich!

Damit ihr aber nicht wieder denkt, dass es uns unangemessen gut geht, hier ein paar Zeilen aus der Meckerecke: Seit ein paar Tagen werden wir von Cockroaches tyrannisiert. Es begann mit dem Mietwagen auf Kauai. Wir hatten uns nach der Übernahme schon etwas gewundert, dass der Wagen keinen besonders sauberen Eindruck machte. Na ja, als wir dann abends nach dem Shoppen das Auto aufschlossen, sahen wir sie weghuschen: jede Menge Kakerla-

ken, eher die kleine Sorte, aber dafür umso mehr davon. Jetzt stand unser Entschluss fest: Das Auto wird wieder zurückgebracht. Die Dame, der wir die Reklamation erklärten, meinte allerdings nur lakonisch, ja, sie hätten ein kleines Problem mit den Viechern. Die seien auch in ganz neuen Fahrzeugen, aber wegen der defekten Bremsen (!) würden wir selbstverständlich ein Ersatzfahrzeug bekommen ... Aha!?
Am Abend waren wir in dem im Reiseführer als bestes Lokal von Kauai aufgeführten »Green Garden« essen. Was dort unter dem Tisch lang huschte, hatte eine Dimension, die mir ein spitzes Kreischen entlockte, eher mausgroß.
Aber Kay hat mich später davon abgelenkt.
In diesem Sinne auch dir schöne Tage und Nächte,
Lisa
P.S.: Heizt du meine Bude ein bisschen ein? Ich schätze, in Hamburg herrschen bei meiner Rückkehr sibirische Temperaturen.

Liebe Lisa,
deine Bude ist geheizt. Unsere Mütter haben deine Wohnung für eine Woche belagert, um sich eine wilde Nostalgiezeit zwischen Jungfernstieg und Kiez zu gönnen. Die shoppen den halben Tag, dann hängen sie im »Meridian« in der Sauna rum, lassen sich von der Kosmetikerin dort die Falten wegbügeln, und nachts gehen sie auf die Piste. Schätze, dass sie außerdem deine Weinvorräte vernichten

und die Wohnung mit ihren Joints voll qualmen. Aber keine Panik, ich werde noch zwei Tage lüften. Die beiden dampfen ab, bevor du wiederkommst. Sie haben jedoch versprochen, dich bald zu besuchen. Na, freust du dich?
Grüße, Marthe

Liebe Marthe,
Gott sei mir gnädig! Lisa

Lieber Peter,
ich schätze, Marthe hat dich einigermaßen über unsere Reise auf dem Laufenden gehalten, ich will dich jetzt nicht auch noch voll blubbern. Wollte dir nur schnell sagen, dass ich mich schon auf unsere Joggingrunden freue, wenn ich zurück bin. Ich habe leider wieder ein paar Kilo zugenommen. Und die müssen weg, sonst falle ich bei meinem Lover in Ungnade.
Schmatz, Lisa

Als Lisa und Kay aus der großen, weiten Welt zurück nach Hamburg kamen, hatte der Winter ganz Deutschland fest im Griff. Es war bitterkalt, der Himmel stets bleiverhangen, der Straßenverkehr durch unaufhörliche Schneefälle ins Chaos gestürzt. Doch so unwirtlich die äußeren Umstände auch sein mochten – kein Unbill konnte Lisa etwas anhaben. Sie stieg aus dem Flugzeug und betrat den tiefgefrorenen Hamburger

Boden wohlig und strahlend, als käme sie von einem anderen Stern – braun gebrannt und nach Sonne und Glück duftend. Nachdem Kay ihrer beider Koffer auf zwei Taxen verteilt hatte, verabschiedeten sie sich mit einem langen Kuss bis zum übernächsten Tag in der Redaktion. Sie hatten beschlossen, nach dem dreiwöchigen Urlaub das Wochenende getrennt zu verbringen: mal wieder allein im eigenen Bett zu schlafen, Wäsche zu waschen, Freunde zu treffen. Ab Montag ging der Alltag wieder los, und Lisa war gespannt, wie sich ihre neue Beziehung auf den Arbeitsplatz auswirken würde. Kay und sie waren übereingekommen, in der Redaktion so wenig wie möglich das Pärchen zu geben, es könnte den reibungslosen Ablauf stören. Dennoch war Lisa insgeheim sehr gespannt auf die sicher neidischen Blicke vieler Kolleginnen. *Sie* hatte Kay abgegriffen, und das nicht nur für eine Nacht! Lisa war im Grunde über den durchschlagenden Erfolg ihrer »Werbungsmaßnahmen« selbst überrascht. Auch wenn sie nach außen hin immer recht selbstsicher getan hatte, war sie keineswegs sicher gewesen, das Ziel auch zu erreichen. Sie hatte zwar durchaus vermutet, Kay ins Bett locken zu können, aber dass er sich in sie verlieben würde – davon hatte sie höchstens zu träumen gewagt.

Und im Nachhinein konnte sie vor sich selbst auch zugeben, ein wenig von Peters Miesmacherei beeinflusst gewesen zu sein. Sie hatte tatsächlich im stillen Kämmerlein an dem einen oder anderen Tag gezweifelt, ob Kay wirklich der Richtige sei. Ob er nicht vielleicht doch zu wenig Wärme ausstrahlte, zu sehr auf sich selbst fixiert war, einem anderen nicht zuhören konnte und all diesen Schwachsinn, den Peter ihr gepredigt hatte. Aber der gemeinsame Urlaub, zu dem sie sich völlig spontan schon in der ersten Nacht entschlossen hatten, hatte sie eines Besseren belehrt. Kay war nicht so oberflächlich, wie er auf den ersten Blick wirken mochte. Okay, er hatte sich jahrelang erfolgreich bemüht, genau diese Außenwirkung zu verfestigen, hatte sich rumgetrieben, angebaggert, abserviert, den gnadenlos arroganten Macker markiert, der sich nur von seinen Gonaden steuern ließ. Aber das wusste er alles. Und es war vorbei. Kay hatte spätestens im Urlaub mit Lisa neue Seiten an sich entdeckt. Er genoss die Nähe und wachsende Vertrautheit, die ihm auch einen ganz anderen Zugang zum Sex ermöglichte. Jedenfalls sagte er das, und Lisa glaubte ihm.

Er war aber auch zu überzeugend! Vor allem im Bett. Sie spürte an jeder seiner kleinsten Bewegungen und Berührungen, an jedem seiner Blicke, dass Kay ein Mann war, der die Frauen liebte, die Frau an sich liebte, und dass es ihn wirklich erregte, einen Frauenkörper durch seine Hände oder sonstige Körperteile erbeben zu sehen.

Als Marthe am Abend mit Lisa im »Luxor« saß, hörte sie sich nachdenklich die enthusiastischen Berichte über Kays Wandlung vom Saulus zum Paulus an.

Irgendwann schlug Lisa sich gegen die Stirn. »Weißt du überhaupt schon, dass ich in der Sparte Publikumszeitschriften den ersten Preis mit dem Artikel ›Das I-Ging der Erotik‹ gewonnen habe? Im März findet im Medienhaus die Preisverleihung mit Laudatio und allem Pipapo statt. Ich muss eine Rede halten!«

Marthe lächelte. »Klar weiß ich das. Von Peter. Wir sind auch alle mächtig stolz auf dich.«

Lisa gab Marthe einen Kuss. »Kay auch. Ich könnte vor Glück einfach platzen. Aber zurück zu den wichtigen Themen: Was denkst *du* denn, was einen guten Liebhaber auszeichnet?«

Marthe schob ihren Teller mit einem kleinen Rest Spaghetti al pesto beiseite und überlegte. »Es hat schon viel mit dieser Vertrautheit zu tun, von der Kay offensichtlich auch gesprochen hat. Nur, dass er sie anscheinend als etwas Neues entdeckt hat und nun genießt, während sie für mich eine Voraussetzung für guten Sex ist. Deswegen hatte ich auch nie viel Spaß an One-Night-Stands.«

Lisa gab zu, dass eine unverbindliche Nacht mit einem Fremden etwas ganz anderes war als die Erotik zwischen Verliebten. »Aber die unverhoffte Begegnung mit einem völlig Unbekannten hat auch ihren Reiz, und der liegt doch gerade im Erforschen der Fremdheit.«

Marthe lachte. »Vermutlich habe ich auf sexuellem Gebiet weniger Forschergeist. Das heißt nicht, dass ich nicht experimentierfreudig bin. Ich halte mich eher an die Maxime kluger Entdecker: Wenn ich mich auf unbekanntes Terrain begebe, dann will ich mich auf mein Team verlassen können.«

Lisa grinste, wurde aber schnell wieder ernst. »Ich habe mich doch nur jahrelang für den Reiz des Fremden begeistert, weil mir nicht viel anderes übrig blieb.«

»Und jetzt bist du glücklich?«, fragte Marthe. Lisa nickte lächelnd. Mit liebevoller Geste drückte Marthe die Hand ihrer Freundin. »Dann nehmen wir zur Feier des Tages doch noch eine richtig fette Nachspeise!« Sie reichte die Karte über den Tisch, aber Lisa lehnte schweren Herzens ab:

»Lieber nicht. Ich habe schon wieder zugenommen, und das sieht Kay gar nicht gern.«

Marthe runzelte missbilligend die Stirn. »Macht eure neue, innige, liebevolle und zärtliche Vertrautheit nicht ein paar Pfund wett? Ich bitte dich!«

Lisa griff entschlossen nach der Karte. »Du hast Recht.«

Lisa lief. Sie lief allein. Seit einigen Wochen schon lief sie ohne Peter. Nachdem sie aus dem Urlaub mit Kay zurückgekommen war, hatte er sie noch ein einziges Mal auf der gewohnten Runde durch den Stadtpark begleitet. Doch am nächsten Tag hatte er ihr eröffnet, in Zukunft so früh morgens keine Zeit mehr erübrigen zu wollen. Außerdem sei sie inzwischen ja selbst ein Jogging-Profi und brauche keinen »personal trainer«

mehr. Lisa war völlig perplex gewesen und hatte ihn nach den Gründen befragt. Doch er gab lediglich Faulheit an. »Du weißt doch, dass ich wahrlich kein Frühaufsteher bin, und außerdem habe ich nun lange genug den Frondienst an der Freundschaft abgeleistet«, meinte er nur. Auch als Lisa anbot, das Laufen wieder auf abends zu verlegen, inzwischen blieb es ja schon wieder länger hell, ließ er sich nicht erweichen: Bundesliga, Champions League, Kumpels, Kneipen ... Er zählte alles Mögliche und Unmögliche auf, was ihn vom Sport abhalten konnte. Schließlich drang Lisa nicht länger in ihn. Er wollte nicht, und wenn Peter sich stur stellte, half alles nichts. Seitdem lief sie allein.

Die Einsamkeit der Langstreckenläuferin an den frühen, meist dunstigen Februarmorgen stellte eine ganz neue Qualität dar. Lisa konnte Peter nicht mehr voll plappern, es gab herzlich wenig zu lachen, die Disziplin war allein viel schwieriger zu halten. Aber für Lisa vollkommen ungewohnt und überraschend angenehm war die Ruhe. Nicht nur die Ruhe in der Natur, die vom vereinzelten frühen Vogelgezwitscher fast noch betont wurde. Es war die Stille, die sie selbst überkam, wenn sie die ersten zwanzig Minuten gelaufen war. Über eine Woche hatte es gedauert, bis ihr diese Marke aufgefallen war. Wenn sie ihre Runde startete, schäumten die Gedanken in ihrem Kopf, so wie sie es gewohnt war. Lisa gehörte zu der Sorte Mensch, der morgens die Augen aufschlägt und sofort hellwach ist. Schon während sie sich wusch und die

Zähne putzte, ordnete sie gedanklich den Tag und dessen Anforderungen in eine praktische und sinnvolle Reihenfolge. Dieser Gedankenfluss setzte sich beim Laufen fort. Doch nach etwa zwanzig Minuten, wie sie inzwischen festgestellt hatte, wurde ihr langsam warm, dann war sie auf ihren eigenen körperlichen Rhythmus eingestellt, und die Monotonie ihrer Schrittabfolge bewirkte eine geistige Ruhe von fast meditativem Charakter. Sie versuchte nicht mehr, sich auf den vor ihr liegenden Tag zu konzentrieren, sondern ließ Pläne und Strukturen los, um frei assoziierte Gedanken unwillkürlich aufkommen zu lassen, sie zu betrachten wie Seifenblasen, um sie dann ohne Bedauern wieder entschwinden zu sehen. Es war fast ein bisschen so, als liefe sie entspannt und ohne Eile an einer Bildergalerie in ihrem Kopf vorbei.

Als Lisa im Stadtpark die Abkürzung über die inzwischen vom Schnee befreite Wiese nahm, erinnerte sie sich an die sattgrünen Sommertage bei ihrer Großmutter, an denen sie mit Marthe und Peter in den Obstbäumen herumgeklettert war. Ihre Oma hatte damals ein sehr großes Grundstück in der holsteinischen Schweiz besessen, mit Apfel-, Kirsch- und Birnbäumen. Jedes Jahr zu den verschiedenen Zeiten hatte die Familie, also ihre Mutter Heike und sie, zur Obsternte antreten müssen. Als Kind fand Lisa diese Zusammenkünfte sehr schön, zumal sie in jungen Jahren auch die Ernte eher als Spiel begriff denn als Arbeit. Doch noch schöner waren die Zeiten, nachdem ihre

Mutter sich mit Marlene, Marthes und Peters Mutter, angefreundet hatte, und die drei bei der Ernte halfen. Etwa eine Woche danach gab es für all die helfenden Hände Gläser mit eingekochter Marmelade, wobei die Großmutter eigenhändig gemalte Schildchen aufklebte, auf denen jeweils ein Name stand – eine nette pädagogische Maßnahme zur Förderung der künftigen Arbeitsmoral. So waren die Kinder mächtig stolz, ihre eigene Marmelade zu besitzen.

Doch die von der geliebten Oma liebevoll gemeinte Belohnung hielt weder dem praktischen noch dem sozialistischen Überbau der Mütter stand: »Erst wird das eine Glas Marmelade aufgegessen, dann das andere, egal, wessen Name darauf steht. Wir gehören alle zusammen, und uns gehört alles zusammen. Besitz ist bourgeois!«

Lisa grinste, als sie den Weg zum See einschlug. Da hatte sich Heike mit der Erziehung ihrer Tochter solche Mühe gegeben, und nun war diese doch in der etablierten Ecke gelandet. Lisa erinnerte sich noch mit Schaudern an die Verachtung, die ihr von ihrer Mutter entgegengebracht worden war, als sie sich die kleine, aber luxuriöse Eigentumswohnung von ihrem Vater hatte schenken lassen. Heike war fest davon überzeugt gewesen, dass Lisas Vater sich mit der Wohnung von seinem schlechten Gewissen freikaufen wollte, denn er hatte sich nie auch nur einen Deut um seine Tochter geschert. Lisa hingegen dachte: besser spät als nie. Sie fand, dass er nun ruhig ein wenig bluten konnte. Und sie war der unverbrüchlichen Meinung, dass die ganze Angelegenheit ihre Sache war. Zwei Wochen lang wechselten Heike und Lisa kein Wort miteinander. Bis Marlene vermittelte und Heike dann umschwenkte, sich plötzlich als Kämpferin für ihre Tochter aufspielte und bei Lisas Vater noch den Kauf eines Tiefgaragenplatzes herausschlug. Lisa war's recht.

Als sie nun an dem See im Stadtpark ankam, legte sie eine kleine Pause ein. Das hatte sie sich mit Peter so angewöhnt, und auch wenn er nun nicht mehr mit ihr die Runden drehte, so behielt sie doch diese lieb gewonnene Angewohnheit bei. Sie lehnte sich gegen das Geländer, das den Weg vom See trennte, und machte ein paar Dehnungsübungen. Dann richtete sie sich auf und ließ den Blick über die Seeoberfläche schweifen. Frühnebel hing noch schwer über dem Wasser, aber in einer halben Stunde würde er sich in der Wärme der Sonne verflüchtigen. Der Februar war dank Hoch Helga bislang ungewöhnlich sonnig gewesen und entschädigte mit permanent strahlend blauem Himmel für die düsteren Wintermonate. Man konnte den Frühling schon schmecken.

Lisa vermisste Peter, das wurde ihr in diesem Moment deutlich bewusst. Die Pausen am See waren jedes Mal ein ganz besonderer Moment gewesen, ein Moment des gemeinsamen Schweigens, das sie mehr verbunden hatte als all die mehr oder weniger belanglosen Gespräche, die sie unterwegs geführt hatten.

Unwillkürlich tauchte Kays Gesicht vor Lisas geistigem Auge auf. Nachdem Peter ihr die Absage ans gemeinsame Joggen erteilt hatte, hatte sie Kay spontan und wohl auch aus Ärger über Peter gefragt, ob er nicht mitkommen wollte. Kay hatte gelacht. So früh aufstehen? Wozu? Wenn er Sport treiben wollte – und er betätigte sich ja auch sportlich –, dann abends. In der Squash-Halle. Oder an den Geräten, die seinen perfekten Body in »Shape« hielten. Und zur Entspannung vielleicht mal ein Billardspiel, auch wenn das nicht direkt der Körperertüchtigung diente. Kay war definitiv ein Ausstattungssportler. Je wichtiger und je edler die Accessoires für eine bestimmte Sportart waren, desto interessanter fand er die Betätigung.

Lisa war in schallendes Gelächter ausgebrochen, als Kay sich mit Konrad zum Billard verabredet hatte. Er hatte nämlich zu diesem Zweck nicht nur seinen eigenen Queue aus naturgeschütztem Tropenholz eingepackt, sondern auch ein Paar weiße Baumwollhandschuhe, die, wie er meinte, ein besseres Gleiten des Queues über die Führungshand ermöglichten. Und kürzlich erst hatte er sich im Verlag zu einem Golfkurs angemeldet, dem sicher himmlischsten Vergnügen für einen Ausstattungssportler: Man konnte endlos Geld ausgeben und über die verschiedenen Schläger fachsimpeln. Außerdem machte so eine riesige Golftasche über der Schulter in jedem Fall ganz schön was her.

Lisa war froh, dass Konrad ihn zumindest annäherungsweise als eine Art Kumpel akzeptiert hatte und ab und zu mal was mit Kay unternahm.

Peter ging Kay inzwischen total aus dem Weg. Er war in letzter Zeit sowieso ziemlich seltsam geworden, kam auch kaum noch auf ein Schwätzchen in Lisas Büro vorbei, obwohl er sie früher mit einem Kaffee in der Hand mindestens ein Mal pro Tag besucht hatte. Lisa und Marthe mutmaßten, dass Peter mit seinen unverbindlichen Frauengeschichten unzufrieden war, es sich selbst aber nicht eingestehen konnte. Doch jedes Mal, wenn sie ihn darauf ansprachen, dass er nun keine siebzehn mehr, sondern durchaus in dem Alter sei, einem Menschen des anderen Geschlechts auch mal mit etwas Ernsthaftigkeit entgegenzutreten, blockte er ab oder verhöhnte ihre »öden Vorstellungen von Zweisamkeit«. Marthe war inzwischen der festen Überzeugung, dass Peter aufgrund des Mangels an männlichen Vorbildern in der Familie beziehungsgestört war und dringend einer Therapie bedurfte. Aber sie selbst kam dafür natürlich nicht infrage. Lisa sah Peters »Probleme« als nicht ganz so dringlich an und beruhigte die besorgte Freundin immer wieder: Wenn Peter die Richtige traf, dann würde sich der Rest von allein ergeben – eine Theorie, die Marthe allerdings als reichlich naiv empfand.

Lisa beendete ihre Pause und nahm ihren leichten Trab wieder auf. Ob sie auch Golf spielen sollte? Es war zwar grundsätzlich nicht ihr Ding, kleine weiße Bälle in die Pampa zu dreschen, um sie dann hinterher stundenlang zu suchen, und auch die immer noch vorhandenen Standesdünkel bei diesem Schicki-Sport gingen ihr auf den Wecker. Ihre Mutter würde sie hassen! Andererseits würde sie etwas mehr Freizeit mit Kay verbringen können. Sie sahen sich zwar fast jeden zweiten Tag auch außerhalb des Büros, aber dann gingen sie ins Kino oder in ein Konzert oder einfach etwas essen und hinterher dann und wann ins Bett. Der Sex war zwar immer noch spannend, doch die Frequenz hatte seit ihrer gemeinsamen Reise erheblich abgenommen. Kein Grund zur Sorge, fand Lisa, schließlich waren sie in der Ausnahmesituation »Urlaub«, frisch verliebt wie sie gewesen waren, extrem euphorisiert und aphrodisiert gewesen. Der Alltag jedoch hatte einiges entzaubert.

Wenn sie jetzt bei Kay übernachtete, hieß es morgens: »Wer geht zuerst ins Bad?« Sie fanden direkt nach dem Aufstehen einfach nicht den gleichen Rhythmus. Lisa legte großen Wert auf ein gemeinsames Frühstück und wollte deswegen lieber ein wenig früher aufstehen. Kommt gar nicht infrage, fand wiederum Kay. Er sprang aus dem Bett, duschte und rasierte sich, zog sich an und fuhr ins Büro. Seinen ersten Kaffee nahm er dort. Und auch wenn sie jetzt ein »richtiges« Paar waren – davon ging Lisa zumindest aus –, so vermisste sie dennoch die intime Nähe, die sie gesucht und die sie sich von einer »richtigen« Beziehung versprochen hatte.

Im Grunde, gab Lisa nach einem weiteren Kilometer Schwitzen vor sich selbst zu, überlegte sie doch nur, ob sie auch mit dem Golfen anfangen sollte, um Kay unter Beobachtung zu halten. Denn Sonya hatte sich auch angemeldet, und das ging Lisa gehörig gegen den Strich. Andererseits nervte es sie auch, sich sofort in diesen ekelhaft widerwärtigen Mustern zu finden – Alleinanspruch, Eifersucht, Misstrauen –, kaum dass sie eine Beziehung hatte. Allein schon aus der theoretischen Überlegung heraus wusste sie, dass dieser Teufelskreis, in dem man dann gefangen war, unweigerlich jede Beziehung zerfressen würde wie Salzsäure ein altes Stück Eisen. Sie hatte mit Kay darüber reden wollen, doch beim ersten Mal hatte er nur gelacht und kaum zugehört. Als sie das Thema zum zweiten Mal anschnitt, gab er ihr einfach Recht. Für Frauen, die zetern und klammern, sei er nicht geschaffen. Wenn er sich schon auf was Festes einließ, dann nur bei absolutem Vertrauen. Als er den Ausdruck »was Festes« benutzte, hatte Lisa plötzlich den Eindruck, er spucke einen Bissen faules Eis aus. Doch dann nahm er sie in die Arme, blickte sie mit seinen blauen Augen an und küsste sie auf die Stirn. Und sie war froh, mit ihm darüber gesprochen zu haben.

Oder sollte sie sich doch zum Golf anmelden?

Langsam kam Lisa außer Atem. Sie schaute auf die Uhr und stellte fest, inzwischen sogar noch zehn Minuten länger als gewöhnlich gelaufen zu sein. Wollte sie nicht zu spät ins Büro kommen, musste sie jetzt den Rückweg antreten. Tief und ruhig atmend, machte sie noch ein paar Dehnungsübungen und schaute zum Abschluss ihres heutigen Parklaufs direkt in die Sonne, die inzwischen schon etwas an Kraft gewonnen hatte. Es würde ein wundervoller Tag werden.

Als Kay am Abend zu ihr ins Auto stieg – sie holte ihn für ein Essen bei Marthe und Konrad ab –, warf er einen misstrauischen Blick auf die kleine Reisetasche, die auf dem Rücksitz lag. »Willst du verreisen?«

Lisa konzentrierte sich auf den langsam abebbenden Feierabendverkehr. »Nö, wieso? Da sind nur ein paar Sachen drin, die ich in deiner Wohnung deponieren möchte. Ich schlafe doch heute Nacht bei dir, oder?«

»Das schon, klar«, gab er distanziert zur Antwort.

Lisa warf Kay kurz einen prüfenden Blick zu. »Ist das ein Problem? Wir haben doch darüber gesprochen! Für mich ist es einfach nervig, bei dir zu übernachten und immer mit Zahnbürste und Feuchtigkeitscreme in der Aktentasche ...«

»Ja, ich weiß«, unterbrach Kay ungeduldig, »ich dachte nur ... der Koffer sieht halt schon ein bisschen nach mehr aus ...«

»Das ist kein Koffer, sondern ein Köfferchen. Mit etwas Kosmetik, einem Schlaf-Shirt und einer bequemen Hose, etwas Wäsche und ein paar Socken zum Wechseln. Ist das zu viel?«

Kay wurde einer komplexen Antwort enthoben, denn sie parkten vor Marthes Haus. Als sie die Treppe hochstiegen, sahen sie gerade noch eine der jungen und sehr attraktiven Bedienungen aus Peters Stammkneipe in dessen Wohnung verschwinden. Peter hatte ihnen nur kurz zugewinkt und dann die Tür geschlossen.

»Na, der hat ja ein schönes Leben«, kommentierte Kay die flüchtige Frauen-Erscheinung.

»Du nicht?«, gab Lisa leicht zickig zurück. Sie wusste nicht genau, wieso, aber ihre gute Stimmung, die sie den ganzen Tag über begleitet hatte, war verflogen. Vermutlich lag es an Kays blöder Reaktion auf ihren Koffer. Oder an dem Neid, der in seiner Stimme mitgeschwungen hatte, als er die junge Elfe bei Peter hatte verschwinden sehen. Jedenfalls ging er ihr plötzlich auf den Wecker.

Beim Essen versuchte sie nach Kräften, ihre überraschend miese Laune zu unterdrücken, was ihr schließlich auch gelang.

Marthe erzählte amüsante Geschichten von einem Psychologenkongress. Sie hatte dort einen Kollegen getroffen, der eine sehr witzige Seite ins Internet gestellt hatte. Aus lauter Begeisterung erhob sich Marthe vom Tisch und kramte aus ihren Unterlagen im Wohnzimmer den Text hervor. Lachend kam sie zurück und gab einen Auszug zum Besten:

»Viele Mitarbeiter des Gesundheitswesens langweilen die immer gleichen Wahnvorstellungen, die ihre Patienten ihnen präsentieren. Deshalb haben wir die fol-

gende Liste interessanter Alternativen entwickelt. Sie sollte neu aufgenommenen Patienten nach einem Rotationsplan ausgehändigt werden. Wir hoffen, dass die Verwendung dieser Liste dem »Ausgebrannt-Sein« vorbeugt, das so vielen Psychologen zu schaffen macht.

Neue verbesserte Wahnvorstellungen:

1. *Eine geheimnisvolle Macht entfernt nachts, während ich schlafe, den Dreck aus meinem Bauchnabel und ersetzt ihn durch Vanillepudding.*
2. *Ein kleiner dicker Buchhalter zwingt mich, alle zwanzig Minuten meine Zähne zu putzen. Wenn ich ihm nicht gehorche, lässt er meine Konten überprüfen.*
3. *Meine Vorgesetzten haben veranlasst, dass auf meiner Gänseleberpastete Schimmelpilze in obszönen Mustern wachsen.*
4. *Mein Jugendstil-Stuhl hat sich in den Barocksessel im Nebenzimmer verliebt.*
5. *Maria und Margot Hellwig singen jeden Morgen in meinem Badezimmer.*
6. *Jede Nacht bestrahlt meine Exfrau mich mit dem elektrischen Garagentor-Öffner, und dann muss ich mein Kopfkissen voll sabbern.*

Lisa, Kay und Konrad bogen sich vor Lachen, während Marthe die Liste bis auf vierzig »verbesserte Wahnvorstellungen« ergänzte.

Zwei Stockwerke tiefer war Peter mit seinem attraktiven Besuch inzwischen auf dem Bett gelandet. Zwar noch in voller Montur, aber immerhin schon in den Laken. Peter und sein Hormonhaushalt konnten sich glücklich schätzen, denn Monika war die begehrteste Bedienung im »R&B«. Alle Männer waren hinter ihr her und verfolgten sie mit gierigen Blicken, vor allem, wenn sie sich zum Geldwechseln an einen der Tische bückte. Sie bückte sich hervorragend, mit einem Rücken so gerade wie der Tafelberg. Man könnte sein Bier und eine große Pizza darauf abstellen. Sicher, da gab es noch einige andere leckere Mädels in Peters Stammkneipe, die dem Auge wohlgefällig waren. Aber keine bückte sich wie Monika: grazil, biegsam, wie eine zufällige, halb unbewusste Aufforderung.

Und die lag jetzt auf seinem Bett und hörte seine alten »The Alarm«-Scheiben aus den frühen Achtzigern, radikaler, politisch links überzeugter Brit-Rock, der mit harten, schmutzigen Akkorden gegen die Schließung der Gruben wetterte. Als Monika wenig emotionalen Bezug, weder inhaltlich noch musikalisch, zu diesem Thema zeigte, versuchte Peter, die Stimmung mit Santana zu seinen Gunsten zu beeinflussen. Diese weich gespülte Lala war zwar bei weitem nicht sein Ding, doch bei den Frauen funktionierte sie immer noch.

Monika schmiegte sich prompt an ihn. »Ich finde es toll, wenn Männer zugeben können, dass sie auch sensible Musik hören. Was für ein Sternzeichen bist du denn?«

»Trinker«, knurrte Peter eingedenk Humphrey Bogarts Antwort auf die Frage nach seiner Nationalität in »Casablanca«.

Monika kicherte: »Du bist ja witzig!«, und drängte sich noch enger an ihn.

Zu seiner eigenen Überraschung bewirkte diese körperliche Nähe wenig bei ihm. Weniger als wenig. Nichts. Er befreite sich irritiert aus Monikas Armen und erhob sich. »Ich hole uns noch drei Bier vom Balkon. Eins für dich und zwei für mich.« Während er durch den Flur zum Balkon schritt, hörte er Monika glucksend rufen:

»Du bist ja soooo witzig!«

»Wenn du das noch ein Mal sagst, werfe ich dich aus dem Fenster«, brummelte Peter leise. Er öffnete die Balkontür und trat in die Kälte hinaus. Als er nach dem Bier griff, hörte er von oben Lisas und Kays Lachen. Anscheinend saßen die vier noch in der Küche und hatten die Balkontür zum Lüften gekippt. Peter atmete tief durch, als Lisa noch einmal laut lachte. Ihr Lachen konnte er aus Tausenden von Lachen heraushören. Es war perlend, kehlig, fröhlich. Peter wusste plötzlich, dass er Monika nach Hause schicken würde. Jetzt gleich.

Als Lisa nach dem unterhaltsamen Abend bei Marthe Kays Wohnung betrat, war sie bester Laune. Sie zog

Jacke und Schuhe aus, und während Kay den Kamin anzündete, nahm sie ihr Köfferchen und ging ins Badezimmer. Ein klein wenig enttäuscht war sie schon, als sie sah, dass Kay noch keinerlei Anstalten gemacht hatte, ihr auf dem Waschtisch zwischen seinem Rasierzeug und den Gesichts- und Körperpflegemitteln ein wenig Platz einzuräumen. Doch sie ließ sich die Stimmung davon nicht verderben, packte frohgemut ihre Zahnbürste aus, räumte neben Kays Sachen eine kleine Ecke frei und deponierte dort ein paar der Töpfchen, Tuben und Tiegelchen, die für die weibliche Haut ab dreißig laut Werbung unentbehrlich sind. Dann schminkte sie sich ab und schlüpfte aus ihrem engen Rock und dem knappen Oberteil in eine alte Jogginghose und ein bequemes langes, weites Shirt.

Im Kamin loderten die Flammen, als sie das Wohnzimmer betrat. Kay saß auf dem Boden und wählte eine CD aus. Sie setzte sich zu ihm und schmiegte sich von hinten an seinen Rücken. Kay legte soulige Musik auf und drehte sich zu ihr, um sie in die Arme und auf den Teppich zu ziehen. Als er sie jedoch in dem für ihn ungewohnten Schlabberlook sah, hielt er inne.

»Das ist also die aufregende Abendgarderobe, die sich in deinem Koffer befand«, spöttelte er.

»Stört es dich, wenn ich es mir bei dir ab und zu etwas bequem mache?«, wollte Lisa irritiert wissen.

Kay erhob sich und schenkte zwei Cognac ein. »Das gehört wohl dazu.« Lisa nahm den Cognac an, die beiden prosteten sich zu und tranken.

»War ein netter Abend, oder?« Lisa ließ sich im Schneidersitz nieder und stellte ihr Glas ab. Sie fand es bedauerlich, dass Kay von ihr abgerückt war und sich in den Sessel gesetzt hatte. Vielleicht hätte sie mit der Jogginghose noch warten sollen. Aber worauf? Bis zur Silberhochzeit?

»Auf jeden Fall«, fand auch Kay, »nur schade, dass wir uns nach diesem gepflegten Essen bei Freunden nun anscheinend in die Niederungen mittelständischer Spießbürgerlichkeit begeben.«

»Wie bitte?« Lisa war von Kays feindseligem Tonfall nun doch überrascht.

Kay lächelte ein kühles Lächeln. »Möchtest du vielleicht vorm Schlafengehen noch ein wenig fernsehen? Und dabei eine Schachtel Pralinen verdrücken?«

Lisa war alarmiert. »Es ist die Jogginghose, nicht wahr?«

Kay nippte stilvoll an seinem Cognac. »Zieh den Müllsack einfach aus. Wenn du Spitzenunterwäsche darunter trägst, würde ich auf dieses modisch sehr mäßige Produkt deutscher Sportbekleidungsindustrie gern verzichten.«

Lisa schnaubte wütend auf, erhob sich und ging zum Kühlschrank. Provokativ nahm sie sich eine Tafel Schokolade heraus, setzte sich wieder vor Kay und begann zu essen. »Ich darf doch, oder?«, fragte sie spitz.

»Dann musst du morgen halt ein paar Kilometer mehr laufen, ist ja nicht mein Problem.« Kay erhob sich und ging zur Toilette, während Lisa mit aufkeimendem Zorn die Schokolade in sich reinstopfte. Als er zurückkam, wirkte er noch genervter. »Du hättest mich wenigstens fragen können, bevor du meinen Waschtisch komplett mit deiner Batterie an Kosmetik belegst!«

Nun hatte Lisa die Nase voll. Sie erhob sich, warf Kay die restliche Schokolade in den Schoß und blaffte ihn an: »Erstens ist ›komplett‹ was ganz anderes – ich beanspruche höchstens dreißig Quadratzentimeter. Zweitens *habe* ich gefragt, und du hast zugestimmt. Drittens lasse ich mir von dir weder in meine Essgewohnheiten noch in mein Training hineinreden. Und viertens trage ich zu Hause nun mal gern bequeme Kleidung. Wenn's dir nicht passt, brauchst du es nur zu sagen.«

Kay nahm die Schokolade mit spitzen Fingern aus seinem Schoß und legte sie auf die Ablage neben dem Kamin. »Ich habe nichts dagegen, wenn du zu Hause in deiner ganz privaten Altkleidersammlung rumläufst. Aber hier bist du nicht zu Hause. Und ich muss mir das Elend ansehen. Glaubst du, ein Mann bekommt bei dem Anblick einen hoch?«

Lisa würdigte Kay keiner Antwort, sie ging ins Badezimmer, warf ihre Sachen wieder ins Köfferchen, klaubte ihre Klamotten zusammen und zog die Schuhe an. Erst als sie an der Garderobe stand, kam Kay, der die ganze Zeit mit verschlossener Miene in seinem Sessel gehockt hatte, zu ihr.

»Jetzt übertreib mal nicht so. Du musst ja nicht gleich wieder abhauen«, versuchte er lahm, die Wogen zu glätten.

»Ach, ich soll mich wohl lieber in Strapse werfen und mich dekorativ erotisch vor deinem Kamin räkeln, oder was?«, zickte Lisa sauer zurück.

»Hervorragende Idee«, grinste Kay.

»Arschloch!« Lisa nahm die Jacke vom Haken und öffnete die Haustür.

Nun wurde Kay auch richtig sauer. Was fiel Lisa ein, ihn einfach mitten in der Nacht stehen zu lassen? »Das ist typisch für euch hysterische Weiber: Bei einem kontroversen Gespräch Türen knallend die Flucht zu ergreifen. Und warum? Weil ihr keine Argumente habt!« Den letzten Satz musste er ihr lautstark nachrufen, denn Lisa stand schon im Hausflur am Fahrstuhl. Statt einer Antwort bedachte sie ihn mit dem ausgestreckten Mittelfinger, dann stieg sie in den Aufzug.

Eine Stunde später saß sie mit verheulten Augen in ihrer eigenen Wohnung vor dem Telefon. Das war der erste wirklich fiese Streit mit Kay gewesen. Lisa wusste nicht so recht, wie sie damit umgehen sollte. Zwar hielt sie ihre Empörung in der Sache immer noch für mehr als gerechtfertigt, doch nun hinterfragte sie unsicher ihre Verhaltensweise: Hatte sie wirklich feige die Flucht ergriffen, anstatt sich mit Kay auseinander zu setzen? Nein! Kays dumme und demütigende Bemerkungen waren echt aus der untersten Schublade; auf diesem Niveau wollte sie sich gar nicht streiten! Oder war das in Beziehungen einfach so? Dass man für den anderen mitdenken und mitfühlen musste? Lisa war es nicht gewohnt, sie fühlte sich auf diesem Terrain unsicher. War sie durch ihr jahrelanges Single-Dasein beziehungsuntauglich geworden, weil sie weder Übung noch Lust und Geduld hatte, sich zu streiten? Oder war es vielmehr Kay, der ein Problem hatte? Oder war eine Beziehung für sie beide schwierig?

Für Kay bedeutete es gewiss eine große Umstellung, von seinem freien Jägerdasein in die von ihr erhoffte Kuscheligkeit einer festen Beziehung zu driften. Logisch! Ganz sicher hatte er ein Problem damit, dass sie begann, in seiner Wohnung ein Nest zu bauen, wollte es ihr aber nicht direkt sagen, um sie nicht zurückzuweisen. Deswegen war es nun auf diesem schwachsinnigen Weg herausgekommen. So richtig unterdrücken konnte man so etwas eben nicht, Frust, Angst oder was auch immer es sein mochte – es brach sich einfach irgendwann Bahn. Sie hatte Kay überfordert, überrumpelt. Ob sie ihn anrufen sollte?

Am liebsten hätte Lisa Marthe angerufen, aber dafür war es einfach zu spät. Besser war es, mit Kay zu sprechen, schließlich musste und wollte sie lernen, mit derlei Konflikten umzugehen. Der Streit würde sicher nicht der letzte bleiben, also ... Lisa griff zum Telefon.

»Marthe? Sorry, dass ich dich wecke, aber wir haben uns gerade höllisch gestritten ...«

Marthe brauchte zwar ein, zwei Minuten, um aufnahmefähig zu werden, doch da deutlich zu hören war, dass Lisa weinte, gab sie sich Mühe.

Eine halbe Stunde später legte Lisa wieder auf, putzte sich die Nase und fühlte sich ein wenig besser. Marthe hatte Recht! Sie würde Kay nicht anrufen! Was fiel diesem Idioten ein? Er hatte sich wirklich wie der übelste Neandertaler benommen, und es war definitiv an ihm, zu Kreuze zu kriechen. Aber was, wenn er sich uneinsichtig zeigen würde?

Als Lisa am nächsten Morgen in die Redaktion kam, war Kay noch nicht da. Lisa fühlte sich elend, sie hatte sogar zum ersten Mal ihr Training ausfallen lassen. Gerädert setzte sie sich an den Schreibtisch und ging ihre Post durch, doch sie konnte sich nicht konzentrieren. In Gedanken spielte sie alle möglichen und unmöglichen Dialoge durch:

Am besten ihm erst mal die kalte Schulter zeigen. »Na, du Arsch, heute schon das Bein gehoben und an einen Baum gepinkelt?«

Lisa schüttelte den Kopf. Diese Eröffnung glich eher einer Kriegserklärung als einem Abrüstungsangebot. Sie musste mehr zielorientiert denken.

Vielleicht eher leicht kühl. »Hallo, Kay. Wenn du darauf bestehst, dann verzeihe ich dir.« Daraufhin müsste er zerknirscht vor ihr niederknien und antworten: »Gott sei Dank! Ich hätte mich sonst vom Fernsehturm gestürzt und mir dabei die Frisur ruiniert.«

Oder doch ganz weiblich defensiv und einsichtig?

»Ich verstehe deine Ängste und respektiere sie, und ich werde in Zukunft deine Wohnung nur noch wie ein unmerklich zartes Lüftchen durchwehen, wenn du, mein Herr und Gebieter, denn geruhst, mich zu empfangen. Und deinem ästhetisch geschulten Auge will ich nur noch in String-Tangas aus Satin entgegentreten, denn Jogginghosen sind ein gar grausam Machwerk. Verzeih mir, Liebster, ich war so dumm und rücksichtslos!« Dann würde *sie* sich auf die Knie werfen und seine Füße mit ihren reuigen Tränen bedecken.

Okay, das war ein klitzeklein wenig devot, aber sicher die Variante, die den größten Erfolg versprach. Jetzt, da sie endlich einen Mann hatte, um den sie alle anderen Frauen zu Recht beneideten, musste sie eben auch einen Teil ihres Stolzes auf dem Altar der Liebe opfern. Oder?

Nein! Lisas gerade noch von Versöhnungsvisionen aufgeweichte Stimmung schlug schlagartig wieder um. Sie zerriss grimmig ein paar Briefumschläge. Kompromisse konnte sie eingehen, ja! Von dieser Notwendigkeit hörte man allenthalben, das schrieb sie auch immer in ihren ach so klugen Artikeln, und das war auch richtig so. Aber eine Bankrotterklärung würde sie nicht abgeben!

Zum ersten Mal wurde sich Lisa der Absurdität bewusst, dass sie als in Beziehungsfragen komplett unbeleckter Dauer-Single ihren häufig bis zur geistigen Selbstverstümmelung verzweifelten Leserinnen gute Ratschläge gab: Versuchen Sie in Krisensituationen stets, sich in ihr Gegenüber hineinzuversetzen, wechseln Sie die Perspektive. Seien Sie gesprächsbereit. Machen Sie Angebote. Vermeiden Sie Formulierungen, die Schuldhaftigkeit unterstellen. Bla, bla, bla ...

Ein vorsichtiges Klopfen an ihrer Bürotür unterbrach Lisas selbstkritische Gedanken. Die Tür wurde geöffnet, und ein riesengroßer Strauß langstieliger roter Rosen trat ein. Kurz nach dem Blumenstrauß kam Kay herein. Er blickte vorsichtig durch den Flur hinter sich, dann schloss er die Tür.

»Es tut mir Leid, ich war doof«, gab er zerknirscht von sich. Dabei machte er ein so komisches Gesicht, dass Lisa lachen musste. Sie nahm ihm den Blumenstrauß ab und küsste ihn. Nach einer ausgiebigen Umarmung setzte er sich Lisa gegenüber an den Schreibtisch und begann holprig eine kleine, von vielen Pausen durchsetzte Rede:

»Also, Lisa, das fällt mir jetzt nicht ganz leicht«, Kay atmete hörbar ein, »ich habe weder Übung noch irgendeine charakterliche Anlage, die mich zu einer so genannten Aussprache befähigt. Oder zur Ehrlichkeit. Oder überhaupt zu Gefühlsäußerungen.«

Kay legte eine Pause ein, doch Lisa sagte kein Wort. Sie wollte das, was da offensichtlich ganz vorsichtig zu Tage treten sollte, keinesfalls durch ein unbedachtes Wort wieder in den Bau männlicher Sprachlosigkeit zurückdrängen.

Kay fuhr mühsam, aber verlegen lächelnd fort: »Ich habe heute Nacht lange nachgedacht, warum ich so fies zu dir war. Es liegt einfach daran, weißt du, da standen plötzlich deine Sachen rum. Und du in dieser ... na ja, Hose. Dabei hatte ich dich vor dem Kamin noch verführen wollen. Aber dann sah ich auf einmal meine Eltern vor mir: Jeden Abend, Tag für Tag, Jahr für Jahr, vor der Glotze, Mutter in Schürze, Vater im so genannten Trainingsanzug, er war nämlich ewig der Coach der Handballmannschaft in unserem Provinznest gewesen und kam weder aus dem Anzug noch aus der geistigen Nummer wieder raus. Meine Mutter hat er auch immer trainiert, das heißt, er hat sie durch die Küche gescheucht. Na ja, egal. Dieser Anblick jedenfalls war für mich stets das absolute Sinnbild für Zombies.«

Kay hielt erschöpft inne, und Lisa wagte gerade mal verständig zu nicken.

»Dabei bin ich inzwischen wirklich alt genug, mich auch mal von dem Zwang zu lösen, unbedingt alles ganz anders machen zu müssen als meine Alten. Ich bin jahrelang durch mein Leben getingelt und getaumelt, bloß um nicht so wie sie zu werden. Und jetzt ...«, er atmete wieder tief ein, »jetzt würde ich gern mal checken, was ich eigentlich will. Also, so losgelöst von Idealen aus den Hochglanzgazetten, die mir bislang meine Gegenwelten zu Mama und Papa gestylt haben. Und auch losgelöst von dem krankhaft übersteigerten Horror vor jeder Art von ›Gemütlichkeit‹.« Sein Gesicht nahm einen geradezu verzweifelten Ausdruck an. »Es muss doch einen Weg irgendwo dazwischen geben.«

Lisa nickte ernst. »Gibt es. Eine Jogginghose von Armani.«

Kurzfristig irritiert blickte Kay sie an. Dann brachen beide in Lachen aus. Kay ging um den Schreibtisch herum, zog Lisa aus ihrem Stuhl hoch und nahm sie in die Arme. »Du bist richtig«, flüsterte er ihr ins Ohr.

Lisa lächelte glücklich. Sie freute sich schon darauf, die Versöhnung am Abend zu besiegeln.

Der März zog mit grauem Himmel und Regenwolken über Hamburg, Hoch Helga hatte sich verabschiedet. Auch über Lisas Beziehung strahlte die Sonne längst nicht mehr so hell wie am Anfang, doch das nahm sie als normale Entwicklung in Richtung Alltag hin. Dem ersten größeren Streit waren weitere kleinere gefolgt, die Anlässe waren dabei meist nichtige Klassiker gewesen, eine nicht zugedrehte Zahnpastatube und Ähnliches. Entsprechend schaler wurden auch die Versöhnungen, die nicht mehr ausschließlich im Bett stattfanden, sondern sich immer öfter auf ein erschöpftes »Lassen wir das« reduzierten. Lisa versuchte, sich damit abzufinden, dass das verliebte Schweben über rosarote Wattewölkchen nicht der Normalzustand war. Zu vieles stand dagegen, wenn man sich erst einmal richtig kennen lernte – vor allem bei Kay und ihr: Sie lebten nicht im gleichen Rhythmus, wenn ihre Tage äußerlich auch gleich eingeteilt waren. Sie interessierten sich nicht für die gleichen Dinge, auch wenn sie beide mit interesselosem Wohlgefallen auf die

Vorlieben des anderen eingehen konnten. Schwärmte Kay von einem Urlaub in Florida, träumte Lisa von den Geysiren in Island. Fand sie einen Film hervorragend inszeniert und/oder emotional tiefgründig, widersprach Kay und redete herablassend und – je nach Tagesform – von überflüssigem Machwerk, dramaturgischer Frechheit oder komplettem Schwachsinn, auf den nur eine Frau hereinfallen könne. Manchmal gewann Lisa den Eindruck, Kay wolle ihr schon aus Prinzip nicht zustimmen, um sich auf allen verfügbaren Ebenen gegen sie abzugrenzen, hatte er sie doch schon großzügigerweise in sein Leben und seine Wohnung gelassen. Doch trotz dieser kleinen Unebenheiten glaubte Lisa an ihr Glück. Endlich hatte sie einen Mann, der sich zu ihr bekannte, einen Traumtypen, um den sie unverhohlen beneidet wurde. Nach dem Motto ›Reibung erzeugt Hitze‹ schraubte sie ihre Ansprüche an intellektuelle Übereinstimmung und emotionale Innigkeit herunter und erklärte sich mehrmals täglich selbst, wie glücklich sie war.

Genauso hielt es auch Peter. Er hatte inzwischen beschlossen, dass Lisa viel zu oberflächlich und verblendet war, um für ihn auch nur annähernd infrage zu kommen. Sollte sie doch mit diesem arroganten, markenfetischistischen Model-Arsch Kay und seiner aufpolierten Visage glücklich werden! Wenn sie einen solchen Mistbock im Smoking seiner ehrlichen, von Calvin-Klein-Modemüll unverdorbenen Männlichkeit vorzog, konnte er ihr auch nicht helfen! So oder zumindest so ähnlich erklärte Peter seinem Kumpel Konrad bei einem desaströsen Sonntagsspiel von St. Pauli den Stand der Dinge. Ihm ging's wieder prächtig, seit er mit Lisa abgeschlossen hatte, das war sowieso eine total beknackte Idee gewesen. Jetzt konnte er sich endlich wieder befreit all den anderen leckeren jungen Frauen widmen, die nur darauf warteten, von ihm beglückt zu werden.

Konrad zweifelte stark an Peters Theorie »von der totalen Beglückung durch totale Befreiung«, behielt seine Meinung jedoch für sich, da er relativ schnell und deutlich feststellen konnte, dass Peter von seinen Verlautbarungen selbst nicht allzu überzeugt zu sein schien – er äußerte sie einfach mit zu viel Nachdruck, winkte Kerry in der Fankurve zwei Reihen über ihnen viel zu locker zu, betont locker. Außerdem gab es im Moment wirklich andere Dinge, die Konrad mehr beschäftigten als Peters Verwirrungen.

Nach dem Spiel, beim Umtrunk in der Fankneipe »Herzblut«, versuchte Konrad anzuschneiden, was ihn bewegte. Doch da er nicht richtig wusste, wie und ob er überhaupt darüber reden sollte, und dazu noch mit Peter, war ihm kein großer Erfolg beschieden.

Peter hörte nicht zu, sondern stürzte sich so engagiert ins feuchtfröhliche Vergnügen, dass Konrad ihn drei Stunden später mit erheblichem Überredungsaufwand und großer körperlicher Anstrengung nach Hause und ins Bett bringen musste. Kerry hatte sich zwar angeboten, diese Aufgabe zu übernehmen, aber Konrad war sich nicht sicher gewesen, ob Peter das am nächsten Morgen auch noch gut finden würde, also hatte er den Freundschaftsdienst selbst geleistet. Kaum hatte er Peter auf dem Bett liegen und ihm die Schuhe ausgezogen, fing dieser auch schon lautstark zu schnarchen an. Konrad setzte sich auf Peters Sessel und schaute noch ein paar Minuten sinnierend in das Dunkel der Nacht. Dann erhob er sich seufzend und ging mit schleppenden Schritten nach oben zu Marthe, die allerdings auch schon tief und fest schlief.

Am nächsten Tag tauchte Peter mit schwer zu akzeptierender Verspätung und völlig derangiert und verkatert in der Montagskonferenz auf. Lisa schob ihm mitleidig ihren Kaffee zu, den er dankbar annahm. Nach der Konferenz, die wie üblich wenige Highlights bot, ging sie zu ihm ins Büro, um den Grund seines Zustands zu erfragen. Peter blieb, wie in letzter Zeit häufig, merkwürdig muffelig und einsilbig, doch dieses Mal wollte Lisa sich nicht so abspeisen lassen. Sie stellte sich hinter ihn, um ihm ein wenig den Nacken zu massieren, doch auch das wollte er nicht. Also setzte sie sich auf seinen Schreibtisch und ging zum Direktangriff über:

»Was ist eigentlich in letzter Zeit mit dir los? Du bist total anders, immer abweisend und latent mies drauf.«

»Mit mir ist nichts los«, knurrte Peter.

»Jedenfalls nicht viel!« Lisa lachte ihn offen an. »Lass

uns doch heute mal zusammen zu Mittag essen, du hast mich in letzter Zeit sowieso sträflich vernachlässigt.«

Peter blätterte in dem neu erschienenen Heft und tat desinteressiert. »Hat dein Traumprinz heute keine Zeit für den Mittagstisch, oder wieso greifst du auf alte Seilschaften zurück?«

Lisa kniff die Augen zusammen und nickte. »Ach, daher weht der Wind! Bist du sauer, weil ich dich in letzter Zeit nicht mehr so oft gefragt habe, ob wir zusammen die Mittagspause verbringen? Wenn ja, dann muss ich mal was klarstellen.«

»Du musst gar nichts klarstellen«, wehrte Peter ab.

»Ich will aber«, beharrte Lisa stur, »ich lasse mir nämlich nicht nachsagen, dass ich wegen eines Typen meine Freunde vernachlässige. Es ist vielmehr so, dass *du* nie mehr Zeit für mich hast!«

Peter grinste Lisa frech an. »Und so ist das heute auch. Ich bin nämlich schon zum Essen verabredet, sorry, da musst du früher kommen.«

Lisa erhob sich von der Tischplatte. »Okay, okay, schon klar, ich werde demnächst einen Zettel ausfüllen, um mich anzumelden.«

»Tu das«, rief Peter ihr nach, als sie sein Büro verließ. Kaum war sie draußen, blätterte er in seiner privaten Telefonliste.

Zwei Stunden später saß Lisa mit Kay und Sonya beim Italiener. Lisa war leicht genervt, dass Sonya sich ihnen in der Mittagspause angeschlossen hatte, doch Kays unwiderstehlicher Charme anderen Frauen gegenüber war einfach nicht abzustellen und verfehlte seine Wirkung nie. Auch wenn es Lisa nicht passte, dass Kay permanent von Frauen umschwärmt wurde, die ihn anschmachteten, fand sie, solange diese Frauen vor Neid auf sie grün und gelb wurden, war die Sache in Ordnung. Außerdem war sie immer sehr aufmerksam und schaffte es spielend, allzu unverschämte Konkurrentinnen mit ihrem spitzzüngigen Mundwerk wegzubeißen. Heute jedoch war ihre Aufmerksamkeit abgelenkt, denn kaum hatten sie sich zu Tisch gesetzt, erschien Peter mit Monika auf der Bildfläche und nahm mit ihr ganz in der Nähe Platz.

»Aha«, entfuhr es Lisa.

Kay blickte sie fragend an.

»Das da bei Peter. Das ist doch eine Bedienung aus dem ›R&B‹«, konstatierte sie mit leicht bissigem Unterton.

Kay wandte sich kurz um und sah zu Peter hinüber. »Stimmt«, nickte er, »da hat Peter sich ja den besten Käfer aus dem Laden abgegriffen.«

»Musst du Frauen immer Tiernamen geben?«, maulte Lisa missmutig.

Kay lachte nur, doch Sonya fühlte sich berufen, Lisa zurechtzuweisen:

»›Käfer‹ ist doch niedlich. Besser als ›Schlampe‹ oder ›Schnecke‹ oder ›Ische‹ oder ›Tussi‹ oder so was, was die prolligen Typen sagen.«

»Wirst du immer so genannt, oder woher stammt dein sagenhafter Wortschatz auf diesem Gebiet?«, gab Lisa eisig zurück.

Sonya verzog das Gesicht und schaute beleidigt zu Kay hinüber. Der tätschelte Lisa kurz die Hand und meinte mit einer Mischung aus Belustigung und Strenge: »Sei nicht so stutenbissig, meine Liebe!«

Mit einer ruckartigen Bewegung entzog Lisa ihm ihre Hand. »Du tust es ja schon wieder! Tiernamen! Wir sind keine Stuten!«, fauchte sie ihn an.

Sonya tat pikiert und überrascht. »Hey, bei euch ist aber ganz schön schlechte Stimmung! Soll ich euch lieber allein lassen?«

Zeitgleich mit Lisas »Ja« kam Kays »Quatsch!« Kay warf Lisa einen scharfen Blick zu. Sie atmete tief durch und entschuldigte sich dann halbherzig bei Sonya:

»Ich bin ein wenig gereizt. Das hat nichts mir dir zu tun.«

Den Rest der Mittagspause verbrachte Lisa in vornehmem Schweigen, während Kay nur allzu deutlich mit Sonya flirtete, wohl auch um Lisa für ihr unangemessenes Benehmen zu bestrafen. Doch sie nahm es nicht einmal richtig wahr, so sehr vertiefte sie sich in die Beobachtung von Peter und Monika. Ihr wurde schnell klar, dass die beiden sich nicht zum ersten Mal trafen. Eingehend nahm sie Monika in Augenschein.

Sie war wirklich sehr hübsch, und vor allem viel aparter als Kerry. Bislang hatte Lisa immer angenommen, dass Peter ausschließlich auf leicht punkige, gepiercte tough cookies abfahre. Aber Monika war eine auf den ersten Blick sehr sanft wirkende junge Frau, bei der sich genau in der männerwirksamen Dosis Mädchenhaftigkeit mit einem Hauch Wildkatze paarte. Im »R&B« hatte Lisa der Bedienung nie große Aufmerksamkeit geschenkt, doch nun stellte sie überrascht fest, dass sie Monika geradezu hassenswert hübsch und jung fand.

Am gleichen Abend war Marthe zu Besuch bei Lisa. Die beiden hatten sich in den letzten Wochen kaum gesehen, und nach der schlechten Stimmung beim Mittagessen hatte Lisa in Übereinstimmung mit Kay gefunden, dass es ganz angenehm wäre, mal ein, zwei Nächte eine Auszeit voneinander zu nehmen.

Marthe war sehr froh über Lisas Anruf gewesen, denn zu Hause fiel ihr die Decke auf den Kopf. Sie war seit ewigen Tagen nicht mehr vor der Tür gewesen, da Lisa sich fast nur noch bei Kay herumtrieb, Peter irgendwie muffelig und Konrad auf dem Männertrip war, sich also im Moment nur von Peter vor die Tür locken ließ. Nach dem von Lisa zubereiteten Nudelauflauf, mit viel Sahnesoße und Käse überbacken, köpften die beiden eine zweite Flasche Wein und gingen vom amüsierten Austausch der letzten »Frasier«-Folgen zu spezielleren Themengebieten über.

»Findest du nicht auch, dass alle Frauen, die jünger und hübscher sind als wir, sofort ausgewiesen werden müssten? Nach Lappland oder so, wo es das ganze Jahr dunkel ist und keiner sie angucken kann?« Lisa goss Marthe das Rotweinglas halb voll.

Marthe lachte: »Spontan würde ich dir zustimmen. Aber wie kommst du darauf? Hat Kay mal wieder mit einem Trupp Cheerleader geflirtet?« Nachdenklich schüttelte Lisa den Kopf und schwieg, was Marthe argwöhnisch werden ließ. »Alles in Ordnung bei euch?«

Lisa nickte. »So weit schon. Hat auch gar nichts mit Kay zu tun. Obwohl der natürlich permanent flirtet. Heute hing ihm schon wieder diese Sonya an der Backe, die hast du doch auf der Weihnachtsfeier auch kennen gelernt.«

»Hm. Da hat sie sich an Konrad rangeschmissen. Zum Glück ist der immun gegen solche Hühner.«

Lisa lachte laut auf. »Heute habe ich Kay vor Sonya rund gemacht, weil er Frauen immer mit Tiernamen belegt.«

»Echt?«, wunderte sich Marthe, »das machen wir doch auch! Hysterische Ziegen, dumme Hühner, blöde Kühe ...«

»Ich weiß«, nickte Lisa, »aber mir war gerade nach Stunk.«

Marthe nippte an ihrem Glas und riss eine von ihr mitgebrachte Keksschachtel auf. »Also doch nicht alles bestens?«

Lisa nahm einen Keks, aß ihn und bediente sich noch einmal. »Weiß nicht. Im Grunde schon.«

Marthe nahm ihr die Keksschachtel ab und lockte

Lisa damit in die Sofaecke. Dort kuschelten sich die beiden unter Lisas Kaschmirdecke, die Schachtel mit den Süßigkeiten in der Mitte.

»So ähnlich hast du dich eben auch schon ausgedrückt. Was soll das denn konkret heißen?«

Langsam und etwas stockend begann Lisa zu erzählen. Von den mangelnden Übereinstimmungen bei den Interessen.

»Ich interessiere mich auch nicht für alte Möbel, und Konrad begeistert sich nicht für psychische Defekte«, gab Marthe zu bedenken.

Lisa räumte ein, auch völlig unterschiedliche Interessen akzeptieren zu können, beschwerte sich aber über Kays manchmal geradezu diktatorisch geäußerten Ansprüche, dass sie ihre Linie hielt und nicht wieder zunahm, kein einziges Gramm bitte schön. Bei diesen Worten stopfte Lisa sich zwei Kekse gleichzeitig in den Mund. Sie erzählte, wie anstrengend und unentspannt es manchmal für sie war, in Kays Gegenwart immer top gestylt zu sein. Sicher, sie gestattete sich zwischendurch auch mal einen Fernsehabend in Jogginghose mit ihm, aber was sie bei dem ersten Streit deswegen als Witz gemeint hatte, war von Kay deutlich humorfrei in die Tat umgesetzt worden: Er hatte ihr einen »Hausanzug« von Armani gekauft – »die perfekte Symbiose von Stil und Wellness«, wie er fand! Sie hatte ihn gerade noch davon abhalten können, ihre alte Jogginghose in den Müll zu werfen.

Marthe gab Lisa Recht: Auch das stank stark nach

Diktatur. Sie konnte gut verstehen, wie Lisa das »ständige Gut-aussehen-Müssen« auf den Wecker ging. »Ich lümmele zu Hause fast nur noch in meinen Uralt-Klamotten rum. Die einzige Methode, wie ich Konrad davon abhalten kann, mich drei Mal am Tag ins Bett zu zerren«, fügte Marthe grinsend hinzu. »Obwohl«, bekannte sie nachdenklich, »in letzter Zeit schwächelt er zu meinem Glück ein wenig.«

»Er ist ja auch nicht mehr der Jüngste«, gab Lisa lächelnd zu bedenken. »Bei uns hat der Sex ebenfalls stark nachgelassen. Nur sind wir noch längst nicht so lange zusammen wie ihr. Also eher gefährlich, oder?«

Marthe stand auf und holte die Weinflasche, die sie auf dem Tisch hatten stehen lassen. »Du schreibst doch selbst all diesen Schwachsinn. Wie viel Sex braucht der Mensch? Ein Mal am Tag, ein Mal pro Woche, ein Mal pro Monat?« Sie ahmte die Stimme einer TV-Talkshow-Moderatorin nach: »Gut ist, was Ihnen und Ihrem Partner gefällt.«

»Das sieht man ja an euch«, gluckste Lisa, »drei Mal am Tag ist gut für Konrad, aber was ist gut für dich?«

Marthe zuckte unentschlossen mit den Schultern: »Mal so, mal so. Da gibt es keinen festen Wert. Die Stimmung ändert sich doch. Je nach Tagesform, Jahreszeit ... Manchmal überkommt mich ganz plötzlich eine unbändige Lust, und dann habe ich wieder zwei Wochen alles Mögliche im Kopf, nur keinen Sex. In solchen Zeiten kann ein hungriger Mann ganz schön nerven. Aber ich sehe nicht ein, dass ich mir dann einreden lassen soll, ich hätte ein Sexproblem. Meiner Meinung nach wird mit Sex sowieso viel zu viel kompensiert. In einer Beziehung gibt's Stress, also geht man ins Bett. Das ist für die meisten einfacher, als sich richtig auseinander zu setzen.«

»Trifft das auch für Konrad zu? Denkst du, dass er kompensiert? Und glaubt er, dass du ein Sexproblem hast?«

Marthe lachte ein wenig bitter auf. »Angesprochen hat er es noch nicht. Aber er redet ja nie viel.

»Was denkst du denn? Du bist doch die Psychologin.«

Marthe knabberte nachdenklich an einem Keks. »Ich habe keine Lust, meine Beziehung zu analysieren. Natürlich bleibt das nicht völlig aus, ich denke schon darüber nach. Aber ich will da nichts zerpflücken. Es geht mir verdammt gut mit Konrad. Wir müssen im Grunde auch gar nicht viel reden. Zwischen uns existiert so eine Art emotionales Band, dem ich absolut vertrauen kann. Bei Konrad kann ich mich fallen lassen. Und das beruht auf intuitivem gegenseitigen Verständnis, Respekt vor der Andersartigkeit des Partners und Toleranz seinen Macken gegenüber.«

»Klingt wie aus dem Lehrbuch«, kommentierte Lisa etwas maulig, »wenn ich euch als Maßstab nehme, ist meine Beziehung wohl totaler Mist. Von einem emotionalen Band zwischen uns habe ich noch nie was gespürt.«

»Vielleicht entwickelt sich das ja erst mit der Zeit.

Vertrauen gehört wirklich dazu, und du bist Kay gegenüber ja erst mal recht vorsichtig. Kein Wunder, bei seinem Ruf.«

Lisa schwieg eine Weile und zog die Decke fester um sich. Wenn sie Marthe so zuhörte, wurde ihr klar, wie wenig sie sich bei Kay aufgehoben fühlte. Es war schön, mit ihm essen zu gehen oder was in einer Bar zu trinken. Es war toll, mit ihm sonntags an der Alster entlangzuspazieren und sich über die Outfits der Pöseldorfer Damen zu mokieren. Es war nett, mit ihm vor dem Kamin über die Arbeit zu reden. Es war mehr als nett, mit ihm im Bett einige verwegene Dinge auszuprobieren. Aber eine innige emotionale Verbindung zu ihm, die hatte von Anfang an gefehlt.

»Ein Mal, ein einziges Mal habe ich bei Kay das Gefühl gehabt, dass er ein bisschen was von sich hergibt. Das war, als er nach dem ersten blöden Streit mit den Rosen im Büro aufgetaucht ist und mir von seinen Ängsten erzählt hat.«

»Seine Panik vor dem Spießbürgertum?«, hakte Marthe nach.

Lisa nickte. »Ich habe seitdem noch mehrfach versucht, ihm mal wieder etwas zu entlocken – über seine Familie, seine Kindheit oder sonst irgendwas. Aber da kommt nichts. Er weicht aus und findet mich angeblich langweilig, wenn ich über so was reden will.«

»Okay, er erzählt nichts. Ich konstatiere, ein weit verbreitetes männliches Problem.« Marthe lächelte nachsichtig. »Aber fragt er denn? Will er Dinge von dir wissen?«

»Die ollen Kamellen interessieren ihn nicht«, gab Lisa traurig zu. Still erhob sie sich und holte eine kleine Schachtel mit winzigen Schokoküssen aus einer Schublade.

»Ich brauche Küsse!« Sie grinste halbherzig und stopfte sich einen Schokokuss in den Mund. »Weißt du«, fuhr sie kauend fort, »ich habe mir immer gewünscht, dass der Mann, den ich liebe, sich für jede einzelne kleine Narbe begeistert, die ich mir als Kind beim Klettern auf die Bäume geholt habe. Für die Kosenamen, die mir meine Mutter gegeben hat. Für die Lehrer, die ich nicht ausstehen konnte. Für meine Pubertätsprobleme und mein erstes Mal ... Verstehst du?«

»Klar. Das sind gemeinhin die Dinge, die man in der Zeit des ersten Verliebtseins austauscht. Da will man doch alles über den anderen wissen. Manchmal denke ich«, fuhr sie lächelnd fort, »dass es nicht in erster Linie darum geht, den anderen zu erforschen, sondern im Gegenzug eine Legitimation zur Selbstdarstellung zu haben. Das ist doch das Schöne am Verliebtsein: Man kann sich in den Augen des anderen neu entdecken, sogar neu erfinden, wenn man möchte. Jedenfalls ist es ein Geben und Nehmen.«

Als Marthe angefangen hatte zu reden, hatte Lisa gerade einen weiteren Schokokuss zu Munde führen wollen. Doch sie hielt mitten in der Bewegung inne und hörte abwesend zu. In Gedanken war sie plötzlich mit Peter im Stadtpark, stand mit ihm an dem Geländer am See und machte Dehnungsübungen. Es war einer dieser eiskalten klaren Abende im Dezember gewesen, an denen sie immer erst mal zwanzig Minuten über die Minustemperaturen gejammert hatte, bevor ihr durchs Laufen warm geworden war. Während die Dämmerung hereingebrochen war, hatten sie wie üblich eine Pause eingelegt. Und Peter hatte sie geneckt – mit all den zum Teil gemeinen Spitznamen, mit denen sie in der Schule tituliert worden war, mit den Kosenamen, die ihr ihre Mutter gegeben hatte. Sogar an Namen, die Lisa längst entfallen waren, konnte er sich erinnern: Lolly, weil sie als Kind so gern Lutscher gegessen hatte. Lisa, der schiefe Turm von Pisa, weil sie in der Pubertät so plötzlich gewachsen war. Lisaluna, weil sie eine Zeit lang geschlafwandelt war.

»Willst du das essen oder nur schmelzen?«, fragte Marthe unvermittelt und rief Lisa in die Gegenwart zurück.

Lisa schaute auf den Schokokuss, der zwischen ihren warmen Fingern angeschmolzen war, steckte ihn sich in den Mund und leckte die Finger genüsslich ab. »Weißt du noch, wie Mama mich genannt hat, als ich mondsüchtig war?«, fragte Lisa.

Marthe überlegte. »Kann mich gar nicht erinnern, dass du mal mondsüchtig warst. Echt?«

»So mit zwölf Jahren ungefähr. Da hat mich Mama Lisaluna genannt, weil ich bei Vollmond nachts immer durch die Wohnung getigert bin. Das musst du doch noch wissen!«

Marthe schüttelte den Kopf. »Deine tausend Spitznamen kann sich doch kein Mensch merken! Wie kommst du jetzt darauf?«

Ganz langsam und gedankenverloren schob Lisa mit dem linken Fuß die Schokokuss-Schachtel vom Sofa weg. »Weil ich einen Mann habe, um den mich die meisten Frauen beneiden. Weil ich wieder einmal gezeigt habe, dass ich alles erreichen kann, was ich will. Weil ich trotzdem nicht glücklich bin.«

Ernst sah Marthe ihre Freundin an. »Ich mag Kay, das weißt du. Aber im Grunde wirkt er manchmal wie eine perfekt polierte Fassade. Bis du da durchdringst, kann es noch ein bisschen dauern. Denk an seine Angst vor Nähe und Verbindlichkeit.«

»Und wenn hinter der Fassade gar nichts ist?«, entgegnete Lisa leise.

»Dann ist er nicht der Richtige«.

Lisa schwieg.

Einige Tage später befand sich Lisa wieder auf ihrer üblichen Joggingrunde. Kay hatte Recht: Die Pfunde, die sich aufgrund eines unkontrollierten Konsums von schokoladigen Küssen und Keksen wieder auf ihren Hüften befanden, wogen bei jedem Schritt schwerer und ließen sie zwei Kilometer vor ihrem üblichen Trainingsende aufgeben.

Keuchend spazierte sie zurück. Sie hatte die Verwirrung der letzten Tage überwunden und beschlossen, Kay und sich noch etwas Zeit zu geben, bis sie dann endlich auch in dem von Marthe gelobten Land der Vertrautheit ankamen, welches durch das intuitive emotionale Band bekränzt war. Oder so ähnlich. Den Krempel, den Marthe manchmal von sich gab, konnte sich doch kein Mensch merken! Lisa lächelte. Nachdem sie sich zu dieser positiven Haltung durchgerungen und jeglichen seltsam verrückten Gedanken an Peter verdrängt hatte, war sie auch gleich belohnt worden, vermutlich vom gütigen Universum, das die fettesten Planeten wie die winzigsten Einzeller in seinen Bahnen hält. Am Vorabend hatte Kay ihr in einer feierlichen Handlung bei einem Glas Champagner vor dem Kamin ein kleines Mäppchen überreicht. Darin war ein Schlüssel gewesen.

»Der Schlüssel zu meiner Wohnung. Den zu meinem Herzen hast du ja schon«, sagte er mit romantischem Tiefblick.

Mal abgesehen davon, dass sich Lisa bei dieser kitschig abgegriffenen Formulierung die Fußnägel hoch rollten, war sie sehr gerührt. Ihr war klar, dass Kay damit einen Riesenschritt unternahm, der sich in seiner geistigen Galaxie nur mit der Landung auf dem Mond vergleichen ließ: ein kleiner Schritt für Lisa, aber ein großer für die Menschheit.

Zumindest für Kays Menschwerdung, dachte sie nun lächelnd. Die leicht spöttelnden Bemerkungen, mit denen Lisa dem Moment die Schwere hatte nehmen wollen, hatten Kay nicht sonderlich gefallen. Mit dem anschließenden Sex vor dem Kamin konnte er schon weitaus mehr anfangen.

Lisa nahm sich fest vor, den Schlüssel am Abend zum ersten Mal zu benutzen. Sie würde Kay mit einem Diner im Negligee überraschen, wenn er von seinem Treffen mit einem alten Kollegen nach Hause kam.

Doch während Lisa am Abend die Hors d'Ouevres anrichtete und sich noch etwas Parfüm hinter die Ohrläppchen tupfte, dachte Kay nicht daran, nach dem Treffen mit seinem alten Kollegen nach Hause zu gehen. Er hatte Lust auf ein letztes Bier und betrat kurz vor Mitternacht das »R&B«, wo er zu seiner großen Freude auf Konrad und Peter traf, die sich schon seit einigen Stunden dort verlustierten. Es waren auch noch einige Freunde von Peter aus dem St. Pauli-Fanclub anwesend, unter anderem Kerry, doch die hatte sich nach einem kurzen Flirt-Geplänkel mit Peter zu ihren Kumpels an einen Tisch zurückgezogen und zechte dort, während Peter und Konrad sich an der Theke die Kante gaben.

Kay gesellte sich zu den beiden und spendierte eine Runde Averna. Gut gelaunt berichtete er von dem gewichtigen Schritt, den er mit Lisa in Richtung feste Beziehung unternommen hatte.

Peter wunderte sich mächtig. »Was ist nur in dich gefahren? Früher warst du immer das Vorbild aller frei geborenen Männer. In jedem Hafen eine Geliebte, und wenn sie zickt, wird sie ausgetauscht. Was hat Lisa bloß mit dir angestellt?«

Kay lachte und bestellte noch eine Runde. »Ich befinde mich wohl gerade in einem ungewohnten Stadium der Experimentierfreudigkeit. Früher bezog sich meine Neugier hauptsächlich darauf, was eine Frau für Tricks mit der Zunge draufhat.«

Konrad kicherte albern.

»Ich glaube, die Zungenroller und Hüftschwenker kenne ich inzwischen alle«, fuhr Kay selbstgefällig fort, »jetzt will ich mal antesten, wie das ist, bekocht zu werden und den Kaffee ans Bett gebracht zu bekommen. Außerdem kann man sich mit Lisa sehen lassen. An so was muss man schließlich auch langsam mal denken. Lisa ist repräsentabel: erfolgreich, attraktiv – falls sie nicht wieder so dick wird – und intelligent. Solange sie nicht emanzipiert rumzickt, tut ihre Intelligenz nicht mal weh.«

Peter kippte seinen Averna und bestellte sich ein Bier zum Spülen. »Du hast dich doch nicht verändert. Immer noch das alte Arschloch!«

»Danke. Darauf trinke ich!«, feixte Kay zufrieden und hob sein Glas. »Außerdem«, fuhr er lachend fort, »könntet ihr froh sein, wenn ich mich aus dem Geschäft ein wenig zurückziehe. Dann habt ihr mehr Spielraum.«

Kay und Konrad bestellten sich ebenfalls noch ein Bier. Der Durst war groß, und die Kehlen waren schon geölt. Als Nächstes gab Mikel, der Barmann, eine Runde aus, dann übernahm Konrad die Pflicht, was schließlich langsam, aber sicher dazu führte, dass Kay, Konrad und Peter zwar etwas weniger deutlich artikulierten, aber dafür umso offener sprachen.

»Deine Konkurrenz müssen wir nicht fürchten«, nahm Peter einige Gläser Bier später den Faden wieder auf, »weil mir die Tussen, die auf dich abfahren, viel zu bescheuert sind. Und Konrad auch.«

»Das sag ich Lisa«, lachte Kay fröhlich.

»Mach das«, nickte Peter und schaute tief in sein Glas.

Kay wandte sich grinsend an Konrad: »Dir sind sie aber nicht zu bescheuert, oder?«

Konrad unterdrückte ein Grinsen und trank verlegen an seinem Glas.

»Was soll 'n das heißen?«, wollte Peter wissen. »Konrad ist der Macker von meiner Schwester. Den interessieren deine lackierten Weiber erst recht nicht.«

»Stimmt«, bestätigte Konrad auffallend hektisch und warf Kay einen drohenden Blick zu.

Doch Kays Humor hatte inzwischen etwas von seiner Geschmeidigkeit eingebüßt. Leicht aggressiv wehrte er sich gegen Peters Beleidigungen: »Spiel dich bloß nicht so auf, nur weil du diese Monika von hier mal ins Bett zerren konntest. Falls du das überhaupt geschafft hast ...«

Peter unterbrach ihn rüde: »Wollte ich gar nicht. Hat mich nämlich nicht gereizt, verstehste?«

»Schön blöd«, fand Kay hochmütig, »jedenfalls blöder als dein feiner Schwager.«

»Was redest du 'n da für 'n Stuss?«, hakte Peter nach.

»Komm, lass doch«, versuchte Konrad, die aufschäumenden Wogen zu glätten. Er legte seine Hand auf Kays Arm, doch der schüttelte sie ab.

»Weil der liebe Konrad nichts anbrennen lässt. Der pimpert nämlich seit einigen Wochen unsere allseits beliebte Sonya!«

Peter starrte Konrad an. »Ist das wahr?«

Konrad schwankte zwischen Flucht und Angriff. Er entschied sich für Letzteres. »Erst kürzlich wollte ich's dir erzählen. Aber du hörst ja nie zu, weil du immer nur von deinem Mist laberst!«

»Weiß Marthe das?«, hakte Peter in scharfem Ton nach.

Konrad schüttelte schuldbewusst den Kopf.

»Dann hör sofort auf mit dem Scheiß und sag's ihr nie. Nie, hörst du!«, forderte Peter ihn harsch auf.

Kay bestellte noch drei Averna. »Reg dich ab, Peter. Das ist doch kein Ding, wenn man ab und zu mal fremdgeht.«

»Das hier geht dich einen Dreck an, klar?«, zischte Peter. Er war nicht nur wütend auf Konrad, sondern auch höllisch genervt von Kays Machogehabe, das mit betont männlicher Lässigkeit zum Vorschein kam. Peter fand's widerlich.

Konrad unterdessen, der sauer auf Kay war, weil der ihn verraten hatte, rüstete nun auch auf. »Wäre wirklich besser, du hältst jetzt den Mund, Kay«, brummte er, »deine Ficker-Philosophien mag halt nicht jeder. Lisa jedenfalls wäre auch überrascht, was du alles so treibst. Von wegen ›Schlüssel zu meinem Herzen ...‹ So ein Scheiß!«

Peter stellte sein Glas ab. »Und wie ist *das* zu verstehen?«, fragte er Konrad.

»Na, der Idiot springt mit Sonya doch auch noch regelmäßig in die Kiste. Was glaubst du, wo der jetzt herkommt? Hat Sonya mir selbst erzählt«, war Konrads Antwort. Er hoffte, damit von seinem Verrat Marthe gegenüber abzulenken und den allgemeinen Sündenfall des Mannes quasi als Kollektivschuld auf mehreren Schultern verteilen zu können.

Peter schaute Kay fassungslos an, doch der grinste locker zurück und meinte:

»Ab und zu brauche ich halt mal ein paar kleine, feste, runde Tittchen und knabenhafte Hüften. Lisa ist zwar nett, aber für meinen Geschmack immer noch zu fett ... Huch, das reimt sich ja!«

Kay lachte schallend, doch bevor er sich wieder einkriegen konnte, landete Peters Faust mitten in seinem Gesicht.

Mikel hinter dem Tresen forderte Peter auf, sofort mit dem Scheiß aufzuhören, die umstehenden Gäste an der Theke sprangen auseinander, und Konrad hielt Peter fest, während Kay sich wieder aufrappelte. Kaum stand er, trat er Peter mit voller Wucht gegen das Schienbein. Peter riss sich von Konrad los, stürzte sich auf Kay, und blitzschnell war eine richtige Schlägerei in Gange. Konrad, der dazwischen gehen wollte, lief Kay in die Faust, sodass seine Augenbraue aufplatzte. Peter und Kay tauschten ebenfalls heftig Prügel aus.

Das Ganze dauerte nur knapp zwei Minuten, dann hatte Mikel mithilfe seiner Autorität, seiner Muskulatur und seiner überlegenen Nüchternheit die drei Streithähne gewaltsam vor die Tür befördert. Draußen in der Kälte beruhigten sich die Gemüter; der Alkoholnebel, der in ihren Hirnen waberte, lichtete sich.

Kay ging ohne ein weiteres Wort zum Taxistand am unteren Ende der Weidenallee.

Konrad fingerte zittrig eine Zigarette aus der Jackeninnentasche, zündete sie an und setzte sich damit auf den Boden.

Peter zog ihn wieder hoch. »Viel zu kalt. Du bekommst höchstens Hämorrhoiden.«

Konrad betrachtete Peter mitfühlend. »Du siehst Scheiße aus. Deine Lippe blutet.«

»Und deine Augenbraue schaut aus wie ein geplatzter Autoreifen.«

Konrad griff sich unwillkürlich mit der Hand ans Auge und fluchte leise.

»Gehen wir wieder rein?«, fragte Peter. »Werner sitzt hinten an der Theke, der studiert Medizin im achtzehnten Semester. Der kann ja mal gucken, ob du genäht werden musst.«

Konrad nickte. »Und ein Bier könnte ich auch vertragen.«

Lisa lag schon im Bett, als sie Kay nach Hause kommen hörte.

An dem gedeckten Tisch sah er, dass er vermutlich nicht allein war, und er verzog missmutig das Gesicht. Er verspürte jetzt keinerlei Lust, Lisa zu sehen, und hoffte, dass sie wenigstens schon fest schlief. Doch dem war nicht so. Kaum stand Kay im Bad und versuchte leise schimpfend, die Spuren der Schlägerei zu beseitigen, da tauchte auch schon Lisa hinter ihm auf und schmiegte sich schlaftrunken an seinen Rücken.

»Wo warst du denn so lange? Ich wollte dich überraschen«, schnurrte sie mit leichtem Vorwurf in der Stimme.

»Ich mag keine Überraschungen! Schon gar nicht mitten in der Nacht. Und jetzt lass mich bitte los.«

Lisa ließ die Arme sinken, hob den Blick und sah Kays demoliertes Gesicht im Spiegel. Sie erschrak. Das rechte Auge war geschwollen und violett verfärbt, über die Stirn zog sich ein großer Kratzer, den sich Kay bei seinem ersten Sturz an der Thekenkante zugezogen hatte.

»Um Himmels willen, was ist denn passiert?« Lisa griff sofort in den Badezimmerschrank und nahm einige Wattestäbchen heraus. »Hast du ein Desinfektionsmittel?«

»Nur fürs Klo«, meinte Kay müde.

»Irgendwas Antiseptisches.« Sie kramte geschäftig zwischen ein paar Medikamenten herum und fand ein Fläschchen Mercurochrom. »Setz dich«, befahl sie.

Kay ließ sich auf den Badewannenrand sinken. Als Lisa seinen Kratzer verarztete, stöhnte er leise auf. »Das brennt!«

Sie schüttelte den Kopf. »Blödsinn, das brennt überhaupt nicht.« Als sie fertig war, forderte sie Kay auf, mit ins Wohnzimmer zu kommen. Er setzte sich in den Sessel und bat sie um einen Cognac und einige Eiswürfel in einem Geschirrhandtuch. Lisa brachte ihm das Gewünschte und setzte sich aufs Sofa. Kay drückte sich das Eis leicht aufs Auge.

»So, und nun erzähl mal. Was war los? Wie ist das passiert?«

»Nix ist passiert. Lass mich in Ruhe«, gab er ungnädig zurück.

Lisa fauchte beleidigt: »Ach, die Krankenschwester darf ich spielen! Aber erzählt bekomme ich nichts. Verstehst du das unter einer vertrauensvollen Beziehung? Ich meine, ich will ja nicht nerven, doch du kommst da mitten in der Nacht völlig verbeult nach Hause. Da mache ich mir schon so meine Gedanken und sorge mich natürlich, ob du überfallen worden bist. Du könntest zum Beispiel noch innere Blutungen haben. Warst du denn im Krankenhaus? Natürlich nicht, sonst würdest du ja jetzt nicht mehr so aussehen. Da frage ich doch logischerweise nach, und dann willst du nichts rauslassen. Also hör mal, das ist doch ...«

Kay legte sich den Eisbeutel auf den Kopf, der während Lisas Tirade zu summen und zu brummen und zu rattern begonnen hatte wie ein alterschwacher Rasenmäher. Das Geblubber war ja nicht zu ertragen! Was wollte diese Frau bloß hier? Warum konnten ihn nicht einfach alle mal kreuzweise? »Dein lieber Freund Peter hat mich so zugerichtet! Bist du jetzt beruhigt?«, unterbrach er sie lautstark. Er wollte alles tun, um Lisas Wortschwall zu stoppen. Und tatsächlich verstummte sie für einige Sekunden überrascht.

»Aber wieso denn?«, wollte sie wissen, als sie die Sprache wiedergefunden hatte.

»Was weiß ich! Weil er ein kompletter Idiot ist.«

Lisa erhob sich und goss sich nun auch einen Cognac ein. »Das ist er nicht, und das weißt du. Er muss einen Grund gehabt haben, und den würde ich gern wissen.«

Kay stöhnte. »Könnt ihr mich nicht alle einfach in Ruhe lassen? Frag mich morgen noch mal.«

»Nein, mein Lieber, das will ich *jetzt* wissen. Also raus mit der Sprache! Oder soll ich Peter anrufen?«

Genervt stand Kay auf und griff nach der Flasche. Lisa nahm sie ihm weg und forderte: »Erst erzählst du mir, was los war.«

Kay zeigte ihr einen Vogel und nahm ihr die Flasche aus der Hand. »Es gab eine Schlägerei, weil ich Peter gesagt habe, dass Konrad mit Sonya schläft.«

»Bitte was?« Lisa starrte Kay total entgeistert an.

Er lachte. »Jetzt guckst du genauso dämlich wie Peter. Ja, glaubt ihr denn, Konrad ist ein Heiliger? Der hat auch Eier. Anscheinende dickere als Peter, dieser Neandertaler!«

Lisa schrie es fast: »Red du nicht über Peter, das steht dir gar nicht zu, dem kannst du nicht das Wasser reichen!«

»Was regst du dich denn jetzt so künstlich auf?«, wollte Kay verwundert wissen.

Lisa wischte die Frage mit einer heftigen Handbewegung beiseite. »Wer sagt das überhaupt, dass Konrad mit Sonya schläft? Das stimmt doch nie im Leben!«

Kay schüttelte über so viel Naivität hämisch grinsend den Kopf. »Wie bescheuert bist du eigentlich? Sonya hat's mir erzählt. Vor Wochen schon. Und er hat's selbst zugegeben. Deswegen ist Peter doch so ausgerastet.«

Lisa ließ sich wieder aufs Sofa fallen. Sie musste die Neuigkeit erst einmal verdauen. Dann blickte sie Kay misstrauisch an: »Und wieso verprügelt Peter *dich*, wenn Konrad Marthe betrügt?«

Kay war einen Moment von der Frage überrascht, hatte er die Geschichte doch nur auf Lisas massives Drängen hin erzählt und dabei vergessen, sie so aufzubauen, dass er selbst sauber dastand. »Peter ging auf Konrad los und ich dazwischen. Da habe ich halt auch was abbekommen.«

Lisa grübelte laut: »Das passt irgendwie gar nicht zu Peter. Der muss ja mordsmäßig sauer gewesen sein.«

Kay trank seinen Cognac aus, legte den Eisbeutel beiseite und erhob sich. »Ich gehe jetzt ins Bett. Für heute habe ich genug.«

Lisa stand ebenfalls auf und folgte Kay nachdenklich ins Schlafzimmer. »Weiß Marthe Bescheid?«

»Nein. Wozu? Ich wäre dir auch sehr verbunden, wenn du ihr nichts sagen würdest.« Als Kay das Schlafzimmer betrat und die bereits zerwühlte Bettwäsche sah, wurde er plötzlich wieder sehr wütend. Er hasste es, jetzt nicht allein zu sein. Er hasste es, mitten in der Nacht unangenehme Fragen beantworten zu müssen. Er hasste es, dass seine Bettwäsche schon warm und zerwühlt war statt glatt und kühl, wie er sie am liebsten mochte. Er hasste sich, weil er Lisa den Schlüssel zu seiner Wohnung gegeben hatte. Und er hasste Lisa, weil sie davon Gebrauch machte.

»Aber bei euch moralinsaurer Sippschaft tretet ihr, Peter und du, wahrscheinlich noch in Wettbewerb, wer es Marthe zuerst steckt. Oder Konrad ist so blöd und beichtet es ihr selbst.« Kay hatte sich umgewandt und stand kalt lächelnd vor Lisa. »Da kann ich es dir am besten auch gleich sagen, bevor Peter oder Konrad das erledigen. Ich schlafe auch ab und zu noch mit Sonya. Deswegen ist Peter auf mich losgegangen. Obwohl ihn das wirklich einen Scheiß angeht.«

Kay drehte sich zu seinem Corbusier-Sessel um und begann, sich in aller Seelenruhe auszuziehen, wobei er die Klamotten wie jeden Abend fein säuberlich über den Sessel legte.

»Was hast du gesagt?«, fragte Lisa leise.

»Tu doch nicht so! Du hast es genau verstanden.«

Er faltete das Hemd. Lisa stand stumm da. Er zog

die Socken aus und legte sie ab. Lisa sagte keinen Ton. Er entledigte sich seiner Hose und legte sie in Falten. Lisa holte tief Luft. Er zog seinen Slip aus und stand nun nackt vor ihr.

»Komm, fang jetzt bloß nicht an zu heulen. Ich bin nun mal nicht für die Treue geschaffen. Ist das so tragisch? Ich bin doch mit dir zusammen und nicht mit Sonya ...«

»Du gibst mir den Schlüssel für deine Wohnung und ...« Lisa brach ab. Sie konnte es immer noch nicht fassen.

»Da mach dir mal keine Sorgen. Ich schleppe Sonya nicht hier an, das habe ich mit ihr geklärt.«

»Ach, du poppst sie überall, nur nicht zu Hause? Und das soll mich beruhigen?«

Kay kroch müde ins Bett. »Hör zu, Lisa, ich habe jetzt echt die Nase voll. Ich will dich nicht beruhigen. Mit Verlaub, mir ist das alles im Moment scheißegal. Ich will schlafen. Wenn du dich noch weiter aufregen willst, dann bitte im Wohnzimmer, aber leise. Ansonsten leg dich hin und gib Ruhe, okay?«

Lisa sah sich äußerlich sehr gefasst in Kays Schlafzimmer um. Sie suchte. Und sie fand. In der rechten Ecke neben dem Bett stand eine kleine Bronzestatue, natürlich von einer zierlichen nackten Frau. Und neben dem Schrank hing das schön gerahmte Foto von einem bretonischen Leuchtturm inmitten wilder Gischt, ein durchaus phallisch zu nennendes Motiv. Lisa vereinigte beides, das Bronzemädchen und den bretonischen Phallus, mit einem gewaltsamen Wurf zu einem Gesamtkunstwerk. Als das Glas splitterte, Rahmen, Bild und Statue mit einem lauten Krach zu Boden knallten und Kay sie laut anbrüllte, drehte sie sich um und verließ das Schlafzimmer. Sie packte in aller Ruhe ihre Sachen zusammen und ging.

Zur gleichen Zeit, es war inzwischen etwa halb drei, verließen Konrad und Peter das »R&B«. Mikel hatte ihnen den Zwischenfall verziehen, und Werner hatte sie mit dem Erste-Hilfe-Kasten der Kneipe notdürftig verarztet. Bei einem starken Kaffee hatte Konrad seinem Freund erzählt, wie es zu der Affäre mit Sonya gekommen war.

Die Sache hatte auf der Weihnachtsfeier angefangen, als Kay Sonya bei Konrad abgestellt hatte, um Lisa anzubaggern. Marthe war ewig lange im Gespräch mit alten Kollegen abgetaucht gewesen, und Konrad hatte sich überflüssig gefühlt. Da hatte es ihm verdammt gut getan, von einer so attraktiven Frau wie Sonya angeflirtet zu werden, auch wenn sie damit nur Kay hatte provozieren wollen, wie Konrad später klar geworden war. Im Januar traf er sie dann zufällig in der Sauna im »Meridian«. Es war einer dieser Sonntagnachmittage, an denen Marthe sich in ihre Patientenberichte vertiefte und für nichts mehr ansprechbar war. Also ging er. Als Konrad dann schwitzend auf dem Abachi-Holz in der Kräutersauna lag, kam Sonya herein, entledigte sich ihres Handtuchs und breitete ihren nackten Alabasterleib neben ihm aus. Danach ging er mit Sonya noch einen Kaffee trinken, und sie gab ihm ihre Nummer. Eine Woche später passierte es dann. Konrad wollte noch ein paar entschuldigende Erklärungen nachschieben, indem er Marthes steigende sexuelle Unlust andeutete, doch davon wollte Peter nichts wissen.

Als sie im Hausflur auf Peters Etage standen, sah Konrad seinen Freund stumm fragend an.

»Ich halte dicht. Allein schon Marthe zuliebe«, versicherte Peter. Dann betrat er seine Wohnung.

Konrad stieg langsam die Treppe hinauf. Zu seiner Überraschung war Marthe noch auf. Sie hatte gearbeitet und sich danach einen Spätfilm auf Arte angesehen. Sie erschrak ähnlich wie Lisa, als sie ihren Lebensgefährten verbeult und verletzt sah. Konrad versuchte zuerst, sich scherzhaft mit einem »inländerfeindlichen Übergriff« herauszureden, und behauptete, dass Peter und er von einer Jugendgang aus der Sternschanze angegriffen worden wären. Doch bei den detaillierten Fragen Marthes ging ihm relativ schnell die Puste aus. Außerdem wurde ihm klar, dass er versäumt hatte, seine Geschichte mit Peter abzusprechen. Also bat er Marthe, sich zu ihm aufs Sofa zu setzen.

»Wir müssen reden«, begann er.

Marthe nickte und blickte ihn erwartungsvoll an.

»Hast du das Gefühl, dass es in letzter Zeit mit uns gut gelaufen ist?«, leitete er das Gespräch ein.

»Du hast das Gefühl offensichtlich nicht, da du reden willst. Also lass uns über dein Gefühl reden«, erwiderte Marthe ruhig und souverän.

Und Konrad erzählte. Er sprach davon, wie er sich Marthe von Beginn ihrer Beziehung an unterlegen gefühlt habe. Dass er sie rückhaltlos bewundere und liebe, aber dabei immer mehr aus dem Zentrum der Betrachtung heraus an den Rand rücke. Sie war die Erfolgreiche, sie war die Brillante, sie war die Gebildete, die Witzige, Amüsante.

Marthe hörte still zu, auch wenn es ihr schwer fiel.

Konrad vermutete, dass er so eine Art Unterlegenheitskomplex entwickelt habe, den er durch ein reges Sexleben mit Marthe ausgleichen würde. Im Bett bestimme er. Und solange er sich permanent selbst beweisen könne, Marthe zumindest sexuell zu befriedigen, so lange fühle er sich nicht minderwertig. In letzter Zeit jedoch habe sich Marthe, was Erotik und Sex anging, immer mehr zurückgezogen. Und so sei es dann passiert, dass er für die Reize einer anderen Frau empfänglich gewesen sei. Er habe sich einfach selbst beweisen wollen, dass er ein toller Typ sei.

»Wer?«, fragte Marthe ruhig.

»Ist doch egal.«

»Wer?«

»Ach, diese Sonya«, gestand Konrad mit herunterspielender Geste, »aber es wird nicht wieder passieren. Es war ein Ausrutscher, und jetzt, da ich darüber nachgedacht habe, wie das alles zusammenhängt, habe ich es auch durchschaut und abgehakt. Verzeih mir bitte, Marthe, ich wollte dir nicht wehtun.«

Marthe stand auf und ging hin und her, hin und her. Sie kochte.

»Kannst du mal aufhören, so hektisch herumzulaufen? Du machst mich ganz nervös!«

Genau dieser eine kleine, überflüssige Satz brachte das Fass zum Überlaufen. Der Überdruck, der sich seit Minuten in Marthe aufgebaut hatte, entlud sich. Sie blieb vor Konrad stehen und funkelte ihn an: »Ich mache dich nervös? Ich mache dich nervös? Was glaubst du, wie nervös du mich machst, wenn du mit so 'ner Volkshochschulpsychologie daherkommst, um mir deine Affäre schmackhaft zu machen? Von wegen Komplexe! Das heißt nicht Unterlegenheitskomplex, sondern Minderwertigkeitskomplex! Aber egal! Das kannst du drehen und wenden, wie du willst.« Marthes Stimme wurde immer lauter. »Im Grunde geht es doch darum, dass du dir, wenn ich mich nicht drei Mal am Tag von dir ins Bett zerren lassen will, flugs einen billigen Ersatz besorgst!«

Konrad schaute Marthe entsetzt an. »Das stimmt nicht. Du weißt, wie sehr ich dich liebe. Nun sei nicht ungerecht!«

Marthe warf bitter lachend den Kopf in den Nacken. »Warum nicht? Ich habe die Nase voll davon, die Kluge, Gerechte und Tolerante zu sein. Wozu auch? Ich werde genauso betrogen wie jede andere dämliche Kuh auch!«

»Aber ich habe mich wirklich die letzten Wochen beschissen gefühlt und ...«, warf Konrad kleinlaut ein.

»Halt den Mund!«, schrie Marthe, »und komm mir jetzt nicht auf die Mitleidstour! Ich bin nicht deine Therapeutin, ich bin deine Freundin, deine Lebensgefährtin. Hast du gedacht, ich setze mich nun mit dir hin und analysiere die Neurosen deiner Hoden?«

Ein Stockwerk tiefer lag Peter in seinen Klamotten auf dem Bett und hörte den Streit, der von oben durch die Decke drang. Er konnte zwar kaum ein Wort verstehen, wofür er dankbar war, aber er wusste auch so, worum es ging. Konrad hatte auf die Schiene »Geständnis und Verständnis« gehofft und war jämmerlich aufgelaufen.

Als es bei ihm klingelte, vermutete Peter zuerst, es könne nur Konrad oder Marthe sein. Er lauschte. Nein, die beiden stritten sich immer noch. Es klingelte wieder. Peter erhob sich und öffnete.

Vor der Tür stand eine angetrunkene Kerry. »Kann ich bei dir schlafen? Ich habe keine Kohle mehr für 'ne Taxe, und der Nachtbus kommt erst in 'ner Stunde.«

Peter ließ sie schicksalsergeben herein.

Sie stolperte durch den Flur ins Wohnzimmer, hielt kurz inne und lauschte nach oben. »Mann, was geht denn da ab? Ist das nicht bei deiner Schwester?«

Peter nickte müde. »Lass uns ins Bett gehen, ich bin total kaputt.«

Kerry näherte sich Peter, sodass er ihre Fahne riechen konnte. Sie klopfte ihm anerkennend auf die Schulter. »Kein Wunder, so wie du diesen Lackaffen verprügelt hast! Mann, bin ich da scharf auf dich geworden!«

»Vergiss es«, erwiderte Peter kühl, »ich will einfach nur pennen, okay?«

Kerry nickte betrunken. »Geh doch schon mal die Matratze wärmen, Süßer, ich nehme noch eine heiße Dusche.« Sie drehte sich um und wankte durch den Flur nach hinten in Peters Badezimmer. Peter zog sein T-Shirt aus und wollte sich schon ins Schlafzimmer begeben, als es wieder klingelte.

»Wird wohl nix mit pennen«, murmelte er, als er zur Tür schlurfte und ein zweites Mal öffnete. Diesmal war es Lisa, die eintrat, ohne zu fragen.

»Sorry, Peter, dass ich so spät störe, aber ich habe mich mit Kay gezofft. Du kannst dir ja denken, warum. Dieses Arschloch! Und dann bin ich abgedampft. Blöderweise habe ich meinen Haustürschlüssel bei ihm liegen lassen, doch mich bringen jetzt keine zehn Pferde zu ihm, um ihn danach zu fragen. Kann ich bei dir pennen? Ich wollte eigentlich zu Marthe und Konrad. Aber ich glaube, die streiten gerade. Hört sich im Hausflur jedenfalls so an. Da halt ich mich lieber raus.«

Peter stand leicht begriffsstutzig vor ihr. Mit Lisa hätte er am allerwenigsten gerechnet. Und diese Fülle von Informationen war im Moment auch nicht so einfach zu verkraften. »Du willst hier pennen?«, war das Einzige, was ihm einfiel.

Lisa nickte und besah sich Peters Wunden. »Ihr habt bei der Schlägerei ja alle ganz schön zugelangt, meine Güte! Finde ich übrigens prima, dass du Kay vermöbelt hast. Für Marthe und auch für mich.«

Peter nickte verwirrt und blickte über seine Schulter zurück zum Flur und in Richtung Badezimmer.

Lisa hingegen betrachtete versonnen Peters nackten Oberkörper. Er wirkte leicht gebräunt und richtig durchtrainiert, was man gar nicht sehen konnte, wenn er seine dicken Pullis trug. Nur mit Mühe konnte sie den plötzlichen Impuls unterdrücken, seinen Oberkörper zärtlich zu berühren. »Du hast es doch auch ein bisschen meinetwegen getan, oder?«, wollte sie leise wissen.

Peter sah sie verwirrt an. Er hatte keine Ahnung, was hier vor sich ging. Die letzten Stunden hatten ihn nur wütend gemacht. Er war völlig durcheinander. Am liebsten hätte er diese ganze miese Geschichte nicht gehört, hätte nichts damit zu tun und könnte sich die Bettdecke über den Kopf ziehen. Allein. Doch es klingelte.

Peter lauschte nach oben. Stille. Er warf Lisa einen entschuldigenden Blick zu und ging zur Tür.

Konrad stand völlig fertig im Hausflur. »Marthe hat mich rausgeworfen. Kann ich heute Nacht bei dir pennen?«

»Wird langsam eng«, meinte Peter trocken und ging wieder ins Wohnzimmer.

Konrad trottete wie ein geprügelter Hund hinter ihm her und entdeckte Lisa, die sich auf das Sofa gekuschelt hatte. »Was machst du denn hier?«, fragte er entgeistert.

In diesem Moment rief Kerry im Flur: »Bist du schon im Bett, du wilder Hengst?« Das letzte Wort noch auf den Lippen, trat sie splitterfasernackt ins Wohnzimmer und stoppte abrupt, verblüfft über die unerwartete Versammlung.

»Was macht die denn hier?«, entfuhr es wiederum Konrad.

Lisa sprang vom Sofa auf, griff nach ihrer kleinen Reisetasche, die sie bei Kay gepackt hatte, und stürmte zur Haustür, Peter hinterher.

»Lisa, warte doch mal!«

An der Tür drehte sich Lisa um und warf ihm einen traurigen Blick zu. »Ich gehe lieber zu Marthe. Die braucht mich jetzt bestimmt. Du bist ja schon bestens versorgt.« Sie öffnete die Tür, und weg war sie.

Peter lehnte sich mit dem Rücken gegen die geschlossene Tür und ließ sich in die Hocke sinken. Ihm fiel nichts Besseres ein als: »Scheiße, Scheiße, Scheiße!«

Als Lisa ein Stockwerk höher bei Marthe klingelte, erklang hinter der Tür zunächst ein harsches »Hau ab!«

»Ich bin's. Lisa!«, gab Lisa laut zurück.

Nebenan hämmerte jemand gegen die Wand und schrie sehr verärgert in den Hausflur: »Wenn hier nicht bald Ruhe ist, rufe ich die Polizei!«

Marthe öffnete vorsichtig. »Was machst du denn hier?«, wollte sie überrascht von ihrer Freundin wissen. Lisa trat ein und zeigte auf ihre Reisetasche. »Aus?«, murmelte Marthe.

Lisa nickte. »Und bei dir?«

Marthe zuckte mit den Schultern. Dann fielen sich die beiden in die Arme und fingen an zu weinen.

Nachdem sich ihre Männer in dieser Nacht schon reichlich bei Alkohol, einer Schlägerei und fiesen Geständnissen ausgetobt hatten, beschlossen Lisa und Marthe nach dem ersten Naseputzen, Schnäuzen und Schniefen, es ihnen gleichzutun. Sie nahmen eine Flasche Wein und zwei Gläser, zogen ihre Schlafanzüge an, setzen sich ins Bett und kuschelten sich aneinander. Marthe öffnete die Flasche und goss ein. Das erste Glas tranken beide auf ex – »auf *meinen* Ex«, wie Lisa sarkastisch bemerkte. Beim zweiten und dritten Glas tauschten sie die Ereignisse des heutigen Abends aus und glichen sie miteinander ab.

»Dann haben uns also beide mit Sonya betrogen«, stellte Lisa trocken fest. »Was hat die bloß an sich? Die ist doch dumm wie Brot!«

»Leider gibt es immer noch eine Menge Männer, die dem Irrglauben anhängen, diese Sorte Frau könne Kunststücke im Bett. Schade, dass unsere dazugehören«, bedauerte Marthe, »ich hätte von Konrad echt mehr erwartet. Wenn er mich mal betrügt, dann doch bitte mit einer Nobelpreisträgerin oder so was.«

Lisa schenkte ihnen beiden Wein nach. »Was machen wir jetzt? Sonya teeren und federn?«

»So weit kommt's noch! Was kann die dafür, abgesehen davon, dass sie willig ist? Die hat uns gegenüber keinerlei Verpflichtungen, sie ist schließlich nicht mit uns zusammen.«

»Kay ist auch nicht mehr mit mir zusammen, das kann ich dir sagen.«

Marthe schwieg, was Lisa zu der ernsten Frage veranlasste: »Und was ist mit dir und Konrad? Du willst doch jetzt nicht allen Ernstes Schluss machen?«

»Ich weiß nicht. Und ich finde, ich muss das im Augenblick auch noch nicht wissen. Konrad hat mir vorgeworfen, dass ich immer so souverän und perfekt sei, neben mir könne kein normaler Mensch bestehen. Bin ich ein Monster?«

Lisa legte den Arm um Marthe. »Das ist doch Blödsinn!«

Marthe ließ den Kopf an Lisas Schulter sinken. »Ach, vielleicht hat er ja Recht. Ich versuche immer, alles mit dem Kopf zu klären. Dabei komme ich anscheinend selbst zu kurz.« Sie schwieg einen Moment und fuhr dann leise fort: »Das ist alles ein riesiges Durcheinander. Nicht nur bei Konrad, auch bei mir.«

Lisa strich Marthe über ihre Haare. »Was meinst du?«

Marthe setzte sich auf und schaute Lisa direkt an. »Mir ist was ganz Komisches passiert. Nichts Besonderes eigentlich, also, es ist nichts vorgefallen, aber trotzdem. Ich habe es mir gewünscht, und zwar wie verrückt ...

»Jetzt erzähl schon«, drängte Lisa.

Marthe holte tief Luft. »Heute Morgen war ich in der Stadt, und ich lief nach meinen Erledigungen noch eine Weile ziellos umher, weil das Wetter so schön melancholisch war. Du weißt doch, ich liebe es, wenn es so grau und diesig ist. Also, ich genieße die Tristesse, meine Muße und die Menschen, die um mich herumströmen. Plötzlich bleibt mein Blick an dem Gesicht eines Mannes hängen, der mir entgegenkommt. Er ist vielleicht um die fünfzig, sehr braun gebrannt und hat extrem ausdrucksstarke Züge. Mein erster Gedanke, im Grunde mehr ein Gefühl, ist: Wow! Ich schaue eine Millisekunde weg und dann wieder hin, und unsere Blicke begegnen sich. Ich sehe sofort wieder weg, vermutlich er auch, denn man streift sich ja auf der Straße höchstens zufällig mit den Blicken, vollkommen absichtslos. Dann sind wir auch schon aneinander vorbei, und ich gehe weiter, in eine andere Richtung als er. Sofort bemerke ich, dass meine Knie zittern und mir ganz seltsam wird. Und ich habe das Gefühl ... oh Gott, mein Gott ... In mir ist alles in Aufruhr, meinen inneren Organen ist schwindlig, und meine Haut brennt kalt. Wie unter Zwang bleibe ich stehen und sehe mich um. Aber er ist längst fort. Ich laufe unsicher weiter und verspüre den dringenden Wunsch, um den Block herumzugehen, um ihm vielleicht noch einmal zu begegnen und ihn diesmal mit meinem Blick festzuhalten. Während ich denke, du bist ja verrückt, du benimmst dich total bescheuert, ändere ich die Richtung, gehe tatsächlich um den Block herum und halte nach ihm Ausschau. Nachdem meine Füße sich dazu entschlossen haben, schießt mir nur noch eines durch den Kopf: Nein, das klappt nicht! Er ist fort! Und in einer winzigen Ecke meines Herzens hoffe ich, dass er nicht fort ist, dass unsere Begegnung Schicksal ist, was immer das auch sein mag.

Ist es aber nicht gewesen. Ich laufe eine Runde, sein Gesicht vor meinem inneren Auge. Es ist dort wie eingebrannt, ich zittere, gebe dann auf. Ich setze mich ins ›PaqueBot‹ und bestelle etwas zu trinken, um zur Ruhe zu kommen. Insgeheim denke ich, vielleicht, vielleicht ... Ich rauche eine und versuche, das Erlebnis zu belächeln und zu genießen – als unverhoffte Emotion en passant – und damit abzuhaken. Aber in mir ist eine fast schmerzhafte Sehnsucht, und ich fantasiere mir folgende Szene zusammen:

Ich begegne ihm zum zweiten Mal, bleibe stehen und schaue ihm in die Augen. Er hält auch im Gehen inne, irritiert. Ich trete einen Schritt auf ihn zu, lächle ihn an und frage, ob er mich als Geliebte haben will. Ich würde alles tun und ihm sofort folgen, sage ich. Er schaut mich überrascht an. ›Bist du verrückt?‹, erwidert er. Ich lächele wieder und entgegne: ›In der Sekunde, in der ich dich sah, habe ich mich freudig dem Wahnsinn überlassen.‹ Nun lächelt auch er und bittet mich mitzukommen.«

Marthe legte eine kleine Pause ein. »Ist das nicht verrückt? Ich entziehe mich meinem Mann, weil er zu viel Sex will, und dann sehe ich einen völlig Fremden auf der Straße und wünsche mir nichts sehnlicher, als mit ihm zu schlafen. Total absurd! Danach bin ich in meine Praxis gegangen, habe mich wieder beruhigt und mich gefragt, was das sollte. Und ich habe mir mal wieder einzureden versucht, was für eine wundervolle Beziehung ich mit Konrad habe. Du weißt, Vertrauen, Respekt, Toleranz und der ganze Schnack.«

»Trotzdem. Offensichtlich verspürst du bei all dem wattigen Wohlgefühl einen Mangel an Abenteuer«, meinte Lisa.

»Na prima! Die Abenteuer erlebt aber Konrad. Ist das etwa gerecht?«

Lisa freute sich, dass ihre Freundin ein wenig lächelte. »Na, geht doch schon wieder!«

Marthe lehnte sich zurück und schob sich ein zweites Kissen in den Rücken. »Vermutlich ist das bei Konrad nicht anders. Der hat sich halt auch mal wieder nach diesem speziellen Prickeln gesehnt, das in einer Beziehung so schwer aufrechtzuerhalten ist. Kann schon mal passieren, dass sich da einer was gönnt, schon klar. Wenn dieser Typ mich angesprochen hätte, wer weiß, was da passiert wäre! Wie komme ich also dazu, Konrad sofort zu verurteilen?«

Sanft, aber bestimmt packte Lisa Marthe an den Schultern und schüttelte sie freundschaftlich. »Du fängst ja schon wieder an, alles zu verstehen. Das ist grundsätzlich ja schön, aber jetzt gönn dir verdammt noch mal auch die Wut und die Enttäuschung! Das ist doch vollkommen normal, so zu reagieren!«

Marthe lachte. »Meine Wut gönne ich vor allem Konrad! Der sitzt jetzt unten und heult in sein Kissen, da bin ich ganz sicher. Und Peter schüttet ihn mit hartem Stoff zu, damit er selbst irgendwann ins Bett gehen kann.«

»Falls der nicht schon längst im Bett liegt. Und zwar mit Kerry«, fügte Lisa traurig hinzu. Dabei schossen ihr sofort wieder die Tränen in die Augen.

Marthe verstand nicht. »Was ist denn jetzt los? Und wieso mit Kerry? Das ist doch aus mit den beiden. Schon seit Monaten!«

»Das habe ich ja auch gedacht!« Lisa fing an zu schluchzen. Nun ließ sie ihren Kopf an Marthes Schulter sinken. »Aber jetzt läuft sie nackt da unten durch die Wohnung und ruft nach ihrem ›Hengst‹!«

»Aha. Ich finde diese gepiercte Ische zwar grenzwertig, aber was soll's? Ist doch schön für Peter.«

»Aber nicht schön für mich!«, heulte Lisa auf.

Marthe schob sie ein wenig von sich, um sie besser ansehen zu können. Lisa sah erbarmungswürdig aus. »Kannst du mir mal erklären, wieso du deswegen heulst? Ich verstehe überhaupt nichts mehr«, murmelte sie.

Aus Lisas Augen schoss erneut ein Wasserfall. »Ich ja auch nicht. Ich habe alles falsch gemacht, Marthe. Ich bin ja so dumm. So unendlich dumm!«

Mit liebevollem Klopfen tätschelte Marthe Lisas Kopf. Ein irritiertes Lächeln huschte über ihr Gesicht, denn langsam schwante ihr, worum es ging. »Ja, Schätzchen, aber das macht doch nichts.«

»Doch! Du hast ja keine Ahnung!«, beschwerte sich Lisa, »ich liebe ja Peter!«

»Und seit wann weißt du das?«, hakte Marthe interessiert nach.

»Keine Ahnung«, schmollte Lisa, »seit mir eingefallen ist, dass er sich alle meine Spitznamen gemerkt hat. Aber so richtig klar war's mir da immer noch nicht. Außerdem fehlt er mir so beim Joggen. Er fehlt mir eigentlich immer in letzter Zeit.«

Marthe schüttelte über sich selbst den Kopf. »Darauf wäre ich nie gekommen. Total verrückt!«

»Alles, was du über eine schöne Beziehung gesagt hast, das habe ich mit Peter. Ich vertraue ihm blind. Ich weiß, er würde mich nie im Stich lassen. Zwischen uns gibt es wirklich so ein inniges Band. Und als Kay mir heute Abend erzählt hat, dass Peter ihn verprügelt hat, weil er, also Kay, mit Sonya im Bett war, da war ich einerseits auf einmal so glücklich. Und da ist es mir wie Schuppen aus den Haaren gefallen ...«

Marthe wunderte sich: »Ich dachte, er hat Konrad verhauen, weil der mit Sonya im Bett war. Also meinetwegen. Und Kay ist dazwischen gegangen.«

Mit Schwung goss Lisa die beiden Weingläser wieder voll. »Nein! Das hat Kay mir nur zuerst so erzählt.

Aber dann hat er zugegeben, dass Peter ihn geschlagen hat, meinetwegen.«

»Du denkst, Peter liebt dich?«

Lisa zog eine Grimasse. »Musst du da so ungläubig gucken? Ist das völlig unvorstellbar?«

»Das nicht«, gab Marthe lahm zu, aber an ihrer verwirrten Miene konnte man deutlich ablesen, dass dieser Gedanke sich tatsächlich außerhalb ihrer Vorstellungskraft befand.

Lisa begann wieder zu weinen. »Du hast ja Recht. Ich bilde mir das nur ein. Wahrscheinlich hat er Kay aus alter Freundschaft, aus Solidarität verprügelt ... und weil ich auch so was wie 'ne Schwester für ihn bin. Und jetzt ist er wieder mit Kerry zusammen. Ich bin so was von blöd!«

Marthe schwieg nachdenklich. Sie überlegte krampfhaft, ob sie jemals bei Peter etwas von Gefühlen für Lisa festgestellt hatte, die über die alte Sandkastenliebe hinausgingen. Ihr fiel beim besten Willen nichts ein.

Lisa befreite sich unterdessen aus ihren Armen und schaute sie mit Tränen in den Augen an. »Was meinst du? Hat er dir jemals was erzählt? Dass er mich liebt oder so was Ähnliches?«

Marthe schüttelte bedauernd den Kopf. »Nein, nie!«

Theatralisch warf sich Lisa in die Kissen. »Was mache ich jetzt bloß? Wir sind verratzt, Marthe, total verratzt! Du hast deinen Konrad in die Wüste geschickt, und Peter hoppelt auf Kerry rum! Wir werden alt und fett und einsam sterben, mit nichts als einer Praline in der Hand!«

Gedankenverloren strich Marthe mit der linken Hand über Lisas Rücken. Sie war im Moment genauso ratlos wie ihre Freundin.

Am Morgen nach dieser desaströsen Nacht nahmen Marthe und Lisa gemeinsam ein kleines Frühstück ein. Viel Hunger hatten beide nicht, sie waren übernächtigt und fertig mit den Nerven. Lisa wäre am liebsten gar nicht ins Büro gegangen, weil sie weder Kay noch Peter begegnen wollte. Doch Marthe redete ihr gut zu, nicht zu kneifen. Immerhin brauchte sie auch ihren Schlüssel von Kay. Lisa rief ihn deswegen an. Das Telefonat war äußerst knapp und unterkühlt.

Ein Stockwerk tiefer saßen Peter und Konrad ähnlich mitgenommen am Tisch. Sie schwiegen, wie sich das für nachdenkliche Männer gehörte.

Nur Kerry plapperte fröhlich vor sich hin, von Kater keine Spur. Sie überredete Peter, nicht ins Büro zu gehen, und stieß auf offene Ohren. Peter fürchtete, dass er sich gleich wieder auf Kay stürzen würde, wenn er ihn sah. Zu gern hätte Kerry gewusst, was der Grund für die Auseinandersetzung gewesen war, doch Konrad und Peter speisten sie mit billigen Ausreden ab.

Nachdem Konrad sich von Peter frische Klamotten geliehen hatte, verabschiedete er sich in seine Werkstatt. Er wollte keinesfalls zuerst hoch zu Marthe gehen, um die Stimmung zu erkunden. Das erschien ihm noch zu gefährlich. Bevor er sich in den Hausflur wagte, öffnete er Peters Wohnungstür einen Spalt und lauschte nach oben, ob da eventuell eine Tür ging. Bloß nicht Marthe im Hausflur begegnen!

Kurz darauf schickte sich Lisa an, in die Redaktion zu fahren. Sie öffnete Marthes Wohnungstür einen Spalt und lauschte nach unten. Bloß nicht Peter im Hausflur begegnen!

Doch obwohl sie sich am Morgen instinktiv davor fürchtete, durch eine Begegnung an ihre unglückliche Liebe zu ihm erinnert zu werden, war sie sehr enttäuscht, als sie in der Redaktion hörte, dass Peter sich krankgemeldet hatte. Also lag er wohl immer noch mit Kerry im Bett und ließ es sich gut gehen! Bei dieser Vorstellung, die sich leider wieder und wieder bis ins kleinste schmutzige Detail vor ihr inneres Auge drängte, wurde ihr ganz schlecht. Die Konzentration auf all die widerlichen Dinge, mit denen Kerry Peter im Moment wohl beglückte, half Lisa jedoch, die Begegnung mit Kay und die Schlüsselübergabe geradezu desinteressiert zu überstehen. Die Tatsache, dass Kay die unübersehbaren Spuren der Schlägerei mit Peter bei den Kollegen und vor allem den Kolleginnen beschönigte und auf die heldenhafte Rettung einer Frau zurückführte, die auf dem Kiez von drei mit Messern bewaffneten Kerlen belästigt worden war, entlockte ihr nur ein verächtliches Schnauben.

Lisa zog sich in ihr Büro zurück und ließ frustriert die letzten Monate ihres Lebens Revue passieren. An ihrem Geburtstag hatte sie beschlossen, ein Mann müsse her. Schon damals war ihr ganz offensichtlich entgangen, dass es in ihrem Leben bereits einen gab, immer einen gegeben hatte. Peter war zwar für einige Jahre im Ausland gewesen, doch als er zurückgekommen war, hatte sie sofort wieder dieses vertraute Gefühl empfunden, das sie seit ihrer Kindheit mit ihm verband. Nun gut, das war eine alte, gewachsene Freundschaft. Aber wann hatte sie sich in ihn verliebt? Beim Joggen? War ihr da schon unbewusst klar geworden, dass sie diesen Burschen nicht nur mochte, sondern ihn auch wundervoll, einzigartig und total scharf fand? Sie wusste, sie war von Anfang an von seiner körperlichen Fitness beeindruckt gewesen und hatte beim ersten gemeinsamen Laufen schon träumerisch überlegt, ob Peter wohl einen Waschbrettbauch à la Brad Pitt habe. Seltsam, dass sie in den letzten Jahren nie zusammen schwimmen gewesen waren! Oder in der Sauna. Sie kannte den erwachsenen Peter nur in Klamotten. Aber selbst in seinen weiten Hemden und Pullovern war offensichtlich, dass er gut gebaut war. Die Hüften schmal, der Hintern extrem knackig.

Plötzlich fiel Lisa ein, dass sie mit diesem Hintern schon einmal nähere Bekanntschaft gemacht hatte. Sie musste unbedingt überprüfen, ob Peter von dem Biss damals in St. Peter-Ording eine Narbe zurückbehalten hatte. Ihre Miene nahm einen träumerischen

Ausdruck an, sie griff in ihre Schreibtischschublade und nestelte ein Stück Schokolade heraus, das sie sich in den Mund steckte. Doch kaum konnte sie die Süße dieser Ersatzbefriedigung nicht mehr auf der Zunge schmecken, huschte ein grimmiger Ausdruck über ihr Gesicht. Wie hatte sie nur auf diesen blöden Kay hereinfallen können? Dabei hatte Peter sie von Anfang an gewarnt. – Ach, Peter ... Ein zweites Stück Schokolade ging den Weg seiner Bestimmung.

Durch das Eintreten des Chefredakteurs in ihr Büro wurde sie unsanft aus ihren Tagträumen gerissen.

»Na, schon nervös?«, fragte Olli lächelnd.

»Ja ... äh, nein ... Wieso denn?«, stotterte Lisa unkonzentriert.

Olli zwinkerte ihr mit einem schmierigen Grinsen zu. »Bekommt morgen den ersten Preis, muss eine Rede vor der Crème de la crème der Hamburger Journaille halten und ist angeblich nicht nervös? Ich wollte dich jedenfalls noch daran erinnern, dass du ...«

»Morgen?«, unterbrach Lisa ihn entgeistert.

»Natürlich. Das kannst du doch nicht vergessen haben!« Olli wurde nun langsam unwirsch.

»Nein, nein, natürlich nicht«, beeilte sich Lisa, ihn zu beruhigen. Sie hatte es natürlich nicht vergessen, auch ihre Rede war schon seit Wochen ausgearbeitet. Doch aufgrund der Ereignisse des letzten Tages war es ihr irgendwie entfallen. Wie unwichtig doch manche Dinge auf einmal werden konnten ...

»Guter Witz«, mokierte sich Olli über Lisas Unkonzentriertheit, »jedenfalls wäre es nett, wenn du bei deiner Rede auch kurz und knackig den Verdienst der Redaktion und des Verlagshauses an deiner Ausbildung und deinem Aufstieg erwähnen würdest, du verstehst schon.«

»Logisch«, bestätigte sie. Zufrieden erhob sich Olli und verließ ihr Büro. Lisa griff sofort zum Telefon und wählte die Nummer von Marthes Praxis. »Marthe, ich muss ja morgen zu dieser Preisverleihung. Das hätte ich fast vergessen, kannst du dir das vorstellen? Du kommst doch mit, oder? Sonst bin ich ganz allein, und das halte ich nicht aus!«

Marthe bestätigte ihr am anderen Ende der Leitung, dass sie sich dieses Ereignis nicht entgehen lassen würde. Sie hatte sowieso mit Konrad und Peter schon längst verabredet, dass sie zusammen dort erscheinen würden, um Lisa zu bejubeln. Doch wie die Dinge jetzt lagen ...

»Peter hat sich krankgemeldet, der ist überhaupt nicht hier. Vermutlich turnt er drei Tage mit Kerry im Bett rum und vergisst die Verleihung völlig.«

Marthe schwieg kurz. Dann stieß sie gepresst hervor: »Ich weiß genau, was du durchmachst. Wenn ich mir diese Sonya mit Konrad vorstelle, kommt mir auch die Galle hoch.«

»Hat er sich schon bei dir gemeldet?«

»Der Feigling ruft nicht mal an! Der wartet, bis ich mich wieder von selbst beruhigt habe, damit er keinen Einsatz bringen muss. Typisch Mann!«

»Was machen wir denn jetzt?«, wollte Lisa zaghaft wissen.

»Gar nichts. Hast du deinen Schlüssel wieder?«

Lisa bestätigte.

»Dann gehen wir beide heute Abend nach der Arbeit brav nach Hause, legen uns früh ins Bett, lassen die Kerle da, wo der Hund begraben ist, und gönnen uns einen langen Schönheitsschlaf. Du willst doch morgen bei der Verleihung nicht so zerknittert aussehen wie heute.«

»Mir egal«, maulte Lisa, »Peter kommt wahrscheinlich eh nicht. Außerdem ist der mir auch egal. Mir ist alles egal. Der Preis auch.«

Marthe lachte. »Jetzt halt die Klappe und tu, was ich dir sage. Wir können auch ohne die blöden Kerle Spaß haben!«

»Ja, Mutti, danke, Mutti«, gab Lisa mit braver Kinderstimme zur Antwort und legte auf.

Auch wenn hoffnungsfrohe Menschen jetzt vermuten könnten, Lisa irre, und Peter liege keineswegs mit Kerry im Bett und lasse es sich gut gehen ... Genau das tat er. In der Nacht war es zwar nicht zum Äußersten gekommen, denn Peter war viel zu müde und nachdenklich und erschöpft und verwirrt und maulig gewesen. Doch am helllichten Tag fand er einen Teil seiner Fassung wieder, was seine Laune allerdings erst mal nicht verbesserte, sondern ihn wiederum noch ärgerlicher stimmte. Er rief zwar besorgt bei Marthe an, um zu erfragen, wie es ihr gehe, und um eventuell ein gutes Wort für Konrad einzulegen. Doch sie nahm nicht einmal ab, und da hatte Peter die Nase voll von dem Beziehungszirkus. Als Kerry dann in ihrer typischen, von keinerlei Tiefgründigkeit beschwerten Art versuchte, ihn aufzumuntern, ließ er es geschehen. Sollten die anderen ihre Probleme doch selbst lösen! Er wollte nach Monaten der Hoffnungen und Enttäuschungen auch endlich mal wieder Spaß haben. Und zwar ohne Gefühlschaos und Zickereien.

Kerry sorgte dafür.

Am Abend tauchte Konrad auf und bat noch einmal für eine Nacht um Asyl. Am nächsten Tag wollte er versuchen, mit Marthe zu reden. Er hoffte, dass sie sich bis dahin wieder von selbst etwas beruhigt haben würde. Relativ früh legte Konrad sich auf Peters unbequemem Sofa schlafen, Kerry schlüpfte bei Peter unter die Decke.

Ein Stockwerk über ihnen fand Marthe nur schwer in den Schlaf, während Lisa sich zu Hause in ihrem einsamen Bett sehnsüchtigen Träumen überließ.

Am nächsten Morgen schien seit zwei Wochen endlich mal wieder die Sonne, und Lisa wachte ausgeruht auf. Es war ihr großer Tag, und auch wenn sie wegen Peter sehr traurig war, fühlte sie dennoch schon beim Aufstehen eine gewisse Erleichterung. Sie spürte überrascht, wie froh sie war, nicht neben Kay aufzuwachen und sich seinem disziplinierten Morgenritual anpassen zu müssen. Sie würde nun wieder ihr eigenes Leben führen, sich nie wieder für einen Mann verbiegen, Haarfarbe und Styling wechseln und den Charakter weichspülen. Sie freute sich darauf, wieder ganz sie selbst zu sein. Nur das Joggen würde sie nicht aufgeben, denn – Kay hin oder her – sie sah in Kleidergröße achtunddreißig einfach attraktiver aus und fühlte sich auch besser. Lisa stellte die Kaffeemaschine an und ging ins Bad. Lächelnd nahm sie die Colorationspackung in die Hand. Sie würde sich jetzt sofort in die honigblonde Lisaluna zurückverwandeln, das Mädchen, das nicht nur bei Vollmond hoffnungsvoll träumend durchs Leben wandelte.

Als Lisa zufrieden ihre blonden Haare trocknete und frisierte, trat einige Stadtviertel weiter südwestlich Marthe fertig angezogen in die Küche und überlegte bei einem Kaffee, wo sie unterwegs noch einen schönen Blumenstrauß für Lisa besorgen konnte. Als ein Schlüssel im Türschloss gedreht wurde, merkte sie, wie sie den Atem anhielt und sich verspannte. Eine halbe Minute später stand Konrad in der Küchentür und schaute sie so ängstlich an, dass die Anspannung wieder von ihr abfiel.

»Hallo, Marthe«, sagte er leise.

»Hallo, Konrad.«

Er wagte nicht, näher zu kommen. Verlegen stand

er da und drehte den Schlüssel in der Hand. Seine Hilflosigkeit war erbarmungswürdig.

»Willst du einen Kaffee?«, fragte Marthe leise. Sie hörte, wie Konrad erleichtert aufatmete. Er ging zum Küchenschrank und nahm sich eine Tasse. Marthe schob ihm die Kanne zu, und er setzte sich ihr gegenüber an den Tisch. Sie blickte ihn streng an. »Kommen Männer nach einem Seitensprung nicht mit einem teuren Schmuckstück oder zumindest mit Blumen nach Hause, um ihr schlechtes Gewissen zu beruhigen? Du hast nichts in der Hand. Was sagt mir das? Dass du kein schlechtes Gewissen hast?«

Konrad hob den Blick, den er bei ihrem harsch vorgetragenen Angriff gesenkt hatte. In seinen Augen standen Tränen. »Es ist okay, dass du mich jetzt ein bisschen quälst. Aber bitte, schick mich nicht weg.«

Zaghaft legte er seine Hand auf Marthes. Doch das erschien ihm plötzlich nicht genug zu sein, und er stand auf. Er kniete sich vor Marthe hin. »Ich liebe dich. Bitte, verzeih mir. Alles andere, was ich sagen könnte, kommt mir dumm vor. Aber ich liebe dich. Über alles.«

Marthe rutschte von ihrem Stuhl herunter zu Konrad auf den Boden. Ihr standen ebenfalls Tränen in den Augen. »Ich liebe dich auch.«

Die beiden küssten sich zart, dann heftiger, fast verzweifelt.

Konrad versuchte, zwischen den Küssen zu reden: »Es tut mir so Leid, ich war total blöd ... Ich ... So was wird nie ... nie wieder ...«

»Sei still«, meinte Marthe und küsste ihn wieder. Sie umschlangen sich heftig und rollten unter den Tisch. Dabei stießen sie an ein Tischbein, wodurch eine Tasse umfiel. Der heiße Kaffee ergoss sich auf Konrads Wange. Er schrie auf. Marthe lachte und erhob sich. Während sie den Kaffee von Tisch und Boden wischte, säuberte Konrad sein Gesicht.

»Warst du die letzten beiden Nächte bei Peter?«, fragte sie beiläufig. Konrad bestätigte, indem er über Peters Sofa schimpfte.

»Und Kerry war auch da?«, forschte Marthe weiter.

Er setzte sich an den Tisch und begann, sich ein Brötchen zu schmieren. »Hm. Da scheint wieder alles in Butter zu sein. Peter lässt dich schön grüßen. Er wird dich anrufen, sobald er gelandet ist. Er hat's gestern schon versucht. Du bist nur nicht ...«

»Stopp«, unterbrach Marthe ihn, »was heißt ›gelandet‹?«

»Ach so, das weißt du natürlich noch nicht. Kerry hat ihn doch tatsächlich überredet, mit ihr heute auf die Lofoten zu fliegen. Er hat gestern Abend noch seinen Chefredakteur zu Hause angerufen und das abgesprochen.«

»Wie bitte?«, entfuhr es Marthe laut, »heute wird Lisa der Preis verliehen! Wenn Peter nicht kommt, wird ihr das Herz brechen!«

»Das ist ihr doch egal! Sie hat doch ihren Supermann. Okay, sie haben sich gestritten, aber der wickelt sie schon wieder ein.«

»Von wegen! Sie hat mit ihm Schluss gemacht. Sie liebt Peter!«

Konrad ließ verblüfft das Brötchen sinken. »Das ist nicht dein Ernst!«

»Doch! Ich war ja auch total platt. Aber sie hat Rotz und Wasser geheult, weil Kerry sich wieder da unten rumtreibt.«

Konrad sah hektisch auf die Uhr. »Wann findet die Preisverleihung statt?«

»In einer knappen Dreiviertelstunde. Wir müssen uns beeilen, damit wenigstens wir da sind. Du kommst doch mit, oder?«

Konrad sprang auf. »Gib mir deinen Autoschlüssel, schnell!«

Marthe griff nach ihrer Tasche, die neben dem Tisch stand. »Was hast du vor?«

Er nahm seine Jacke und rannte schon in den Flur. »Vielleicht erwische ich Peter noch. Der fliegt nämlich nur aus einem Grund auf die Lofoten: um vor Lisa davonzulaufen!«

Die Tür fiel mit einem lauten Knall ins Schloss. Marthe saß mit offenem Mund am Tisch.

Eine knappe halbe Stunde später betrat Marthe das Foyer des Medienhauses. Sie erblickte Lisa sofort, die dort auf sie wartete, und ging lachend auf sie zu.

»Schöne Haarfarbe«, lobte sie, »du bist so einfach noch viel schöner. Überhaupt siehst du heute ganz toll aus.«

»Muss ich doch auch, oder?«, entgegnete Lisa. »Und wenn es nur für dich und mich ist«, fügte sie ein wenig traurig hinzu. »Ich habe eben von Olli gehört, dass Peter auf die Lofoten unterwegs ist. Da sollte ich mich wohl für Kerry und ihn freuen. Fällt mir nicht leicht. Was ist mit Konrad?«

»Vergiss Konrad, vergiss Peter. Du denkst jetzt erst einmal an dich und lässt dich ein bisschen feiern«, tröstete Marthe sie.

Zwei Hände legten sich von hinten über Lisas Augen. Sie betastete die Hände neugierig. »Mama!«, rief sie glücklich aus und drehte sich um. »Du hast doch gesagt, du kannst nicht kommen!«

»Du spinnst ja, das war ein Witz! Ich lasse mir doch die öffentlich gefeierten Früchte meiner Erziehungsarbeit nicht entgehen«, lachte Heike.

»Ich auch nicht!« Hinter Lisas Mutter kam Marlene, Marthes und Peters Mutter, zum Vorschein. Die vier Frauen umarmten sich herzlich. »Wo ist denn mein Herr Sohn?«, wollte Marlene nach der ausufernden Begrüßung wissen.

»Der musste beruflich verreisen«, warf Marthe mit einem Blick auf Lisa ein.

»Das gibt's doch nicht, dass er ausgerechnet an deinem großen Tag nicht dabei ist, Mädchen! Das wird ihn bestimmt sehr ärgern.«

»Glaube ich nicht«, bemerkte Lisa bitter.

Olli trat zu der Truppe und wurde den beiden Müttern vorgestellt. Nach einem kurzen Austausch von

Höflichkeiten bat er die Damen in den Saal. Lisa musste in der ersten Reihe Platz nehmen und hatte dort auch Stühle für Marthe, Konrad, Peter und Kay reservieren lassen. Da Kay aber diskret in einer der hinteren Reihen neben Sonya Platz genommen hatte, waren nun genug Stühle frei, sodass sich auch Marlene und Heike zu ihren Töchtern setzen konnten.

Lisa wurde nun doch ein wenig nervös und hielt krampfhaft Marthes Hand.

Der Vorsitzende des Hamburger Journalistenverbandes sprach einige einleitende Worte, danach wurden zwei Preise verliehen: der für den besten visuellen Auftritt einer Zeitschrift und der für die beste Neuerscheinung. Marthe blickte immer wieder auf die Uhr und zum Eingang des Saales, der in der Nähe der ersten Reihen lag.

Der Vorsitzende ergriff wieder das Wort zu einer neuen Laudatio: »Und nun kommen wir zum Wichtigsten im Journalismus. Auch wenn im härter werdenden Wettbewerb immer größerer Wert auf eine innovative grafische Gestaltung und auf spektakuläres Bildmaterial gelegt wird, so wollen wir uns doch auf unsere Wurzeln besinnen und dem Wort die Bedeutung einräumen, die ihm zukommt. Die Hamburger Verlage haben wie jedes Jahr jeweils einen hervorragenden Artikel ihres Hauses eingereicht, und wie immer ist uns die Wahl sehr schwer gefallen. Im Bereich der Publikumszeitschriften jedoch hat sich ein Beitrag besonders empfohlen ...«

Lisa löste ihre Hand aus Marthes. Sie war nun so zappelig, dass sie sich selbst die Finger knetete. Die Worte des Vorsitzenden rauschten an ihr vorbei, sie hatte das Gefühl, ihre Beine bestünden aus Pudding, und sie würde unweigerlich stürzen, wenn sie sich erheben musste. Zu ihrer Überraschung funktionierte ihr Körper jedoch weisungsgemäß. Als der Applaus ertönte, der ihr galt, und der Vorsitzende ihr einen Wink gab, stand sie auf, nahm das Blatt Papier mit ihrer Rede und ging auf die Bühne zum Rednerpult. Und dort wurde sie plötzlich ganz ruhig. Sie blickte in die frohen Gesichter Marthes und ihrer beider Mütter und begann zu sprechen:

»Vielen Dank für das großzügige Lob«, sie nickte in Richtung des Vorsitzenden, »und für den warmen Applaus. Ich will Sie nicht mit einer langen Rede quälen, schließlich machen wir alle von Berufs wegen schon genug Worte, und draußen wartet der Champagner. Gestatten Sie mir aber dennoch einige Bemerkungen: Zuerst möchte ich mich natürlich bei meinem Chefredakteur Oliver Teichmann für das Vertrauen bedanken, das er mir mit der Einreichung meines Artikels entgegengebracht hat, das Gleiche gilt natürlich für den Verlag.«

Olli nickte zufrieden, während Marthe wissend grinste. Es war gut, dass Lisa die Spielregeln der Branche befolgte, auch wenn sie wahrlich davon überzeugt war, dass Olli den Artikel nicht aus Stolz auf Lisas Leistung eingereicht hatte. Der Grund dafür war vielmehr in seiner Sucht nach persönlicher Anerkennung zu suchen. Ihr Blick wanderte wieder zum Saaleingang, und da standen sie endlich – an die Wand gelehnt, abgehetzt, aber sie waren da: Konrad und Peter. Marthe warf Konrad stolz einen Kuss zu und winkte den beiden, sich zu ihnen zu setzen. In gebückter Haltung huschten die zwei zur ersten Reihe und nickten Heike und Marlene zu. Konrad nahm Marthes Hand und drückte sie. Dann wandten alle ihre Aufmerksamkeit Lisa zu, die ihren Blick über die Köpfe der Zuschauer erhoben hatte und sehr konzentriert wirkte.

»... wollte ich in meinem Artikel ›Das I-Ging der Erotik‹ die unser aller Handlungen bestimmenden Komponenten Kopf und Körper nutzwertorientiert, wie es sich für eine Publikumszeitschrift gehört, zusammenbringen. Alle reden von Erotik, in den Medien werden wir tagtäglich mit einer Überfülle von mehr oder weniger appetitlichen Angeboten überreizt und damit desensibilisiert. Unsere Ansprüche an den perfekten Sex wachsen ins Unermessliche und werden dadurch immer theoretischer. Aber was bestimmt eigentlich unsere erotische Wahrnehmung? Wie kommt es, dass wir auf den einen Körper mit Lust reagieren, auf den anderen mit Abscheu? Über die biologischen Aspekte wie über die psychologischen ist viel gesagt und geschrieben worden. Ich habe lediglich versucht, die Thesen dazu leserfreundlich aufzuarbeiten. Das ist mir anscheinend gelungen, sonst stünde ich jetzt nicht hier. Dennoch verzeihen Sie mir, wenn ich nun laut und deutlich sage: Das, was Erotik ausmacht, lässt sich nicht vom Kopf oder vom Körper her aufzäumen. Die beiden Komponenten lassen sich, wenn man sie getrennt betrachtet, auch nicht zusammenwerfen wie Äpfel und Orangen zum aphrodisierenden Obstsalat.«

Einige im Publikum lachten leise, sodass Lisa ihren Blick lächelnd durch die Reihen schweifen ließ. Als sie Peter entdeckte, stockte sie und verlor kurz den Faden. Dann holte sie tief Luft, faltete ihr Papier, auf dem die Rede notiert war, zusammen und fuhr fort:

»Es geht nicht um eine aufgesetzte Zusammenarbeit von Kopf und Körper, sondern um die Einheit. Mit dem Kopf zimmern wir uns ein Ideal zurecht und suchen in der Welt nach einer Entsprechung. Wir schinden sogar unseren eigenen Körper, um selbst zumindest äußerlich dem Ideal zu entsprechen. Es kann aber doch nicht darum gehen, mit dem Kopf einen Partner auszuwählen, dessen Eckdaten perfekt ins vom Zeitgeist vorgegebene Muster passen, und dann auch noch seinen Körper abzuchecken, ob die natürlichen Duftnoten, die von alters her entscheidend sind für das Sich-gegenseitig-riechen-Können, auch stilvoll übertüncht sind mit Wässerchen von Armani oder Calvin Klein. Wenn Körper und Geist wirklich eins sind und nicht nur zusammengeheftet durch Kosmetik, Körperertüchtigung und den dazugehörigen intellektuellen Überbau, der sich individuell kaum unterschiedlich gestaltet – da gibt es joggende Vegetarier, woggende Esoteriker, was auch immer, Hauptsache aktuell diskutiert und hip gestylt ... Im Grunde sind das inzwischen doch alles stromlinienförmige Ideale, die ... Ach, verzeihen Sie, ich schweife ab. Ich habe nichts gegen Sport, im Gegenteil, ich habe in den letzten Monaten die schönsten Stunden meines Lebens beim Joggen verbracht – mit einem wundervollen Mann.«

Lisa sah Peter direkt in die Augen und sprach mit ruhiger Stimme weiter, nur ihn anblickend: »Was den Menschen ausmacht und die gegenseitige Anziehungskraft zwischen den Menschen, das habe ich vor ein paar Tagen erst schmerzlich begriffen. Es ist und bleibt etwas völlig Unfassbares und Unbeschreibliches: die Seele. Das ihr innewohnende Geheimnis ist das wahre I-Ging der Erotik.« Sie schwieg kurz, bis der Applaus verstummte. Dann fügte sie lächelnd hinzu: »Im Übrigen erlaubte man mir, zum Ende meiner Ansprache das Büfett zu eröffnen, was ich hiermit tue. Ich danke Ihnen.«

Unter weiterem Applaus verließ Lisa die Bühne. Die anwesenden Gäste erhoben sich von ihren Plätzen und gratulierten ihr zu dem Preis und ihrer Rede, sodass sie nicht direkt zu ihrem Platz zurückkehren konnte. Dann zerstreuten sich die meisten in Richtung Vorhalle, wo das Büfett aufgebaut war. Lisa konnte sich endlich zu Marthe und den anderen vorkämpfen.

Heike umarmte ihre Tochter fest. »Ich bin so stolz auf dich, Lolly!«

Lisa lag in den Armen ihrer Mutter und blickte über deren Schulter zu Peter hinüber. Sie schaute ihn unverwandt an, auch als Marlene, Konrad und Marthe sie umarmten und beglückwünschten. Peter hielt sich zurück. Erst als alle Lisa gedrückt und geknutscht hatten, trat er einen Schritt vor. Sie blickten sich einen Moment lang schweigend an.

»Ich dachte, du seist mit Kerry auf die Lofoten geflogen.« Lisa flüsterte fast.

Peter schüttelte den Kopf. »Was soll ich da?«

Nach diesen Worten trat er noch einen Schritt auf Lisa zu, sie machte einen Schritt auf ihn zu, und dann lagen sie sich in den Armen und küssten sich.

Lisa rannen Tränen der Erleichterung über die Wangen. »Endlich!«, murmelte sie zwischen den Küssen. »Endlich zu Hause!«